사박사박 ...
　　　　최은미

이 소리를 항상 기억하며 쓰겠습니다.
강화길

깊은 숨과 함께
　　김인숙.

일상의 작은 행복을 누리는
　사회가 되시기를
　　　김혜진

배수아

아직
돌아오는 중입니다.
　　　최진영

겨울을 생각하며,
　　　정○

2025
김승옥문학상
수상작품집

2025
김승옥문학상
수상작품집

문학동네

| 차례 |

대상 최은미 김춘영 ··· 007
    작가노트 | 박정윤
리뷰 | 최윤 인간이 드러나는 기이한 통로들

강화길 거푸집의 형태 ··· 049
    작가노트 | 숙면의 시간
리뷰 | 강지희 고통과 허기로 조형한 거푸집의 빛

김인숙 스페이스 섹스올로지 ··· 117
    작가노트 | 공간과 우주
리뷰 | 구효서 망측(罔測)—헤아릴 수 없음

김혜진 빈티지 엽서 ··· 155
    작가노트 | 삶을 탐구하는 작업
    리뷰 | 조경란 해석과 설명

배수아 눈먼 탐정 ··· 189
    작가노트 | 엠마오로 가는 길
리뷰 | 김미정 홀연 반짝이는 순간, 에 대한 메모

최진영 돌아오는 밤 … 233
작가노트 | 그리고 다시 시작해
리뷰 | 김화영 주어主語의 귀환을 위한 모험

황정은 문제없는, 하루 … 281
작가노트 | 후기後記
리뷰 | 소영현 부정적인 것과 함께 살아가기

2025 김승옥문학상
김승옥문학상 취지 … 327
심사 경위 및 심사평 … 329

대상
/
최은미

김춘영

작가노트
박정윤

리뷰 | 최윤
인간이 드러나는 기이한 통로들

최은미
2008년 『현대문학』 신인추천에 단편소설 「울고 간다」가 당선되어 등단. 대산문학상, 현대문학상, 한국일보문학상, 현대불교문학상, 허균문학작가상, 유심상, 2014년, 2015년, 2017년 젊은작가상 등 수상. 소설집 『너무 아름다운 꿈』 『목련정전目連正傳』 『눈으로 만든 사람』, 장편소설 『아홉번째 파도』 『마주』, 중편소설 『어제는 봄』 등이 있다.

김춘영

 김춘영의 집은 화운령에서도 좀더 걸어올라간 곳이 있었다. 운탄고도 5길이 시작되는 화운령 초입에 주차를 하고 등산화를 꺼내 신으면 연못 터 부근에서부터 이어지는 산길이 보였다. 산을 오르다 멈춰 서서 돌아보면 능선 사이로 길게 펼쳐진 임도가 눈에 들어왔다. 오래전엔 '제무시' 트럭이 석탄을 나르던 길이었고 지금은 백패킹과 트레킹 명소가 된 길이었다. 사람들은 그 길을 운탄고도라 불렀다. 네 개 시군을 가로지르는 백칠십여 킬로미터의 길이었다. 김춘영은 그 운탄로 일부 구간이 지나는 산중턱에 살았다.
 김춘영을 만나러 갈 때 내 배낭은 늘 묵직했다. 노트북을 넣은 뒤 여분 공간을 황도 통조림으로 채우고 그의 단골 빵집이라고 전해들은 군청 옆 빵집에서 소금빵을 샀다. 때에 따라 믹스커피나 땅콩버터, 아몬드 같은 것들을 추가해 담았다. 김춘영은 다른 생필품은 받지 않았다. 산간에 혼자 사는 고령자에게 필요할 만한 것들, 가족이나 가까운 지인이 챙길 법한 보온용품이나 편의용품도 사양했다. 있으면 좋고 없어도 그만인, 주전부리 카테고리에 들어가는 것들만 받았다. 김춘영한테 나는 방문객이었다.

 김춘영과의 면담을 마치고 연구실로 돌아와 면담 일지를 작성하다보면 김춘영이 나를 방문객 자리에 위치시키는 건 당연하지 않나 하는 생각이 들었다. 내가 방문객이 아니라면 무엇이란 말인가? 하지만 김춘영과 나의 육성이 담긴 녹취 파일을 풀 땐 내가 김춘영한테 어떻게 방문객일 수만 있나 하는 생각이 고개를 드는 것 또한 사실이었다. 거기서 생각을 더 진전시키지는 않았다. 김춘영과 나는 일 년 전 구술자와 면담자로 처음 만났고 여전히 구술자와 면담자라는 구도 안에 있었다. '라포' 형성을 위해 사적으로 더 다가간다고 해서 그 구도가 벗겨지는 건 아니었다. 그럼에도 특별한 순간들이 없지 않았다. 김춘영의 집에 앉아 김춘영의 말을 듣던 몇몇 날들엔 그의 생애 기억 속 한 지점으로 접속해 들어가는 듯한 깊은 순간들이 있었다. 하지만 그런 순간에도 이 대화가 분명한 목적과 테마의 틀 속에서 진행되고 있다는 걸 김춘영도 알고 나도 알았다.

 면담 사전 준비를 위해 처음 김춘영의 집을 방문했던 때도 봄이었다. 같은 연구팀 홍이 면담 보조자로 동행했다. 화운령 곳곳에 봄철 야생화가 한창이었지만 산길을 오르는 내 머릿속은 김춘영에 대해 들은 사전 정보로 분주했다. 한 달에 두 번 조카가 들러

우편물과 생필품을 전해주고 간다는 것, 두 달에 한 번 약을 타러 읍내 병원에 갈 땐 오래전부터 알고 지내던 이웃 동생이 동행한다는 것. 단골 빵집 얘기도 그때 들은 것이었다. 김춘영과 면담한 적이 있는 백에게서였다. "애써보세요. 귀한 분입니다." 백은 어쩐지 자조적인 투로 그런 말을 했다. 마지막까지 면담을 잘 끌어가라는 말도 했다.

김춘영의 집은 김춘영의 거주지인 동시에 구술 채록 작업이 진행될 나의 현장이기도 했다. 연구 사업과 연구팀에 대한 소개가 끝난 뒤 홍이 김춘영에게 스몰토크를 시도하는 동안 나는 집안을 빠르게 살폈다. 화장실과 주방이 구술 흐름이 끊기지 않을 만한 동선 안에 위치해 있는지, 유선전화와 티브이를 사용하고 있는지, 주 면담이 진행될 거실의 채광 상태, 필요할 때 빛을 차단해줄 커튼이나 블라인드의 유무.

김춘영의 집은 거실 통창이 크게 나 있는 단층 목조주택이었다. 창 앞에 서면 제일 먼저 화운령 골짜기가 보였고 그 뒤로 운탄고도가 지나는 산자락들이 파도처럼 겹겹이 펼쳐졌다. 실내 쪽 창턱에 줄지어 세워놓은 황도 통조림통에선 여러 종류의 다육식물이 자라고 있었다. 벽에 걸린 농협 달력과 달마도, 광업소 이름이 새겨진 오래된 괘종시계, 탁자 한쪽의 대형 주전자와 온풍기, 애초 용도와 달리 수납 박스로 쓰이고 있는 김치통.

김춘영의 집은 손때가 묻은 생활용품들이 엄격히 정돈되지도, 그렇다고 허름하게 방치되지도 않은 상태로 김춘영 일인의 질서 안에서 더도 덜도 않는 조화를 이루고 있는 곳처럼 느껴졌다. 집안 군데군데에는 김춘영이 소일거리 삼아 만들었나 싶은 소품들도 놓여 있었다. 때마침 홍은 거실 통창 한쪽에 달린 지등에 시선을 빼앗겨 있었다. 한지로 만든 등은 봄 산을 담은 통창 풍경과 집의 오래된 목재 느낌을 은은하게 아우르며 걸려 있었다.

홍은 조금 들떠 보였다. "등이 집이랑 정말 잘 어울려요, 어르신. 어르신이 직접 풀 먹여 바르신 거예요?" 홍은 한지에 새겨진 꽃잎 문양을 유심히 보았고 "화운령이 야생화 군락지로도 꽤 알려져 있잖아요" 말했다. 홍은 그 무렵 박사논문을 위해 전국의 지명 전설을 수집하고 있었다. "봄만 되면 나그네랑 나무꾼들이 꽃들을 한아름 꺾어갔다고 해서 화운령을 꽃꺼끼재라고도 한다면서요." "화운령 꽃이 새겨진 화운령의 등이네요." 얼굴이 상기된 채 이런저런 말을 하는 홍을 김춘영은 가만히 쳐다보기만 했다. 홍의 말이 끝나자 김춘영이 말했다.

"그거, 내 조카가 이케아에서 사다준 겁니다."

후에 홍은 말했다. 그 이후로 김춘영한테 말을 걸 수 없었다고. 눈을 마주치고 싶어도 마주칠 수 없었다고. 김춘영과의 면담을 보조하기로 했던 홍은 현장에서 빠지게 되었다. 그렇게 시작된 김춘영 생애사 작업은 한 계절에 한두 차례씩 일 년간, 오직 김춘영과 나, 일대일 면담으로 진행되었다. 그리고 이제 마지막 회차를 앞두고 있었다.

김춘영과 첫 회차 면담을 마쳤을 때 나는 백이 '귀한 분'이라고 한 게 무슨 뜻인지를 바로 알 수 있었다. 김춘영은 기본적으로 말을 잘하는 사람이었다. 좀더 정확히는 면담자가 원하는 방식으로 말할 줄 아는 사람이었다. 특정한 일에 대해 말할 때, 김춘영은 사실의 나열이나 정보 제공에 그치지 않고 늘 자신의 생각과 감정의 맥락 속에서 이야기했다. 면담자가 유도하지 않아도 그랬다. 오랫동안 자신의 경험을 곱씹어온 사람 같았고 그것을 자신의 의도대로 전달하기 위해 무엇을 먼저 이야기하고 무엇을 나중으로 돌려야 하는지 본능적으로 알고 있는 것 같았다. 같은 사건을 겪고 같은 상황에 있었다고 해서 모두가 그처럼 말할 수 있는 건 아니었다. 김춘영은 '귀한 자원을 가진 분'이었다.

김춘영의 자원을 내가 알아보았다는 걸 김춘영은 고르지 않았을 것이다. 면담 중간중간 그는 자신의 이야기가 연구자인 나를 만족시키고 있는지 반응을 살피곤 했는데, 그것은 어떤 수위로 어떤 이야기를 더 내보일지 타진하는 것처럼도 여겨졌다. 타진의 기미가 느껴지면 나 또한 내가 가진 자원이 당신을 향해 있다는 것을 은연중에 어필했다. 시골 노인이라도 이름을 알 수 있는 대학의 박사학위, 사명감 있는 연구 기관에서 착실하게 쌓아온 경력. 구술자들에게 가장 잘 받아들여지는 이른바 '배운 여자'라는 자원이었다.

나는 이전 면담이 김춘영에게 아쉬움으로 남았을 거라고 느꼈다. 김춘영이 백과 했던 면담 내용은 오 년 전 한 재단에서 발간한 탄광사회사 구술자료총서에 실려 있었다. 거기서 김춘영은 화운갱 주변의 생활상을 건조한 관찰자 톤으로 설명하고 있었다. 표현력과 표현욕이 있는 구술자와의 면담이라기엔 질문도 답도 전형적인 틀 안에서 맴돌았다. 어떤 요인 때문이든 보통은 구술자와 면담자 간의 상호작용에 문제가 생겼을 때 나오는 결과물이었다.

나는 백과 다를 거라는 것, 당신과 나의 작업은 그런 식으로 흘러가지 않을 거라는 것, 나는 김춘영이 무엇보다도 그것을 믿어주길 바랐다. 실제로 김춘영과 내가 지난 한 해 동안 해온 작업은 나쁘지 않았다. 충분한 시간과 텀을 두고 면담에 집중하며 피드백을 주고받았고 섣불리 선을 넘지 않으면서도 상대에 대한 호의와 호감을 놓지 않았다. 서로가 가진 자원을 필요한 만큼 끌어내고 내보이며 신뢰를 쌓아왔다.

'지역과 여성의 기억' 아카이브 연구팀은 그간 광부의 가족으로만 소환되던 탄광촌 여성을 주체로 세울 것이다. 이것은 탄광 사회사도 주민운동사도 노동생활사만도 아닌, 각 여성의 이름 석 자를 전면에 내세운 생애사 작업이었다. 내가 완성할 텍스트의 주인공은 김춘영이었다.

4월에도 화운령에 눈이 내리는 건 흔한 일이라고 했다. 5월에 눈이 와도 별스럽지 않은 곳이라고 김춘영은 황도 통조림을 받아들며 말했다. 산길을 올라오며 진달래와 산벚꽃을 본 게 불과 몇십 분 전이었다. 통창 밖으로 갑자기 눈이 쏟아지는 걸 보면서 나는 김춘영의 집이 해발 천 미터에 있다는 걸 실감했다.

김춘영은 다행히 여느 면담 날과 다르지 않아 보였다. 컨디션에 따라 구술 기복이 있는 편은 아니었지만 마지막 회차라 나는 평소보다 더 김춘영을 살폈다. 구술 자료 이용에 관한 동의서를 받는 절차가 남아 있었고 인명과 지명의 공개 여부도 상의해야 했다. 이야기를 잘 쌓아왔더라도 마지막 절차에서 방어적인 태도를 보이는 구술자들이 적지 않았다. 그간의 면담 흐름으로 볼 때 김춘영이 그럴 가능성은 크지 않았지만 최종 면담이 주는 긴장과 무게가 없을 수 없었다.

김춘영이 차를 끓이는 동안 나는 마지막 의식을 치르듯 거실 좌탁 위에 면담 장비를 세팅했다. 창밖으로 눈이 쏟아지는 것을 빼면 다 그대로였다. 통창엔 변함없이 그 등, 이케아 등이 걸려 있었다. 김춘영의 집에서 김춘영과 마주앉아 면담을 진행하던 일 년 동안 나는 이케아 등이 나를 보고 있다는 걸 잊은 적이 없었다. 언제나 그 등을 의식했다. 연구자로서 내가 지켜야 하는 점에 대해 상기하고 또 상기해왔다. 김춘영이 다가와 "잘하면 발이 묶이겠네, 묶이겠어요."라고 말했을 때 가슴이 내려앉았을 만큼.

지나가는 봄눈이라기엔 눈이 너무 많이 오고 있었다. 한겨울 면담 때도 이렇게 실시간으로 폭설이 쏟아진 적은 없었다. 눈은 점점 더 굵어졌고 얼마 안 가 짙은 안개가 낀 것처럼 통창 밖은 아무것도 보이지 않았다. "못 가지, 이러면 못 내려가지." 밖을 한참 내다보던 김춘영이 결단을 내리듯 말했고 그 말은 곧 사실이 되었다.

돌아가는 건 위험하다는 결론이 났을 때, 그러니까 내가 김춘영의 집에서 하룻밤을 묵어가게 생겼을 때, 나는 예상에 없던 이 일이 어쩌면 면담 때마다 내가 바라왔던 일인지도 모른다는 생각이 들었다. 짧게는 두세 시간, 길게는 반나절, 면담을 마치고 김춘영의 집에서 내려갈 때마다 가시지 않는 아쉬움이 없었다고 할 수 없었다. 분명 채워지지 않는 뭔가가 있었다. 김춘영의 집에서 하루를 묵는다는 건 단순히 면담 시간이 추가되는 것과는 밀도 자체가 다른 일일 것이다. 함께 밥을 먹어야 할 것이고 통창 밖으로 낮이 아닌 다른 시간대가 지나가는 걸 보게 될 것이다. 그러는 사이 내겐 늘 숙제 같기도 하고 가장 바라는 무엇이기도 했던 그 라포라는 것을 얻게 될 수도 있었다. 이부자리를 펴주는 김춘영. 장롱 안에 있는 오래된 물건을 꺼내 보여주는 김춘영. 녹음기를 사이에 둔 상태에선 나올 수 없던 얘기를 사소한 계기로 풀어놓게 되는 김춘영. 누구에게도 하지 못한 이야기. 누구도 듣지 못한 이야기.

나는 그 가능성에 대한 기대로 한순간 벅차올랐고, 흥분을 누르며 연구팀에 전화를 걸어 상황을 전했다. "그러면 시간이 생긴 김에……" 연구팀 동료 안이 말했다. "날씨가 돕는 김에……" "우리가 좀더 기다릴 테니까 박선생."

나는 뒤뜰에 있는 김춘영과 통창 너머로 쏟아져내리는 눈을 번갈아 보며 안의 말을 들었다. 안은 김춘영에게서 '그 사건'에 대한 발언을 좀더 유도해달라고 했다. 이번 연구 프로젝트의 구술자는 김춘영을 포함해 다섯 명이었다. 그들은 군 내외 각지에 흩어져 살고 있었지만 사십오 년 전 4월 화운령에서 일어난 사건을 함께 겪었다는 공통점이 있었다. 지역과 여성의 기억을 테마로 이 지역의 여성 구술자를 섭외하면서, 연구팀은 구술자들이 삼사십 대였던 당시 지역을 통째로 뒤흔들었고 이후 오랫동안 지역공동체에 영향을 끼친 그 사건을 의식하지 않을 수 없었다. 연구팀은,

특히 안을 중심으로 한 몇몇 연구자들은 이 여성들의 경험과 기억이, 아직 진상이 온전히 규명되지 않은 그 사건의 전모를 밝히는 데 기여할 수 있다고 보았다. 이번 프로젝트가 그 사건에서 '여성 경험의 특수성'을 수집하고 재현할 수 있기를 바랐다. 광부들이 계엄사령부로부터 물고문을 받을 때 광부의 아내들은 성고문을 받았다는 증언 같은 것들이 구술자들 입에서 더 나와주기를. 연구팀이 그 폭력을 해석하고 사료화할 수 있기를.

구술 흐름이 그 사건을 향해 가지 않는 건 다섯 면담 중 김춘영과 나의 작업뿐이었다. 안은 내게 말하곤 했다. "박선생, 우리가 쓰는 건 라이프 스토리가 아니라 라이프 히스토리야." 하지만 나는 구술자들의 고유한 생애를 사건으로 환원하려는 안의 방식에 그다지 동의하지 않았다. 김춘영의 구술이 사건의 증언으로 수렴되기를 바라지도 않았다. 이 작업의 주체는 사건이 아니었다. 김춘영이었다. 나는 오직 김춘영의 말을 들을 것이다. 김춘영이 말하는 김춘영의 기억을 들음으로써 김춘영이라는 대체 불가능한 한 개인에 대한 이해에 도달해갈 것이다. 다른 연구자가 아니라 나여서 가능한, 오직 나와 김춘영의 관계성 속에서만 가능한, 김춘영과 나의 공동작업이기 때문에 포착 가능한 어떤 진실에 접근해갈 것이다.

4월의 폭설이 내리지 않았다면, 김춘영의 집에서 하루를 묵게 되는 변수가 생기지 않았다면, 나는 안과 그동안 해온 언쟁을 반복하며 내 속마음을 쏟아냈을지도 몰랐다. 하지만 나는 잠자코 안의 말을 들었다. 애써보겠다고 말했다. 나를 제외한 다른 면담자들은 일찌감치 면담을 마치고 후반 작업을 하는 중이었다. 시간이 소요되는 것에 팀에 보답하고 싶은 마음이 없지 않았다. 누구도 토를 달지 못할 결과물로 그들을 설득하지 못하리란 법이 없었다. 날씨가 도와주고 있으니까. 긴긴밤이 남아 있으니까.

안과 통화를 할 때까지만 해도 나는 이 화운령 골짜기에 있는 게 김춘영과 나뿐이 아니라는 것을, 날씨 때문에 이동에 변수가 생긴 게 나만이 아니라는 사실을 생각하지 못했다.

4월의 눈이 별스럽지 않은 것처럼 지나가던 등산객이 집에 들르는 것도 종종 있는 일이라고 김춘영은 말했다. 추우면 너무 추워서, 더우면 너무 더워서, 폭우나 폭설이 쏟아질 땐 더 걸을 수가 없어서 사람들은 김춘영의 집 문을 두드린다고 했다. 그럼에도 아웃도어 위로 눈을 잔뜩 인 사람 둘이 쓰러지듯 들어왔을 때 나는 당황하지 않을 수 없었다. 그들은 파랗게 질린 얼굴로 현관에 선 채 뭐라 말을 하지 못하고 있었다. 김춘영이 어서 안으로 들어오라고 손짓을 하고 나서야 눈이 너무 온다고, 와도 너무 온다고, "세상에, 세상에" 숨을 토하듯 말했다.

그들은 운탄고도 4길에서 5길로 넘어오던 중에 폭설을 만났다고 했다. "한 고개만 더 넘으면 되는데, 저쪽에 리조트 있잖아요, 거기서 묵거든요. 그런데 세상에, 눈이……" 김춘영이 온풍기 온도를 높이고 수건을 건네주자 그들은 계속 감사하다고 말했다. "할머니 아니었으면 저희 정말 큰일날 뻔했습니다." "감사해서 어째요, 할머니."

내 구술자를 할머니라고 칭하는 그들은 오십대 중반쯤으로 보였고 부부라고 했다. "근 십 년 만에 둘이서만 온 여행입니다." 그들은 운탄고도 트레킹과 백운산 등산을 마친 뒤 리조트에 며칠 머물면서 카지노와 골프장을 경유해 돌아갈 거라고 했다.

나는 거실 한쪽에 착잡한 마음으로 선 채 내 현장에 갑자기 나타난 부부를 바라보았다. 그들이 문을 열고 들어온 직후부터 거실은 실시간으로 흐트러지고 있었다. 현관께에서부터 그들이 이동한 자리를 따라 등산 스틱과 나뭇가지와 눈이 녹아 생긴 물기가 선을 그으며 펼쳐졌다. 몸이 녹으며 진정이 되자 남자는 당이 떨어져 손이 떨린다며 배낭에서 먹을 것들을 꺼냈다. 연양갱, 초코송이, 핫브레이크. 보고 있던 김춘영이 황도 통조림 몇 개를 좌탁으로 가져가 건넸다. "손 떨릴 땐 이게 직효요"라면서.

그곳은, 여행객 부부가 황도즙을 흘리고 과자 부스러기를 털어먹고 있는 그 좌탁은, 폭설이 오지 않았다면 지금쯤 김춘영과 나의 마지막 면담이 진행되고 있을 곳이었다. 지난 일 년간 그래왔던 것처럼 누구의 방해도 없이, 내밀하고 고요하게, 션을 잘 지키면서.

창턱의 다육식물들을 들여다보던 여자가 주방으로 다가갔다.

"할머니한테 이렇게 신세를 졌는데, 간식값이라도 하고 가야죠."

여자는 대야에 담겨 있던 콩나물을 다듬기 시작했다. 김춘영도 주방 이곳저곳을 오가며 무슨 일인가를 했다. 나보다 나이 많은 여성들이 주방에서 움직일 때 가만히 있으면 안 된다고 배웠으므로 나는 엉거주춤 주방 쪽으로 이동했다.

"저도 뭐 도울 거 없을까요?"

내가 묻자 콩나물을 다듬던 여자가 웃으며 나를 올려다보았다.

"뭘 물어요, 찾아서 해야지."

눈은 잦아들 기미 없이 계속해서 쏟아지고 있었다. 얼핏 봐도 부부가 들어올 때보다 두어 뼘은 더 쌓인 것 같았다. 이들이 내 현장에서 금방 떠나지 않을 것 같다는 좋지 않은 예감이 찾아왔다. 이 여자에겐 내가 자기 아들 여자친구급으로 보일지도 몰랐다. 나는 긴장할 필요를 느꼈다. 그간의 경험으로, 현장의 나이 많은 여성을 어머님이나 할머님으로 대하는 건 자연스러운 하대와 평가에 나를 제물로 내주는 격이나 다름없었다. 면담 상황에선 현장의 통제권을 잃는 최악의 결과를 불러올 수 있었다. 최소한의 권위를 잡고 있어야 했다. 나는 큰 소리로 김춘영을 불렀다.

"선생님, 김춘영 선생님!"

예상대로 부부는 '선생님'이라는 호칭에 관심을 보이며 이런저런 것들을 물었다. 짧은 설명으로도 그들은 김춘영과 내가 어떤 관계이며 무엇을 하고 있는지를 빠르게 이해했다. 화운령까지 걸어오는 동안 운탄고도를 따라 펼쳐지는 폐광촌 스토리를 차근차근 흡수한 것 같았다. 문화재 안내판이 보일 때마다 끝까지 읽고 고개를 끄덕이는 타입인지도 몰랐다.

그들은 운탄고도를 걸으며 해발 961미터에서는 961갱 입구를, 해발 1178미터에서는 1178갱 입구를 지났을 것이다. 갱 입구에서 손을 흔드는 광부 동상을 보았을 것이고 삭도와 동발과 갱내 수 정화 시설을 보았을 것이다. 한때 이 골짜기에 얼마나 많은 사람이 살았는지를 보여주는 초등학교 터와 사택 터를 지났을 것이다. 탄가루를 씻어내고 헹궈내던 목욕탕 터와 공동 우물 터도 지났을 것이다.

"여기서 오십 년을 넘게 사셨으면 그야말로 탄광촌 산증인이시네요."

구술사 작업 얘기를 하면서 여행객 부부와 김춘영과 나는 통창을 옆에 두고 좌탁에 모여 앉았다.

"그럼 할머니 살아오신 얘기가 책으로 나오는 건가요?"

남자가 나와 김춘영을 번갈아 보며 물었다. 나는 그렇다고 말했다. 지역자료총서의 하나로 나올 거라고 덧붙이며 김춘영을 보았다. 자신의 이야기가 공적 자료가 된다는 걸 새삼 숙기한 듯 김춘영의 눈이 순간적으로 흔들렸다. 면담 때는 없던 일이었다. 나는 다시 김춘영을 살피지 않을 수 없었다.

"넘어오다 보니 요 아래에 도롱이 연못 터라고 있더라고요."

여자가 말했다.

"네, 아직은 얼어 있어서 그냥 공터처럼 보이는데 물이 녹으면 요새도 연못이 돼요."

내 말에 여자가 고개를 끄덕이더니 말했다.

"저는 그 연못 터 얘기가 그렇게 가슴이 아프더라고요."

화운령은 인근 어느 골짜기보다도 많은 갱이 있던 곳이었다. 지역에서 최초로 탄광이 개광된 곳도 화운령이었고 최대 규모의 민영 탄광 광업소가 있던 곳도 화운령이었다. 지하에 숱한 갱도가 생기던 어느 날 지반침하가 일어나면서 갱도가 내려앉았다. 땅이 꺼진 자리에 연못이 생겨났고 일급수에만 서식한다는 도롱뇽이 살기 시작했다. 화운령 사람들은 도롱뇽이 사고의 위험을 미리 알려주는 존재라고 믿었다.

"막장 사고가 얼마나 많았으면 광부 가족들이 도롱뇽을 보면서 기도를 다 했을까요."

그때까지도 눈은 계속해서 쏟아지고 있었다. 면담 때마다 김춘영은 좌탁에 앉기 전, 통창 앞에 나를 나란히 세우고 서서 자신의 구술에 나오는 장소들을 가늠하며 알려주곤 했다. 저기 저쪽 능선이 1084갱. 그 뒤쪽이 989갱. 그 옆 비탈이 화운갱 동부사택 자리. 저쪽 산 너머가 안경다리.

김춘영이 통창 밖을 보며 말했다.

"많이들 죽었지요."

잠시 뒤 김춘영이 이어 말했다.

"그래도 다 사람 사는 곳이었어요."

좌탁에는 찻잔 네 개가 있었다.

"갱마다 광부 가족들이 사는 사택촌이 있었다면서요."

여자가 물었다.

"할머니도 사택촌 살면서 아이 학교 보내고 하신 거예요? 우물터 팻말에 적힌 거 보니까 탄가루 때문에 남편 작업복 빠는 것도 그렇게 힘들었다던데."

여자의 말에 김춘영이 손을 내저었다.

"아니에요. 사택촌, 나는 아니에요."

그 말과 함께 김춘영은 몸을 일으키려던 것 같았다. 순간적으로 기우뚱해 나는 부축하듯 김춘영을 잡았다. 선생님 괜찮으시냐고, 아마도 그렇게 물었을 것이다. 김춘영이 다소 정색을 하며 말했다.

"아이고. 그만 좀, 선생님 소리 좀 그만해요."

첫 만남 때부터 줄곧 나는 선생님이라는 호칭을 썼고 김춘영은 한 번도 그 호칭에 특별한 반응을 보인 적이 없었다. 좋다고 하지도 않았지만 민망해하거나 어색해하지도 않았다. 나는 그런 김춘영이 좋았다. 부부가 이 집에 나타나기 전까지 유지하던, 정제된 표정으로 면담자를 대하던 그 위엄이 좋았다.

분위기를 살피던 남자가 이 연구 작업에 좀더 맞는 화제라고 생각했는지 여성 광부 얘기를 꺼냈다.

"저는 탄광에 여성 광부도 많았다는 걸 얼마 전에 무슨 다큐멘터리를 보고 알았어요. 방진 마스크에 작업복 딱 입으시고, 장화에 하이바 두르고, 손이 얼마나들 빠르신지 막장에서 석탄더미 올려보내면 여성 광부들이 거기에서 잡석을 다 가려냈다고 하더라고요. 용어가 뭐 있었는데."

"선탄부요."

"맞아요, 선탄부. 여성 광부 얘기도 더 많이 알려지고 그러면 좋겠네요."

부부는 자신들을 폭설로부터 대피시켜준 이 고마운 할머니가 매일 마음을 졸이며 남편을 갱도로 출근시키던 광부의 아내였는지, 탄가루 속에서 선탄을 하던 여성 광부였는지 알고 싶은 것 같았다.

눈은 계속 내렸고 먼산에서 무언가 우지끈하는 소리가 들려왔다. 가까이에서 무언가 사박사박하는 소리도 들려왔다. 더 많이 알려지고 그러면 좋겠네요. 남자의 그 말을 끝으로 김춘영도 나도 아무 말을 하지 않았다. 무슨 말을 했을 법도 한데, 아무 말도 하지 않는 잠깐의 시간이 있었고, 그때 김춘영이 나를 보았다. 나를 보는 김춘영을 본 그때에 나는 내가 김춘영의 집에서 내려가고 나서도 그 짧은 시간의 여파 속에 있게 되리란 걸 알았다. 알았지만, 몇 초 동안 내가 부지불식간에 내보이고 만 것을 당장 수습할 길이 없었다.

김춘영이 주방으로 걸어가 주전자에 물을 채웠다. 가스레인지에 주전자를 올리고는 허리를 굽혀 불을 켰다. 누구보다 오래 이 화운령 골짜기에 살면서 탄광촌의 흥망성쇠를 몸소 겪었지만 김춘영은 광부의 아내도, 여성 광부도 아니었다. 사십오 년 전 화운령을 중심으로 일어난 광부들의 노동쟁의 당시 계엄사 합동수사단에 구금되어 고문을 받았지만, 그 사건의 당사자로 얘기되는 광부와 광부의 가족 어디에도 김춘영은 속하지 않았다.

지나가는 강아지도 입에 만원짜리 지폐를 물고 다닌다는 말이 있었던 탄광촌의 호황기에, 화운령에서 가장 많은 돈을 긁어모은 건 김춘영이었다고 했다. 다른 네 구술자 중 한 명의 말이었다. 아직 편집 전인 날것의 녹취록에서, 구술자는 여전히 골이 깊게 남아 있는 듯 김춘영이라는 사람으로 인해 환기되는 감정을 여과 없이 드러냈다. "내가 여직 이러고 사는데, 젊어서는 탄가루 뒤집어쓰고 늙어서는 카지노 화장실 청소하면서, 내가 여직도 죽지를 못하는데." "산꼭대기에 고상하게 집 지어놓고." "그 여자가 ○ ○ ○○○○……"

　김춘영의 일터는 화운갱 동부사택 B지구 골목 끝에 있었다. 입 퇴갱 길목에서 좀 돌아가야 나오는 곳이었지만 화운갱 광부들은 퇴갱길에 늘 김춘영을 찾아가 술을 마셨다. 가는 길목에 집이 있어도 김춘영한테 먼저 들렀다. 탄광은 삼교대로 돌아갔기 때문에 사택촌 술집들은 스물네 시간 열려 있었다. 화운령 골짜기로 해가 지기 시작하면 갑방 광부들이 술을 마시러 왔다. 자정이 지나면 을방 광부들이 근무를 끝내고 왔다. 아침해가 뜨고 아이들이 학교에 갈 때쯤부터는 병방 광부들이 술을 마셨다. "징글징글하게들 먹었지." 김춘영은 말했다. "꼭 내일 죽을 사람들처럼 먹었어요." 그 말은 비유가 아니었다. 정말로 내일 죽을 수도 있다는 생각으로 사는 곳이 화운령 골짜기였다.

　"막장일이 어떤 일인지를 아니까." 또다른 구술자는 말했다. "남편이 작부집을 가든 매밋집을 가든 대폿집을 가든 말을 삼갔지." "마누라가 아침 설거지하다 그릇만 떨어뜨려도 광부들은 재수가 없다고 갱에 안 들어갔으니까." 화운령엔 죽음을 부르지 않기 위한 금기와 언제 죽을지 모를 이들에게 허용된 충동이 함께 흘러다녔다. 모든 일이 한 산비탈 안에 다닥다닥 붙은 채로 일어났다.

　광부들은 신분증 격인 소속 광업소의 인감증을 내걸고 술을 마셨다. 그러면 다음달 월급은 그 술값이 공제된 채로 나왔다. 화운갱 광부의 아내들은 남편의 월급봉투를 김춘영과 나눠 가진다고 생각하면서 살았다. "그이들이 나를 어지간히도 싫어했지요." 김춘영은 말했다. "과부가 되고 나면 좀 덜 싫어했고." "내가 술만 판 건 아니었어요."

부부는 창턱 쪽으로 나란히 다가앉아 통창 밖으로 쌓이는 눈을 보고 있었다. 주방 쪽에선 김춘영이 가스레인지에 올려놓은 주전자에서 물이 데워지고 있었다. 해서 좋을 건 없는 이야기. 언제까지 한 공간에 같이 있어야 할지 모를 이 부부 앞에선 굳이 하지 않아도 좋을 이야기. 대화가 끊겼던 잠깐의 시간 동안 내 머릿속에서 일어났을지 모를 판단을 의식하며 나는 좌탁 앞에 꼼짝없이 앉아 있었다.

연구팀은 때때로 핵심적인 일화들이 말해지는 순간을 만났다. "탄가루보다 더 시커먼 게 내 속"이라고 말을 토해내는 구술자의 이야기 속에서, 이것이 바로 탄광촌 여성들의 리얼리티라고 여겨지는 조각들을 만났다. 하지만 구술자들이 마지막에 말을 번복하거나 삭제를 요청하는 부분은 대개 그 핵심적인 조각들이었다. 면담이 모두 끝나고 구술을 텍스트화하는 작업이 시작될 때, 연구자가 청자에서 화자로 전환될 때, 그때가 구술자도 면담자도 시험에 드는 때였다. 통창가의 부부와 주방을 오가는 김춘영 사이에 꼼짝없이 앉은 채로 나는 심호흡을 했다. 지난 일 년간 충실한 청자로만 머물 수 있었던 김춘영의 집에서, 나는 예상치 못한 사이에 화자라는 시험대로 건너가 있었다.

주방에서 물이 끓는 소리가 났다. 뒤뜰로 나갔는지 김춘영의 모습이 보이지 않았다. 나는 주방으로 걸어가 가스레인지의 불을 껐다. 늦은 오후로 넘어가면서 눈의 흰빛이 조금씩 경도를 달리하고 있었다. 정물 같던 통창 밖으로 무언가 거뭇한 것이 지나간 듯싶었다. 잘못 봤나 했는데 여자가 악, 소리를 내며 뒤로 물러나 앉았다. 여자가 물었다. "봤어요? 뭐였어요?"

부부와 내가 통창 쪽으로 모여 섰을 때 부부가 눈을 이고 들어온 현관으로 김춘영이 들어왔다. 김춘영의 뒤로 사람 둘이 따라 들어왔다. 눈 속에 오래 있었는지 한기가 함께 쏟아져들어왔다. 그들은 군복을 입고 있었다.

"대민 지원 나왔대요." 김춘영이 말했다.

"그럼 저희 이제 내려갈 수 있는 건가요?" 여자가 물었다.

하지만 군인들은 거기에 뭐라 답할 수 있는 상태가 아닌 것 같았다. 방한 워머를 두른데다 군모를 눌러쓰고 있어 얼굴이 거의 보이지 않았다. 그런 채로 숨만 거칠게 몰아쉬고 있었다. 집 어귀 어딘가에서 그 상태로 마주쳤다면 나는 분명 위협을 느꼈을 것이다. 김춘영이 이들을 어디서 어떻게 마주쳤는지, 어떤 마음을 누르고 현관까지 안내했는지 알 수 없었다.

"제설 작업이 쉽지 않을 것 같습니다."

모자와 워머를 벗고 난 뒤 군인 중 한 명이 말했다. 그들은 도롱이 연못 터 부근에서 다른 부대원들과 갈라졌다고 했다. 김춘영의 집으로 올라오는 산길의 눈을 치우다가 도리어 눈에 떠밀려 온 듯했다.

김춘영은 어딘가에서 온풍기를 하나 더 꺼내왔다. 집주인으로서 할 만한 일들을 김춘영은 표정 변화 없이 침착하게 했다. 군인들한테 눈을 치우러 와줘서 고맙다고 말했고 몸을 닦을 수건을 건넸다. 황도 통조림을 가져와 "국물까지 다 먹어야 정신이 든다"고 권하기도 했다. 김춘영은 그 모든 걸 군인들과 눈을 전혀 마주치지 않은 채로 했다.

군인들은 앉은자리에서 황도 건더기와 국물을 모두 먹었다.

"세상에, 양말이 다 젖었어요."

여자가 양말을 벗어서 말리는 게 어떻겠냐고 말했다. 안경을 쓴 군인은 감사하다고 말했고 키가 큰 군인은 죄송하다고 말했다. 그러고서 둘은 온풍기 하나를 끼고 돌아앉아 양말을 벗었다. 그들이 양말을 벗자마자 엄청난 쉰내가 거실을 뒤덮었다. 거기 있던 누구도 그 냄새를 맡지 않을 수 없었다. 얼마나 시간이 지났을까. 모두의 코가 쉰내에 적응해버려 더는 숨을 참지 않아도 되었을 때, 사람들은 그날 내로는 김춘영의 집에서 내려가지 못할 거라는 걸 각자 받아들였다.

김춘영이 거실 티브이를 켜고는 주방 쪽으로 나를 불렀다. 통창 밖은 어느새 어둑어둑해져 있었다. 뉴스에서는 실시간 적설량과 함께 눈 때문에 무너진 시설들과 제설 작업에 대한 보도가 이어졌다.

"이거 박선생님한테 들려 보내려고 넉넉히 재워뒀던 건데."

김춘영이 냉장고에서 붉은 덩어리가 담긴 통을 꺼냈다.

"선생님, 이거 설마."

"맞아요."

김춘영이 꺼낸 것은 양념된 돼지고기였다. 김춘영의 구술에서 가장 많이 등장하던 음식이었다. 김춘영 가게의 술안주 메뉴는 삼겹살 부위로 만든 두루치기 딱 하나였다고 했다. 막걸리에 돼지두루치기. 탄광 일을 끝내고 먹기엔 그만한 게 없었다고 김춘영은 자주 말했다. 요리 솜씨가 좋으셨나봐요, 물으면 김춘영은 요리 솜씨가 아니라 수완이 좋았다고 대답했다.

마지막 면담 일이라고 김춘영은 자신이 숱한 세월 매일같이 반복해서 만들던 그 음식을 준비해둔 것 같았다. 먹여 보내는 게 아니라 싸서 보내려고 했다는 게 왠지 김춘영답다는 생각이 들었다.

"폭설 덕에 여기서 먹고 가게 생겼네요, 선생님."

좌탁에 돼지두루치기 실물이 올려졌다. 어두워지는 통창가에 앉아 사람들은 콧등에 땀이 돋아나도록 김춘영의 두르치기를 먹었다.

같이 드시자고 사람들이 권해도 김춘영은 앉으려고 하지 않았다. "나는 돼지는 안 먹어요." 한마디하고 말 뿐이었고 안절부절 못하는 사람처럼 계속 집안 이곳저곳을 돌아다녔다. 마지못해 좌탁가로 와서 앉아도 손을 가만히 두지 않고 탁자 어딘가를 습관처럼 문질러 닦았다. 식사를 마치고 먹은 자리를 다 닦은 뒤에도 그랬다.

"저기 저쪽 7사단."

남자가 말했다.

"나도 거기 수색대대 병장 만기 전역했습니다."

남자의 말에 군인들이 고개를 끄덕였다.

"벌써 삼십 년도 더 됐네."

남자는 군 생활 얘기를 잠깐 이어갔다. 주임 원사가 동네 이장이랑 친해서 비가 오나 눈이 오나 대민 지원을 나갔다는 이야기. 어느 집 축사를 고쳐주고 열무국수를 얻어먹었는데 그게 그렇게 맛있었다는 이야기.

남자가 군인들을 보며 말했다.

"나중엔 다 추억이에요."

창밖은 급속도로 깜깜해지고 있었다.

김춘영이 등 스위치를 모두 올리자 통창에 거실 풍경이 고스란히 되비쳤다.

"아무래도 멧돼지였던 것 같습니다."

제설 얘기를 하던 중에 안경을 쓴 군인이 말했다. 그들은 도롱이 연못 터에서 무언가를 보았다고 했다. 눈이 오고 있어 잘 보이진 않았지만 뭔가 살아 있는 것이 움직였던 것 같다고 했다.

"멧돼지보단 노루나 고라니 쪽 같기도 했습니다."

이번엔 키가 큰 군인이 말했다.

얘기를 듣던 남자가 한숨을 쉬듯 웃더니 군인들을 향해 말했다.

"이 장병들 큰일나겠네."

"……"

"정체가 뭔지 확인을 안 했단 말입니까?"

그때까지도 나는 김춘영이 나와 같은 전기장판 위에 앉아서 숨을 돌리고 있다고 생각했다. 소맷자락이나 휴짓조각으로 좌탁을 문지르고 있다고 생각했는지도 몰랐다. 여자는 피곤한지 벽에 기대 눈을 감고 있었다. 온풍기가 회전하면서 되쏘는 빛이 통창에서 이쪽으로 계속 건너오고 있었다.

"군인한테 제일 중요한 게 뭡니까?"

남자가 자세를 고쳐 앉으며 물었다.

"말해보세요. 군인한테 첫번째가 뭡니까?"

남자가 재차 묻자 군인들은 당황한 표정으로 서로를 쳐다봤다.

"피아 식별을 못하면 군인은 끝인 겁니다."

"……"

"군인한텐 첫째도 둘째도 이거예요. 피. 아. 식. 별."

김춘영이 내 팔을 잡은 건 그때였을 것이다. 통창어 비친 김춘영의 모습을 보게 된 것도 그때였을 것이다. 사람들은 남자가 던진 피아 식별의 그물에 순간적으로 갇힌 채 통창에 반사된 서로의 모습을 보고 있었다. 나는 김춘영을 급히 부축해 가장 가까이에 있는 방으로 들어갔다.

"자리 좀 펴드릴까요?"

내가 묻자 김춘영은 잠깐만 그냥 앉아 있겠다고 말했다. 당장 눕지 않으면 쓰러질 것처럼 보이는데도 김춘영은 가까스로 앉아서 숨을 골랐다. 언제부터였을까. 김춘영이 괜찮지 않다는 걸 내가 안 건 언제부터였을까. 군인들이 나타나면서부터였을까. 여행객 부부가 나타나면서부터였을까. 지난 면담부터였을까. 지지난 면담부터였을까.

티브이 채널을 돌리는지 문밖에서 왁자한 소리가 났다 다시 잦아들었다. 불을 켜지 않았는데도 창밖에 쌓인 눈 때문에 방엔 희미한 빛이 내려앉아 있었다. 방 한쪽으로 내 배낭이 보였다. 여행객 부부가 오면서 치워둔 녹음기도 보였다. 내가 지고 올라온 노트북에는 두 개의 파일이 있었다.

김춘영생애사1.hwp

김춘영생애사2.hwp

그 안에는 화운령에 정착하기 전의 김춘영도 있었고 화운령에 오고 난 후의 김춘영도 있었다. 봉화 눌산리에서 누군가의 둘째 딸로 살던 김춘영이 있었고 못 배웠지만 말에 조리가 있던 김춘영이 있었다. 후레아 치마를 입고 읍내로 놀러나가던 김춘영도 있었다. 깡통 테이블의 녹을 긁어내며 가게문을 열던 김춘영이 있었고 연못에서 도롱뇽이 보이면 여느 화운령 사람들처럼 기도를 하던 김춘영이 있었다. 그 안엔 운탄고도 어디에도 재현되어 있지 않은 김춘영의 장소가 있었다.

예비 질문 목록도 있었다. 사건에 접근해가기 위해 연구팀이 공통으로 나눠 가진 질문들과 현장 상황에 따라 하면 좋고 못해도 어쩔 수 없다고 생각한 질문들이 있었다.

사택 부녀회분들과는 어떻게 지내셨어요?

단골 광부가 사고를 당한 적이 많았습니까?

화운령을 떠나고 싶다는 생각은 안 하셨나요?

사건 당일 아침엔 가게에 계셨습니까?

화운령에서 노동쟁의가 일어날 거라는 걸 미리 알고 계셨습니까?

광부들은 어용노조 지부장이 달아나자 그 부인을 끌고 나와 전봇대에 묶었습니다. 상하의를 벗기고 린치했습니다. 이에 대해

함구하는 사람들을 어떻게 생각하십니까?

광업소 앞마당에서 군에 연행되실 때 상황을 말씀해주십시오.

대질심문 때 사적인 감정으로 이웃의 이름을 대는 사람들이 있었습니까?

고문중에 어떤 질문을 받으셨습니까?

경찰서에서 돌아온 뒤 마을 사람들의 시선은 어땠습니까?

이 사건이 지역공동체에 남긴 상흔은 무엇이라고 생각하십니까?

사람들이 화운령사건을 어떻게 기억해주길 바라십니까?

다시 왁자한 소리가 들려왔다. 이번엔 티브이 소리가 아니라 문밖의 사람들 소리였다. 입술을 깨물듯 내 팔을 잡은 김춘영의 손아귀에 힘이 들어갔다. 내가 지난 일 년 동안 알아온 열 살의 김춘영과 서른네 살의 김춘영과 쉰아홉의 김춘영을 품은 채로, 어느 때보다도 가깝고 어둑하게, 지금의 김춘영이 내 앞에 앉아 있었다. 문밖에서 무언가 쿵 하는 소리가 났다. 동시에 김춘영의 손아귀에 힘이 풀렸다. 하룻밤 사이에 머리가 다 세어버릴 것처럼 눈앞에서 김춘영의 머리카락이 서서히 물들어갔다. 머리카락이 세어가는 그 속도로 김춘영한테서 소변이 흘러나왔다. 그것은 긴 시간처럼도 느껴졌고 일순간처럼도 느껴졌다. 소변이 흘러오는 동안 나는 어둑한 방안에서 김춘영과 비스듬히 마주앉아 있었다. 괜찮으시냐고 묻지 않았다. 그가 생의 어느 지점에 있는 기억의 습격을 받았는지 되짚지 않았다. 김춘영한테서 흘러나온 소변이 김춘영의 무릎을 지나 내 무릎에 와서 고일 때까지, 나는 그냥 그대로 앉아 있었다.

김춘영 5차 구술
면담 일자: 2024년 9월 27일 13:00~17:20
면담 장소: 김춘영 자택
면담자: 박정윤

13:00~14:10 면담 진행
14:10 유리 긁히는 소리 때문에 잠시 면담 중지됨. 긁는 소리 계속됨. 김춘영 밖으로 나갔다 들어옴. 삵이라고 함.
14:25~16:05 면담 진행
16:05 전화벨소리. 면담 잠시 중지. 김춘영 통화. 선탄 언니, 병문안 시간 약속.
16:15~
선생님, 통화하신 선탄 언니분이 혹시 압축기실 그분이세요?
맞아요. 압축기실 목욕날 맨날 1등으로 가던 그이.
정말로 거기서 다들 목욕을 하신 거예요? 그림이 안 그려져요.
압축기가 그게, 막장으로 공기를 넣어주는 기계예요. 거기 냉각수에서 더운물이 막 흘러나오거든요. 선탄 언니들 맨날 새까매져서 퇴근해도 씻을 데가 마땅찮으니까. 날 잡고 몰려가서들 씻고 그랬지. 망은 내가 봤고요.
선생님은 같이 안 씻으셨어요?
나는 안 까맸으니까. (웃음)

압축기실이 보일러실 같은 델까요? 거기에 고무 다라이 같은 거 갖다놓고 여러 명이 씻으신 거예요? 말씀을 들어도 통 안 그려지네요.

　아이고, 뭐하러 그려요. 그냥 목욕하는 걸.

　(면담자 웃음)

　그이들은 나 없으면 아쉬웠지요. 압축기실 담당자랑 달도 잘 맞춰야지, 날 더워지면 목욕 날짜 한 번이라도 더 잡아달라고 구슬려야지, 내가 말발도 좋고 하니까, 그이들이 떨어질 만하면 나한테 멘소래담을 사다줬어요.

　뇌물 같은 거였네요?

　나는 멘소래담 하나면 그냥 넘어갔어요.

　워낙 손이 성할 날이 없으셨기도 했고요.

　아이고, 힘들게 올라왔는데 이렇게 쓸데없는 얘기만 해서 어떡해요. 시간 다 가네.

　쓸데없는 얘기 아니에요.

　아무튼지, 쓸데없는 건 다 빼줘요.

　면담을 마칠 때마다 김춘영은 인사말처럼 그 말을 했다. 고생하셨습니다, 수고하셨습니다, 라고 말하듯이 쓸데없는 건 다 빼줘요, 라고 말했다. 특정 부분이나 발언을 지목해 빼달라고 요청한 적은 한 번도 없었다. 그냥 그렇게만 말함으로써 김춘영은 쓸데가 있는지 없는지 판단할 권한을 나한테로 실었다.

　날이 밝지 않은 어두운 새벽인데도 화운령을 가득 덮은 눈이 통창을 푸르스름하게 채우고 있었다. 내 현장에선 므두가 아직 잠들어 있었다. 여행객 부부와 군인들은 거실 전기장판 한 귀퉁이씩을 차지한 채로 새우잠을 자고 있었고 방에는 김춘영이 잠들어 있었다. 나는 거실 가운데에 서서 그곳에서 내가 겪은 일 년과 하룻밤을 생각했다. 거기 있는 사물들을 하나하나 눈에 담았다. 손과 잔과 말과 말로 되어 나오지 못하는 것들이 오가던 좌탁을 눈에 담았다. 신발장 옆에 세워놓은 등산 스틱과 제설 삽도 눈에 담았다. 말리려고 엎어놓은 군화도 눈에 담았다. 다시 노트북을 짊어졌고, 그렇게 내 현장에서 걸어내려왔다.

도롱이 연못 터를 지나다 나는 무언가를 보았다. 눈이 그친 연못은 말할 수 없이 고요하고 평평했다. 하얗게 펼쳐진 풍경 끝에서 쨍한 주황색 점 하나가 빛나고 있었다. 그것은 갱도에서 올려보낸 뾰루지처럼 작게 솟아 있었다. 다가가면서 보니 봉분 같았다. 웅크리고 있는 짐승의 등 같기도 했다. 하지만 더 가까이 걸어가자 한 사람이 들어갈 만한 작은 백패킹용 텐트라는 것을 알 수 있었다. 그 안에서 누군가 등을 켜놓고 있었다.

나는 잠시 걸음을 멈추고 호흡을 골랐다. 그 안에 있는 사람한테 내 말이 들릴지 알 수 없어 가슴이 뛰었다. 몇 걸음을 더 걸어보았다. 거기 있을 수도 있는 사람을 그려보면서. 이제부터 내가 말하게 될 김춘영의 생애를 들을 수 있는 사람. 이 작업의 최종 청자. 텐트 앞에 다다를 때까지 나는 좀더 걸어갔다.

| 작가노트 |

박정윤

　첫 장편 『아홉번째 파도』를 쓸 때 소설 속 사건 취재를 위해 여러 사람들을 만난 적이 있다. 그때의 인터뷰 녹취 파일과 녹취록, 질문지 등의 자료는 1.65GB 정도의 분량으로 내 노트북 안에 남아 있다. 책을 낸 뒤로 그 자료들을 다시 열어본 적은 없었지만 이후 다른 작업들을 하는 동안에도 나는 그 자료 폴더를 내내 의식하고 있었던 것 같다. 쓰는 사람으로서 나와 내 작업에 대해 말해야 할 때가 되면 언젠가부터 그때의 인터뷰 과정들이 아픈 손가락처럼 떠올랐다. 소설에 도움이 될 얘기를 하나라도 더 끌어내고 싶다는 바람, 뜻밖의 실마리를 얻을지도 모른다는 기대. 대화가 겉돌며 벽이 느껴질 땐 조바심이 났고 필요한 범위보다 크고 깊은 얘기가 흘러나오면 겁이 났다. 그 과정들이 너무 어렵고 버거웠는데도 나는 소설 연재를 마칠 때까지 인터뷰를 계속했다.

왜 그랬을까. 그렇게까지 해서 내가 쓰려고 했던 건 무엇이었을까. 소설 취재라는 명목으로 묶인 숱한 자료가 쌓여가는 동안 내가 품고 있던 마음은 어떤 것이었을까. 내가 의심해보지 않은 건 무엇이었을까.

「김춘영」의 면담자 인물 '나'는 그때의 인터뷰 경험이 단초가 되었다. 이 작가노트를 쓰면서 오랜만에 그때의 인터뷰 폴더를 열어보았다. 폴더까지는 열어볼 수 있었는데 개개의 녹취록 파일만은 여전히 엄두가 나지 않았다. 구 년 가까이 지났지만 파일을 여는 즉시 그 육성들이 고스란히 살아날 것 같았다. 그중 내가 소설에 끌어올 수 있었던 건 극히 일부뿐이었다. 들었지만 쓰지 않은 것들. 듣는 동안 이미 내가 쓰지 못할 거라는 걸 알게 되었던 것들. 한 사람의 전 생애로 다가가지 않고는 어떤 식으로도 쓸 수 없다고 느꼈던 것들.

*

소설 속 '화운령사건'은 1980년 4월, 강원도 정선 사북에서 광부들의 노동쟁의로 촉발되었던 사북항쟁을 모티브로 했다. 역사문제연구소 민중사반 사북팀에서 진행한 『사북항쟁 구술자료총서』(도서출판선인, 2020)의 행간에서 느껴졌던 것들이 소설에 참고가 되었다. 소설 속 탄광촌 생활상들은 탄광촌에서 유년을 보낸 J에게서 오랜 시간에 걸쳐 들어온 이야기들이 단상을 주었지만, 소설을 실제로 집필하던 기간엔 정연수의 『탄광촌 풍속 이야기』(북코리아, 2010)에서 많은 도움을 받았다. 구술사 연구에 대한 윤택림, 이나영, 김연주, 조영주 연구자의 글들도 공부와 참고가 되었다.

한두 계절만 빨리 썼거나 늦게 썼어도 지금과는 다른 글이 되었을 것 같은 느낌이 드는 소설들이 있다. 다 쓴 뒤에 돌아보면 그 소설을 그 소설이게 한 요소들이 마지막까지 소설 안팎의 영향을 받아 움직인 걸 보게 되는 때. 「김춘영」은 2025년 4월 11일에 쓰기 시작해 2025년 5월 7일에 송고했고, 그 시기에 나는 '역사와 이야기'라는 과목명의 강의를 하고 있었다.

그때 그 강의를 하고 있지 않았다면. 2024년 12월 3일 이후의 겨울을 지나 2025년 3월 강의실에서 마주앉은 얼굴들이 아니었다면. 함께 오카 마리와 기시 마사히코, 최윤과 아다니아 쉬블리를 읽던 시간이 아니었다면. 모여 앉은 이들은 모두 쓰는 사람들이었고 서사를 향한 욕망이나 재현의 윤리라는 말 앞에서 느껴온 두려움이 있었다.

나는 면담자 박정윤이 한계를 확인하게 되더라도 덜 주저하고 더 휘말리게 되는 인물이었으면 좋겠다고 생각했다. 뚜렷한 접점 없이도, 투사 없이도, 온전히 타인인 채로 김춘영의 생에 자신의 언어를 개입해갈 수 있기를. 그것은 가능할 수 있을까. 어떻게 가능할 수 있을까.

| 리뷰 |

인간이 드러나는 기이한 통로들

최윤(소설가)

4월의 갇힌 설산

소설가 최은미는 산의 분위기를 참 잘 그려낸다. 산은 자주 무대가 되고 거기서 예상치 못한 사건들이 일어난다. 겉으로 보면 평화롭고 아름답기까지 한 자연 속에 인간이 벌이는 숨겨진 일들이 있다. 서술자는 감히 그 안으로 걸어들어간다. 그곳에서 현상의 시간 맥락이 멈추는 듯한, 혹은 그것과 무관하게 인간 본성의 악과 실수와 연약함이 표출된다. 그 인간들은 자주 참혹하고 추악하기도 하다. 그런 인간 이해는 한계적인, 공적 시간을 뛰어넘는 어딘가에 위치해 있다. 그들은 어떤 의미에서는 광활한 우주의 메타포인 산에 갇혀 있고, 바로 그 산에서 감금되어 있던 그 어떤 것이 터지며, 어쩌면 그 자체가 불행일 수도 있는 작은 해방이 일어난다.

　이번 작품 「김춘영」의 서술자도 산을 오르는 사람의 단단하고 규칙적인 발걸음으로 목적을 향해 간다. 작품의 시작과 끝을 장식하는, 탄광이 무너지면서 생긴 도롱이 연못 터에서 산을 오른다. '지역과 여성의 기억' 아카이브 팀의 면담자로서, 김춘영이라는 여성 구술자와의 마지막 면담을 위해서다. 수십 년을 화운령 운탄고도의 탄광 마을에서 살다가, 해발 천 미터 높이에 고상하게 목조 주택을 짓고 살고 있는 고령의 여성에 독자는 이끌린다. 그리고 4월의 폭설에 갇혀 면담자는 그 집에서 하룻밤을 보내게 된다. 면담 시간이 연장되어 면담자가 구술자에게 깊이 접속할 수 있는 이 하룻밤은 소설의 시공간이 된다. 갇힌 공간에서 터질 것은 터지고 맺어질 것은 맺어진다.

　어찌 보면 매우 수월한 설정 같기도 하다. 소설가의 제일차적인 활동은 무엇일까, 를 재확인하게 하는 설정이기 대문이다. 소설가는 끝없이 세상에 질문을 던지고, 세상이 답하는 무수한 소리를 듣는 청자이다. 다시 그것이 글로 풀어지며 화자가 된다. 대상이 특정되건 아니건—오히려 불특정 다수에 대해 때로는 비가시적이며—존재하지 않는 세상에 대해서도 소설가는 말을 건다. 그는 그런 식으로 세상에 던지는 질문과 세상이 보내는 답에 중독된 사람이고, 소설가의 가장 기본적인 활동이 세상과 더불어, 세상에 대해 인터뷰하는 사람이라는 의미에서 이 설정은 익숙하게 다가올 수 있다. 그러나 「김춘영」이 의미 있게 드러내는 다음과 같은 문제 제기가 이 소설이 한국의 지금, 여기의 소설이 지니고 있는 문제를 의식하고 있음을 보여준다. 그것은 작가의 의도라기보다는 소설에 대한 본능적 감각과 소설의 자유에 대해 생각해온 작가의 소설관이 자연스럽게 배어나온 것이기에 이 작품이 지니는 의의가 예외적이라고 할 만하다.

라이프 히스토리의 탈신비화

일단 이 작품이 의미의 다면성을 직조해나가는 구조적 방식부터, 구술자와는 물론이고 면담자 자신의 욕구와도 거리를 취하는 객관적인 설정, 아울러 가장 기초적인 것에서 많은 전언을 끌어내는 서술 방식이 전반적으로 고급지다. 인터뷰어가 인터뷰이에 대해 지녀야 하는 윤리적이며 객관적인 거리 유지, 몰입되지 않고 상황을 주도하되 배려를 잃지 않는 '라포' 형성의 고심이, 마치 부르디외가 『세계의 비참』 서문에서 설명한 인터뷰어의 이상적인 자세에 부합하며 소설의 추이에 비상한 호기심을 유발한다. 작품의 질료가 된 1980년의 사북항쟁은 연구가 많이 이루어진 과거의 사건이나 작가는 단 한 번도 이 공식 명칭을 사용하지 않는다. 다만 "사십오 년 전 4월 화운령에서 있었던 사건"이라고 언급된다. 설마 사십오 년이 지나서, 정보의 누락을 메우거나 사건 해석의 새 지평을 제시하려고 작가가 이 소설을 썼겠는가. 작품은 우리의 소설에서 다루기 미묘한 라이프 스토리와 라이프 히스토리 간의 갈등을 여러 번 부각시킨다. 그리고 그것은 연구팀장을 통해, 연구팀이 면담자에게 전한 질문들의 유형을 통해 간단히 처리된다. 즉 면담자는 의도적으로 팀이 요청하는 라이프 히스토리의 방향에서 등을 돌린다.

후반부에 이르러서야 지나가듯이 서류 하단의 한 이름으로 소개되는 면담자 박정윤은 자신의 의지를 명백히 한다. 작품에는 서로 의견을 달리하는 인물의 쌍이 등장하지만, 연구팀이 바란 것과는 달리 박선생은 "그 사건"에서 "여성 경험의 특수성" 대신, "대체 불가능한 한 개인의 이야기"를 고집한다. 그것이 소설의 관건이고 미리 의도를 드러냈다면 이는 이 작품의 작은 약점이기도 할 것이다. 역사적 사실에 대한 소설(인터뷰)의 복무 혹은 소재적 우위는 현대 한국 소설의 특수성 중의 하나이기도 하다. 역사소설이 본격소설 장르로 강한 임팩트를 가지는 것은 한국문학의 독특한 특징이다. 「김춘영」의 인물 설정은 이 엄견한 소재적 위계질서에 틈을 만든다. 그녀는 영웅도 반영웅도, 영웅화된 약자도 아니다. 그녀는 대체될 수 없는 한 인간 여성이다.

일단 이러한 맥락에서 보면 주인공의 설정 자체가 역사적 주인공의 영웅적 '쓰임'에 별 도움이 안 된다. 고령인, 역사의 현장을 산 증인 앞에서 일반적인 사람들이 기대하는 바, 증언자를 우상화·신비화하는 태도를 김춘영은 자기 집에 매달린 종이등 하나로 깨부순다. 박선생의 연구 파트너 홍이 "등이 집이랑 정말 잘 어울려요. 어르신이 직접 풀 먹여 바르신 거예요?" "화운령 꽃이 새겨진 화운령의 등이네요" 같은 감탄을 뱉자 "그거, 내 조카가 이케아에서 사다준 겁니다"라고 답하며 김춘영 자신은 물론 화운령에 대한, 홍으로 대변되는 독자의 환상에 찬물을 끼얹는다. 이 한마디로 홍은 면담 보조직을 스스로 내려놓는다. 김춘영의 명명도 글이 진전될수록, 어르신에서 선생님으로 그리고 그저 할머니로 변한다. 김춘영은 분명 '이름을 내세운 생애사'에 상식적으로 걸맞은 사람은 아니다. 또 "자신의 이야기가 공적 자료가 된"다는 데 눈동자가 흔들리며, 정제된 표정으로 면담자를 대하던 구술자의 위엄이 조금씩 무너진다.

그녀에 대한 다른 구술자들의 증언도 상기된다. 광부의 아내들 중에는, 화운령 운탄고도에서 술집을 운영하던 김춘영과 "남편 월급봉투를 나눠가진다"고 증언한 사람도 있다. 김춘영 자신도 "내가 술만 판 건 아니었어요"라며 매춘 행위를 간접적으로 고백한 바 있다. 인간적인 모습이 드러나고 말솜씨 있는 구술자로서의 겉모습이 무너지면서 그녀는 한정된 역사적 사건의 틀을 뛰어넘어 면담자의 파일 속에 담긴 다양한 시간대의 한 사람 김춘영이 되어간다.

식별을 넘어 차연적으로 빚어지는 인간학

여러 겹의 탈신비화를 거치면서 한 인간 여자의 현실이 드러난다. 그러나 아직은 아니다. 4월의 폭설에 등산객 부부가 김춘영의 집으로 피신해 들어온다. 그곳까지 오는 동안 문화재 안내판을 "차근차근 흡수하며" 왔을지도 모르는 이 부부는 김춘영에게 관심이 많다. 오십 년을 넘게 그곳에 산 "탄광촌의 산증인" 앞에서 그곳에 대한 일정한 지식을 갖춘 이들은, 특히 여자는 집요하게 추정적 질문이 많다는 점에서 홍보다 한 걸음 더 나아간, 공적인 라이프 히스토리의 아마추어 탐구자인 듯하다. 그리고 얼마 안 있어 대민 지원을 나온 군인 두 명이 집으로 들어서며 김춘영의 집은 두 그룹의 사람과 공간으로 나뉜다. 좌탁가의 텔레비전 앞에 앉은 등산객 부부와 군인 두 명, 그리고 부엌으로 이어진 옆쪽의 방으로 퇴거한 면담자-구술자 쌍이 공간적으로 분리되기 시작한다. 이 나누어진 공간에 관계적 시도를 한 사람은 김춘영이다. 그녀가 판 단 하나의 술안주였던 돼지두루치기를 박선생에게 마지막 면담의 선물로 주는 대신 모두에게 제공한 것이니 김-박 두 사람이 제안했다고 보아야 할까. 그러나 이 예기치 않은 식사 나눔은 두 그룹의 사람을 잇기보다는 결정적으로 구별하는 계기가 된다. 폭설과 군인들이 지나쳐온 연못 터의 알 수 없는 생명체의 움직임은 오십대의 등산객 남자로 하여금 위험에 직면했다는 감각을 받게 한다. 그러곤 그는 군인들이 그 움직이는 무언가를 확인하지 않은 것을 두고 군인이 심장과 머리, 근육 저 깊이에 각인해야 할 "피. 아. 식. 별."의 자세에 대해 외친다. 이 부분부터는 침묵하는 등산객 여자도 같은 범주로 넣어 보아야 한다면, 이 자세는 생물학적인 구분 너머에 존재하는 식별의 가치관이라고 부를 수 있지 않을지.

탄광촌 호황기에 가장 많은 돈을 끌어모았지만 어디에도 속할 수 없었던 김춘영은 그녀의 삶의 여러 시간대에 자신을 고통스럽게 했을, 남자가 던진 "피아 식별의 그물"에서 벗어나려고 박선생의 팔을 잡았을 것이다. 그것은 도움에의 요청이자, 면담자에 대한 신임의 초대로 보인다. 그들은 면담이 이루어지던 좌탁에서 방으로 퇴거한다. 이 둘 사이에 새로운 '라포'가 형성되는 순간이다. 작품의 초반부에서 언급한 면담자-구술자로서의 균형 잡힌 형식적 라포를 뛰어넘는 존재적 라포는 이 작품이 던지는 새로운 전망이다. 그녀들 사이에 강이 흐른다. 최은미의 글에서만 접할 만한 문장으로, "그가 생의 어느 지점에 있는 기억의 습격을 받았는지" 김춘영의 머리가 하룻밤 사이에 새고 그녀의 몸에서 소변이 흘러나온다. 그 소변의 작은 강이 두 여성의 무릎을 적신다. 면담자와 구술자가 소변 강으로 연결된다. 구술자가 오랜 시간을 참아온 배뇨 욕구의 방출에 면담자가 산파 역할을 한다.

면담자는 이제 박선생이 아니라 박정윤이 되며, 피아 식별이 없어졌던 순간들, 탄광촌 내 여자 광부들이 압축기실에서 보낸 목욕 시간에 망을 보던 김춘영의 면담 기록이 환기된다. 상상하고 그려낼 필요가 없는 그냥 모두가 발가벗은 목욕 시간의 더운 물이 이들을 하나로 만든다. 피, 아 구별이 없는 어울림의 장면에는 분명 소란스러운 웃음이 있었을 것이다. 김춘영과 박정윤 두 사람이 각자의 차이를 넘어 한 밤의 여러 단계를 서로 서두르며 혹은 지연하며 목욕탕 모임에 참여하는 오독의 착각을 한다.

4월의 폭설로 모두가 갇힌 현장(세상)에서 하산하는 박정윤의 시선에 잡힌 도롱이 연못 터의 등을 밝힌 텐트 하나. 그 사람을 그녀는 청자라 부른다. 그녀는 이렇게 구술자의 얘기를 듣는 면담자에서, '나'의 인간론과 소설론에 따라, 김춘영의 얘기 속에서 쓸데 있는 얘기를 고르고 또 버리는 화자-작가로 변모한다.

이 작품이 소설가 최은미의 의미 있는 터닝 포인트가 아닐까 생각해본다. 인간의 악한 본성과 운명에 대해, 인간은 말로 다 밝힐 수 없는 동질성의 미스터리에 대해 여러 작품이 바쳐진 것으로 기억한다. 그러나 이 작품으로 작가는 고정된 본성론, 비극적 인간론을 훌쩍 넘어 더 미묘하고 깊으며, 각자가 지닌 차이로 세상과 맺는 고유한 관계 속에서 재창조되는 차연différance적 인간론으로 풍요롭게 진입한 것 같다.

P. S. 「김춘영」에 대한 리뷰를 쓰면서 듣던 음악이 있다. 어맨다 포사이스와 토머스 쿨리가 부른 헨델의 〈As Steals the Morn upon the Night〉로 축하 메시지를 대신한다.

강화길

거푸집의 형태

작가노트
숙면의 시간

리뷰 | 강지희
고통과 허기로 조형한 거푸집의 빛

강화길

2012년 경향신문 신춘문예에 단편소설 「방」이 당선되어 등단. 한겨레문학상, 구상문학상 젊은작가상, 백신애문학상, 2017년 젊은작가상, 2020년 젊은작가상 대상 등 수상. 소설집 『괜찮은 사람』 『화이트 호스』 『안진: 세 번의 봄』, 장편소설 『다른 사람』 『대불호텔의 유령』 『치유의 빛』, 중편소설 『다정한 유전』 『풀업』 등이 있다.

거푸집의 형태

 이모는 내가 사귄 남자들을 다 알았다. 알아서 매번 줄줄이 읊어댔으니 그럴 수밖에 없었다. 이모, 얘는 잘생기긴 했는데 성격이 좀 별로인 것 같고, 얘는 전체적으로 다 괜찮긴 한데 뭔가 그냥 좀 아쉽고, 그리고 난 쟤가 미치도록 좋은데 날 별로 좋아하지 않는 것 같아. 그게 너무너무 자존심 상하는데 어쩔 수 없이 자꾸 매달리게 돼. 나는 그런 말들을 아무렇지 않게—정말로 아무렇지 않았다—이모에게 죄다 털어놓았고, 몇 명은 직접 보여주기도 했다. 남자친구를 이모가 일하는 카페에 슬쩍 데려가거나, 일부러 버스 터미널에 붙잡아두었다가 이모가 지나가면서 힐끗 보게 하는 방식으로 말이다. 한번은 아예 약속을 잡아서 셋이 함께 밥을 먹은 적도 있다. 꽤 오래 사귄 애였다. 이 년? 삼 년? 내가 많이 좋아했다. 그는 엄마가 아닌 이모를 만난다는 사실이 의아한 듯

했지만, 차라리 이모여서 다행이라고 생각하는 것 같기도 했다. 덜 부담스러워하는 듯했다. 그와는 반년을 더 만나다 헤어졌다.

이모의 반응은 대체로 평범했다. 어떤 애는 마음에 들어했고, 어떤 애는 탐탁지 않아했다. 물론 이모가 싫어한다는 이유로 헤어진 적은 없다. 이모가 좋아한다고 해서 더 오래 만나지도 않았다. 하지만 새로운 남자를 만날 때면, 이모의 그 말 한마디는 꼭 되새겼다. "진이야, 눈을 높여." 그랬다. 그건 어른들이 흔히 말하는 그런 남자, 그러니까 가정교육도 잘 받았고 직업도 괜찮고, 인물도 좋은, 아무튼 여러 가지 면에서 빠지지 않는 그런 수준의 남자를 만나라는 구태의연한 충고가 아니었다. 음, 물론 아주 완전히 아니라고 할 수는 없었을 것 같다. 하지만 어쨌든 간단히 요약하자면 이모는 내가 훌륭한 사람을 만나기를 원했다. 그래. 아주 훌륭한 사람. 왜냐하면 진이야. 너는 아주 괜찮은 아이거든. 착하고 다정하지. 누구보다 내가 잘 알아. 그러니까 너처럼 훌륭하고 멋진 사람을 찾아야 해. 알았지?

때문에 결혼을 결심했을 때 나는 당연히 그를 이모에게 소개할 생각이었다. 내 판단이 맞는지, 내가 그에게 느끼는 어떤 강직하고 다정한 부분들이 정말로 나에게도 있는지, 이모에게 확인을 받고 싶었다. 이모는 알았다고 했다.

"그래, 봐야지. 그런데 결혼은 연애랑 달라. 알지? 아주 꼼꼼하게 볼 거다."

그는 조금 놀라워했다.

"조카가 아니라 꼭 동생 대하는 것 같네? 자매 같다."

제법이라고 생각했다. 실제로 엄마와 이모는 열네 살 차이가 났고, 나는 이모와 열여섯 살 차이가 났다. 그리고 이모와 나는 꽤 닮은 편이었다. 아니, 아주 많이 닮은꼴이었다. 사실 내가 태어나기 전까지, 가족 중에 외할아버지의 외모를 그대로 빼다박은 사람은 이모가 유일했다. 장녀인 큰이모, 한 살 터울 동생인 엄마, 그보다 다섯 살 아래의 외삼촌 모두 외할머니를 닮았다. 외할아버지와 비슷한 사람은 없었다. 오직 이모와 나, 두 사람뿐이었다. 그래서인지 식구들이 다 함께 모여 있으면 이모와 나만 다른 가족처럼 느껴질 때가 있었다.

나는 그게 좋았다.

언제였더라. 아마 내가 아홉 살 무렵이었던 것 같다. 엄마와 이모, 그리고 나까지 함께 택시를 탔다. 엄마가 앞좌석에 앉고 나와 이모는 뒷좌석에 나란히 앉았다. 택시 기사는 백미러를 통해 나와 이모를 슬쩍 보더니 다소 과장된 말투로, 하지만 분명한 호의와 칭찬을 담은 목소리로 엄마에게 말했다.

"이야, 따님들이 정말 예쁘네요. 어디서 똑같이 찍어내신 것 같습니다."

엄마는 창밖을 바라보며 심드렁하게 대답했다.

"네, 아빠한테서 찍어냈죠."

이모와 나는 동시에 웃음을 터뜨렸다. 택시 기사도 함께 웃었다. 그랬다. 우리는 어딜 가든 자매냐는 소리를 들었고, 똑같이 생겼다는 말을 들었다. 그런데 대답하는 일이 꽤 귀찮았는지, 언제부터인가 엄마와 이모는 그다지 적극적으로 해명하지 않았다. 택시에서 그런 것처럼 제멋대로 오해하도록 내버려두거나, 농담 아닌 농담으로 대충 둘러대곤 했다. 나 역시 그랬다. 아니다. 나는 조금 더 뻔뻔하게 굴었다. 처음 본 사람들, 한 번 보고 말 사람들. 그래, 그들이 우리를 오해하면 나는 일부러 이모를 "언니!"라고 불렀다. 그러면 이모 역시 장난기 가득한 표정으로 나를 쳐다보다가 "왜 막내야"라고 대답했다. 아주 가끔은, 이모가 먼저 "막내야" 하고 말을 걸 때도 있었다. 엄마가 이모를 부를 때처럼, 진짜 동생을 찾을 때처럼.

그 역시 좋았다.

응. 나는 이모를 많이 좋아했고, 사랑했고, 그래서 이모가 그냥 나의 친언니였으면 좋겠다고 생각했다. 때문에 이모가 큰이모와 싸움을 벌일 때면 내심 반가웠다. 이모가 우리집에 전화를 걸어 엄마에게 하소연을 할 때마다 기대가 됐다. 그건 주말 아침 혹은 그날 저녁에 이모가 우리집에 온다는 뜻이었고, 그래서 함께 저녁식사를 마친 후 엑설런트를 까먹으며 〈마틸다〉나 〈티파니에서 아침을〉 같은 영화를 볼 수 있다는 의미였다. 그리고 내 방에 이모와 나란히 누워 열한시 혹은 열두시까지, 평소 엄마라면 절대 허락하지 않았을 그 시간까지 도란도란 이야기를 나누다 스르륵 잠에 빠져들 수 있다는 뜻이기도 했다.

기대가 충족되는 날은 꽤 많았다. 큰이모는 결혼을 늦게 했는데, 그전까지 외갓집에서 외할머니와 외삼촌, 그리고 이모와 함께 살았다. 큰이모는 어릴 때부터 공부를 잘했고, 뭐든 착실하게 해내는 모범생이었던데다, 장녀로서 집안의 경제적인 부분을 상당히 책임져왔기 때문에 가족들의 신뢰를 많이 받았다. 큰이모가 무슨 말을 하든 딱히 토를 다는 사람이 없었다. 문제는 큰이모가 말도 안 되는 이야기, 이를테면 '누군가 달걀을 바닥에 떨어뜨리면 반드시 깨지겠지만, 내가 떨어뜨리면 절대 깨지지 않는다'는 식의 이야기를 하거나, 돈을 벌어온다는 핑계로 의세를 떨며 가족들에게 막말을 해대도 누구 하나 뭐라고 하지 않았다는 것이다. 큰이모가 하는 말은 무조건 패스였다. 패스. 패스. 패스. 사실 엄마는 그런 큰이모를 피해 일찌감치 아빠와 결혼했다. 도망치듯 집을 나왔다. 그게 엄마의 최선이었다. 이모는 달랐다. 그녀는 언제나 큰이모에게 대들었다. 특히 대학 입학 후 이모는 큰이모에게 온 힘을 다해 반항했다. 결과가 뻔한 싸움이었다. '야, 꼬우면 네가 돈 벌어서 학교 다녀. 이거 완전 은혜도 모르는 년이네?' 이모는 큰이모에 대한 분노와 짜증, 외할머니의 방관, 의삼촌의 미묘한 편가르기를 피해 우리집으로 자주 도망쳐왔다 돌아왔다. 내 옆에 누웠다. 공교롭게도 그런 날, 나는 많이 행복했다. 하나가 아닌 둘. 넷이 아닌 다섯. 내내 비어 있다고 느꼈던 어떤 감정의 틈이 꽉 채워지는 기분. 지금도 종종 그때 그 순간들을 기억한다.

지난 일요일, 이모가 죽었다. 53세였다.

1일장을 치렀다. 큰이모의 아들이 영정을 들었다. 나는 맨 뒷줄에 섰다.

서울로 돌아오던 길, 차 안에서 동생이 말했다.

"누나, 우리는 사이좋게 지내자."

그러나 오늘 아침, 우리는 싸웠다.

*

아니다. 싸웠다기보다는 내가 일방적으로 화를 냈다고 해야 할 것 같다. 아니, 그것도 아니다. 나는 소리를 지르지도 않았고, 빈정거리거나 신경질을 내지도 않았다. 침묵했을 뿐이다.

티셔츠 때문이었다.

그래, 이모의 티셔츠.

정리하자면 이랬다. 지난 저녁 큰이모가 동생에게 전화를 걸어 부드러운 목소리로 말했다. 장례식 때 수고가 참 많았다고 말이다. 동생은 얼떨떨한 기분으로 대답했다.
"아니에요, 이모."
사실 동생은 회사에서 잔업을 처리하고 출발하느라 발인 시간을 맞추지 못했다. 어쩔 수 없이 장지로 바로 왔는데, 그때는 이미 거의 모든 절차가 끝나 있었다. 동생은 이모의 유골함을 아주 잠깐 스쳐지나가듯 봤다. 그리고 가족들, 그러니까 외갓집 식구들과는 기껏해야 한 시간 남짓 함께 있었을 뿐이다. 그런데 뭘 수고했다는 거지?

큰이모가 천천히 이야기를 꺼냈다.

"지금 막내 집을 정리중이야. 짐이 많지는 않은데, 처리할 것들이 좀 있구나."

"네, 이모. 수고가 많으세요."

"그런데 티셔츠들이 있어."

"네?"

막내가 아끼던 티셔츠들. 한 번도 입지 않고 고이 모셔놓기만 했는데, 아무래도 어떤 의미가 있는 것 같다고. 중요한 옷인 것 같다고.

"그래서 내 생각에는 이걸 남자 조카들이 나누어 가지면 좋겠구나."

동생은 알겠다고 대답하고 전화를 끊었다. 얼떨떨한 기분이 가시지 않았다. 그러다 문득 한 가지 사실을 어렴풋이 떠올렸다. 큰이모는 이모를 '막내'라고 부른 적이 없었다. 외삼촌도, 돌아가신 외할머니도 그랬다. 다들 이모를 이름이나 별명으로 불렀다. 야, 김정. 어이, 예술가! 대학가요제 예선 참가자! 탈락자! 김보컬! 이모를 '막내'라고 부른 사람은 오직 한 사람, 엄마뿐이었다. 그리하여 아침에 일어났을 때, 동생의 그 기분은 어떤 꺼림칙한 예감으로 바뀌어 있었다. 아무래도 무슨 일이 벌어질 것 같은 기분. 집안 어른들, 정확히는 한 달 전 엄마와 큰이모가 싸움을 벌였을 때

느꼈던 바로 그 기분. 그래도 동생은 좋게 생각하려 했다. 막내 이모가 죽었다. 예쁘고 다정했던 가장 어린 어른이 죽었다. 그리고 일주일이 지났다. 이제는 엄마와 큰이모도 화해했겠지. 동생은 정말로 그렇게 생각했고, 나중에는 아예 믿어버렸다. 그래. 큰이모는 아마 누나에게 먼저 전화했을 것이다. 결혼도 안 했고, 친구도 거의 없었던 막내의 짐을 어떻게 하면 좋을까. 그러다 함께 결정했을 것이다. 남자 조카들에게 막내 이모의 티셔츠를 남겨주자고. 그래서 동생은 아침부터 내게 전화를 걸어 물었던 것이다.

"누나, 안진 언제 내려가? 그 티셔츠 가져다줄 수 있어?"

나는 침묵했고, 그 순간 동생은 예감이 실현되는 걸 느꼈다. 그래. 동생은 아주 제대로 알아차렸다. 누나는 아무 연락을 받지 못했구나. 이어 그는 또하나의 명백한 사실을, 이번에는 전혀 어렴풋하지 않게 떠올렸다.

이모의 여자 조카는 한 명밖에 없었다.

동생이 횡설수설 설명을 시작했다. 꺼림칙했던 예감들. 생각들. "누나, 나 그거 안 받을 거야. 그게 무슨 의미가 있어. 누나. 큰이모가 일부러 그런 건 아닐 거야." 나는 가만히 듣기만 했다. 그러다 힐끗 벽에 걸린 시계를 봤다. 오전 열시가 다 되어가고 있었다. 오늘은 일요일이었다. 그래. 이모가 죽은 지 딱 일주일이 된 일요일. 나는 동생의 난감한 목소리를 들으며 옷장에서 재킷을 꺼내 입었다. 그리고 물었다.

"너 그게 무슨 티셔츠인지 알아?"

동생은 조용했다. 그래. 모르겠지. 모를 것이다. 나는 또 물었다.

"그럼 이모가 누노 베텐코트를 왜 좋아했는지 알아?"

"그게 무슨 소리야?"

동생은 질문을 아예 알아듣지 못한 듯했다. 그래. 그럴 것이다. 동생이 익스트림의 누노 베텐코트를 알 리 없다. 그 흑발의 기타리스트. 아마 앞으로도 모르겠지. 나는 숨을 크게 들이마셨다가 천천히 내뱉었다. 그리고 다시 물었다.

"다른 애들은 알까?"

다른 애들. 나를 제외한 다른 애들. 이모의 남자 조카들. 큰이모의 아들과 외삼촌의 두 아들. 아, 그것들. 이모가 귀여워하기는 했지만 밤새 함께 음악을 들으며 이야기를 나눠본 적은 없는 아이들. 누노 베텐코트에 대한 존경의 마음을 들어본 적 없는 아이들. 그래서 익스트림의 앨범을 직접 돈 주고 구매해본 적이 없는 아이들. 그 아이들에게 티셔츠를 주겠다고?

안 되지.

그건 익스트림의 콘서트 티셔츠였다. 미스터 빅의 투어 기념 티셔츠였다. 메탈리카 사인 티셔츠였다. 브루스 스프링스틴, 크랜베리스의 티셔츠였다. 이모가 온갖 팬 카페와 직구 사이트를 뒤져가며, 오랜 세월에 걸쳐 하나씩 모은 것들이었다. 작년 봄, 나는 중고 거래 사이트를 돌아다니다 누노 베텐코트가 내한했을 때

사인받았다는 익스트림 1집 앨범을 발견했다. 나는 그 시디를 샀다. 이모가 항암 치료를 위해 서울에 오는 날 선물할 생각이었다. 하지만 꼭 그런 핑계가 아니었더라도 나는 그 시디를 샀을 것이다. 나는 알았으니까. 리듬, 박자, 선율, 가사, 메탈, 로큰롤. 그게 이모에게 갖는 의미를 말이다. 그리고 내가 이모에게 뭔가를 선물하는 건 그리 특별한 일이 아니었다. 유치원에 다닐 적에는 민들레로 꽃반지를 만들어왔고, 크리스마스에는 카드를 직접 만들어 보냈고, 제주도 수학여행에 가서는 돌하르방 인형을 사왔다. 대학 시절, 일본으로 첫 해외여행을 갔을 때는 남은 엔화를 다 털어서 이모에게 줄 토토로 수첩을 사왔다. 그리고 이모가 '드디어' 독립해 그 집으로 이사했을 때, 나는 연두색 드롱기 커피포트를 사서 보냈다. 내 것과 같은 모델이었다. 출판사에 취직한 이후로는 자연스레 책을 많이 선물했다. 내가 담당한 논픽션 책들을 보냈고, 시집과 소설책도 따로 챙겨 보냈다. 이모가 좋아하는 작가가 회사에 찾아오면 기다렸다가 사인을 받아서 보내기도 했다. 이모는 나 때문에 책장이 터질 것 같다며 농담했지만, 나는 알고 있었다. 이모는 내가 보내는 책들을 책장 위쪽에 정갈하게 꽂아두었다. 그 자리에는 어린 시절부터 내가 선물한 물건, 책, 이모의 소중한 시디들과 차마 처분하지 못한 몇 장의 엘피판이 있었다. 퀸, 비틀스, 아바, 비지스의 앨범들. 수년 동안 정리하고 또 정리했지만, 끝내 완전히 다 버리지 못하고 남겨둔 마음들. 가끔 회사를 때려치우고 싶을 때, 세상의 모든 인간을 다 지워버리고 싶을 때, 어떤 고요한 세상으로 들어가 다시는 나오고 싶지 않을 때, 나는 그 풍경을 떠올리곤 했다. 이모의 작은 방. 책장. 오디오. 시디. 엘피판. 내가 선물한 것들. 그래서 이모가 진열한 것들. 햇빛이 들어오고 그림자가 지고, 반짝거리다 서서히 사그라들던, 나와 이모의 마음이 함께 놓인 곳.

그 순간, 한 가지 의문이 머릿속을 스쳐지나갔다. 나는 동생에게 물었다.

"티셔츠 말고 다른 짐들은 어떻게 할 거래? 그런 말 없었어?"

이번에는 동생이 침묵했다. 나는 동생을 닦달했다. "야, 빨리 말해." 그러자 동생은 과연 이걸 말해도 되는지 모르겠다는 조심스러운 말투로 느릿느릿 대답했다.

"……다 버릴 거라던데."

나는 바로 전화를 끊었다. 그리고 밖으로 나갔다 동생에게서 다시 전화가 걸려왔다. 받지 않았다. 운전석에 오르며 생각했다. 안진역까지 두 시간 삼십 분. 그곳에서 이모 집까지는 또 이십오 분. 나는 음악을 틀었다. 익스트림의 가장 유명한 노래. 〈More Than Words〉. 기타 연주가 차 안을 가득 채웠다. 사랑한다는 말은 굳이 하지 않아도 돼. 나는 이미 알고 있거든. 그래. 알고 있어. 다 아니까 말하지 않아도 돼. 그래요, 큰이모. 저도 무슨 뜻인지 아주 잘 알 것 같네요. 굳이 말하지 않아도 되어요. 큰이모의 동그란 눈동자가 떠올랐다. 나는 양손으로 핸들을 세게 붙잡았다. 조용히 읊조렸다.

"못생긴 게."

나는 차에 시동을 걸었다.

안진역을 지났을 무렵 비가 오기 시작했다.

*

이모의 집은 80년대에 지어진 낡은 아파트로 단지가 꽤 크고 넓었다. 오층 건물 꼭대기에는 기와 모양의 빨간색 지붕 장식이 얹혀 있었고, 건물들 사이로 좁은 주차장과 자전거 거치대, 화단이 있었다. 코스모스, 상추, 방울토마토, 철쭉, 무궁화, 장미, 민들레, 청양고추, 별별 것들이 심겨 있는 자그마한 공간. 화단 앞으로는 붉은 벽돌길이 있었는데, 그 길은 건물들 사이를 촘촘히 메우며 단지를 하나로 둥글게 연결했다.

붉은 길은 아름다웠다. 단지가 들어설 때부터 자리했던 벚나무들이, 세월과 함께 더 우람해지고 무성해졌으니까. 계절마다 장관이었다. 특히 봄에 그랬다. 바람이 불면 꽃잎들이 후드득 떨어져내렸는데, 마치 꽃비가 내리는 듯했다. 이모는 오층에 살았고, 그 풍경을 보는 걸 좋아했다.

그러나 지금은 전혀 아름답지 않다.

꽃은 다 졌다. 그나마 남아 있던 꽃잎과 푸르게 익어가던 새잎도 세찬 빗줄기를 이기지 못하고 바닥으로 떨어져내렸다. 지저분했다. 나는 차에서 내릴지 말지 한참 고민했다. 당연히 내릴 터였다. 돌아갈 생각은 전혀 없었다. 조금 심란했을 뿐이다. 하필 이릴 때 꼭 우산이 없을까. 이 아파트에는 동마다 네 개의 입구가 있는데, 이모 집은 가장 안쪽에 있었다. 나는 당연히 그 입구에 차를 대고 싶었으나 일요일이라 그런지 주차장이 꽉 차 있었다. 그래서 어쩔 수 없이 단지 도로변에 차를 세우고서 조금이라도 비가 잦아들기를 기다렸다. 하지만 참 기약 없었다. 빗줄기는 더 거세지기만 했다.

결국 나는 차문을 벌컥 열어젖혔다. 비가 들이쳤다. 별수 있나. 비를 맞으며 서둘러 트렁크를 열고 준비해온 캐리어를 꺼냈다. 28인치였다. 그리고 비를 맞으며 붉은 길을 걸었다.

아파트 입구에 도착했을 땐 완전히 젖어 있었다. 머리와 목덜미, 셔츠와 청바지, 운동화 속 양말까지 모조리 다 추축했다. 그리고 추웠다. 서둘러 건물 안으로 발걸음을 옮겼다. 옛날 아파트답게 현관 출입문 같은 건 없었다. 누구나 들락거릴 수 있게 뻥 뚫려 있었다. 마치 동굴로 들어가는 기분이었다. 나는 캐리어를 끌고 계단 쪽으로 빠르게 걸었다. 그때, 어떤 움직임이 느껴졌다. 작고 둥글고, 뭐라 표현할 수 없는 어떤 것이 어둠 속에서 느릿느릿 움직이고 있었다. 뭐지? 뭐가 있는 거지? 앞이 잘 보이지 않았다. 나는 축축한 손등으로 눈가를 닦았다. 눈앞이 더 흐릿해졌다. 순간, 목덜미의 솜털이 오스스 돋아났다.

그것이 내게 달려들었다.

"꺅!"

나는 소리를 지르며 바닥에 주저앉았다. 고양이였다. 비에 홀딱 젖은 검은 고양이. 나만큼이나 깜짝 놀란 그것은 가르릉거리는, 어떤 분노와 집념이 느껴지는 소리를 내며 내 옆을 스쳐지나 갔다. 빗속으로 뛰쳐나갔다. 나는 한동안 그대로 앉아 있었다. 엉덩이가 차가워지다못해 거의 감각이 없어질 때까지 가만히 있었다. 그리고 일어났다. 계단을 오르기 시작했다. 엘리베이터가 없으니 오층까지 걸어올라가야 했다. 한 손에는 캐리어를 들고 다른 손으로는 계단 손잡이를 잡았다. 숨이 차고 무릎이 아팠다. 그래도 계속 올라갔다. 한 층씩 오를 때마다 굳게 닫힌 현관문들을 지나쳤다. 층마다 두 가구. 이상할 정도로 어두운, 어떤 불빛도 새어나오지 않는 집들. 나는 계단을 오르다 말고 층간의 창문 너머를 내다보았다. 비가 너무 많이 내려서 그런가. 아무것도 보이지 않았다. 주차장을 꽉 채운 자동차들도, 잎이 다 떨어진 벚나무들도, 붉은 길도 보이지 않았다. 문득 그런 생각이 들었다. 저승으로 가는 길도 이럴까. 이렇게 아무것도 보이지 않고, 조용하고 추울까. 아니다. 아닐 것이다. 왜냐하면 그곳에서는 이렇게 헉헉대는 숨소리는 들리지 않을 테니까.

  수술 후 마취에서 깨어나며 이모는 호흡곤란을 겪었다. 병실에 있다가 중환자실로 옮겨졌다가 겨우 다시 병실로 돌아왔다. 난소암이었고, 4기 C였다. 복통으로 응급실에 실려가기 전까지 이모는 건강검진 한번 제대로 받아본 적이 없었다. 젊으니까. 감기 한번 걸려본 적이 없으니까. 병원 가는 걸 싫어하니까. 대신 이모는 시디와 엘피판, 티셔츠를 사는 데 돈을 썼다. 리듬, 박자, 선율, 가사, 메탈, 로큰롤. 이모는 노래를 잘했다. 많이 잘했다. 식구들은 이 사실을 신기하게 여겼다. 외할아버지도 노래는 잘하지 못했던 것이다. 당연히 나도 노래 실력은 형편없었다. 그래서 이모는 그 유일한 재능으로, 식구들이 전혀 관심 갖지 않던 분야에 발을 들였다. 대학 밴드부 보컬이 됐다. 노래를 했다. 기타를 연주했다. 졸업을 앞둔 해에는 대학가요제 예선에 참가했다. 지방대학의 전혀 알려지지 않은 작은 밴드부였지만, 이모는 자신 있었다. 그래도 내가 노래는 잘하지. 기타 연주도 제법이지. 이 정도면 해볼 만해. 하지만 탈락했다. 이모는 기죽지 않았다. 더 열심히 해보자. 다른 지방의 학교, 서울의 학교, 그곳의 아이들조차 명함을 내밀 수 없는 음악을 만들 거야. 이에 큰이모가 기함했다. 마지막 학기 등록금을 내주지 않겠다고 했다. 이모는 마음대로 하라고 대꾸했다.

"언니 너는 사람들이 널 왜 싫어하는지 죽었다 깨나도 모를 거야. 평생 그렇게 살아."

그리고 집을 나갔다. 반년. 그래, 반년이었다. 이모는 밴드부원의 집에 얹혀살면서 계속 음악을 연주하고 만들었다. 다른 가요제에 나갔다. 예선을 통과했지만 본선에서는 떨어졌다. 대신 심사위원의 호평을 받았다. "보컬 목소리가 좋네요." 그래서 이모는 또 노래했다. 비슷한 일이 반복됐다. 예심 통과. 본심 탈락. 예심 통과. 본심 탈락. 호평. 때때로는 혹평. 밴드부원들이 하나둘 취직을 준비하기 시작했다. 이모는 혼자 가요제에 나갔고, 음반사로 데모 테이프를 보냈다. 많이 보냈다. 직접 들고 가기도 했다. 연락이 온 적은 없었다. 그래. 그렇게 딱 반년 후, 이모는 집으로 돌아왔다.

그리고 평생 신해철을 질투했다.

오층에 도착했다. 아파트는 옛날식이었지만, 모든 게 다 그렇지는 않았다. 나는 502호 현관 도어록 케이스를 위로 밀어 열었다. 숫자가 적힌 버튼이 푸른빛을 내며 깜빡거렸다. 나는 비밀번호를 눌렀다. 7, 4, 7, 5. 외갓집의 옛날 전화번호 뒷자리 숫자였고, 이모의 핸드폰 번호 뒷자리 숫자이기도 했다. 나도 이 숫자들을 썼다. 핸드폰 뒷자리는 물론 어지간한 비밀번호로 다 썼다. 이 년간의 대학 기숙사와 일 년간의 고시원 생활을 마치고 원룸을 얻었을 때, 그러니까 서울에서 첫 집을 구했을 때 그 집 비밀번호 역시 7, 4, 7, 5였다.

문이 열렸다.

바람이 불었다. 빗줄기가 섞인 거칠고 세찬 바람. 베란다 문이 활짝 열려 있었다. 금방이라도 뜯겨나갈 것처럼 커튼이 거칠게 나부꼈다. 집안 물건이 죄다 바닥에 떨어져 굴러다녔고, 책상 위도 엉망으로 흐트러져 있었다. 서류, 사진, 영수증, 온갖 종이들이 바람에 날아다녔다. 나는 간신히 현관문을 닫고 안으로 들어갔다. 비에 젖은 양말을 벗어던지고 종종걸음으로 방을 가로질렀다. 거의 물이 고여 있다시피 한 베란다로 들어갔다. 창문을 닫았다.

바람이 주먹질하듯 창문을 쿵, 쿵, 두드렸다. 이러다 부서지는 건 아니겠지? 나는 불안한 마음을 다독이며 방에 들어섰다. 멍했다. 건너편 벽에 걸린 거울에 비친 내가 보였다. 아니. 내가 아니었다.

이모였다.

하얗게 센 짧은 머리와 기미가 낀 어두운 피부. 퀭한 눈 밑과 초점 없는 눈동자. 오랫동안 통증에 시달리며 깊어진 미간의 주름. 듬성듬성한 눈썹. 이모. 정말 이모야? 나는 거울 앞에 다가섰다. 그러자 그 사람이 똑바로 보였다. 비에 젖은 둥그스름한 얼굴과 구불구불한 머리카락.

나였다.

장례식 날, 누구도 내게 이모를 닮았다는 소리를 하지 않았다.

그런데 현관문이 덜커거렸다. 뭐지, 또 바람인가. 아니었다. 도어록 케이스가 위로 올라가는 소리가 났다. 비밀번호를 누르는 소리도 났다. 누구지? 큰이모? 외삼촌? 아니면 엄마? 물론 올 사람은 많았다. 그래. 내가 온 것처럼 다른 식구들도 이 집에 얼마든지 올 수 있었다. 그러나 나는 다른 기척을 느꼈다. 아파트 입구에서 고양이를 마주쳤을 때와 같은 기분. 그 섬뜩한 느낌. 아마 고양이에게는 내가 그런 존재였겠지. 자신을 빗속으로 내쫓은 흉물스러운 존재. 나는 현관문을 똑바로 마주보고 섰다. 틱탁틱틱. 소리가 정확했다. 7, 4, 7, 5. 뒷덜미가 파랗게 식었다.

문이 열렸다.

여자 한 명이 집에 들어섰다. 갸름한 얼굴에 쌍꺼풀이 없는 눈.

까무잡잡한 피부. 귀밑까지 짧게 자른 단발머리. 해골 문양이 그려진 노란색 후드 티에 스트레이트 블랙 진. 검은색 컨버스. 어려 보였다. 스물다섯? 여섯? 기껏해야 서른? 처음 보는 사람이었다. 누구지? 이모 장례식에서 봤었나? 기억이 나지 않았다. 여자도 나를 쳐다봤다. 당당하고 거침없는 시선이었다. 그녀가 물었다.

"누구세요?"

나는 대답했다.

"이 집 조카인데요."

얼굴이 화끈거렸다. 이해가 안 됐다. 나 자신이 말이다. 왜 대답했지? 질문을 할 사람은 나인데. 그쪽은 누구시죠? 제 이모 집에 왜 함부로 들어오시는 거죠? 비밀번호는 어떻게 아세요? 이제라도 물어야 했다. 그래야 했다. 나는 그럴 자격이 있었다. 조카니까. 방금 내 입으로 말하지 않았던가. 그런데 이상하게 입이 떨어지지 않았다. 여자는 그런 나를 빤히 쳐다보았다. 내가 그녀를 봤던 것처럼, 머리부터 발끝까지 찬찬히 훑어보았다. 그러더니 고개를 오른쪽으로 살짝 기울이며 중얼거리듯 말했다.

"조카는…… 되게 예쁘다고 그랬는데?"

*

"누가 그래요?"

나는 신경질적으로 되물었다. 어처구니가 없었다. 역시나, 이걸 묻고 있는 나 자신이 말이다. 동시에 짜증이 치밀어올랐다. 뭐,

예뻐? 조카는 되게 예쁘다고 그랬다고? 지난 일 년간 나는 살이 쪘다. 아주 많이 쪘다. 뚱뚱해졌다. 삼 개월 전 칠십 킬로그램이 넘어가더니 이제는 칠십구 킬로그램에 육박했다. 그런데, 살이 찌면 안 예쁜 건가? 예쁜 게 사라지기라도 해? 그냥 내게 뚱뚱하다는 말이 하고 싶은 거 아닌가? 장난해? 물론 살이 찐 이후, 어떤 문제들이 생기긴 했다. 하지만 그건 예쁜 것과는 관계없었다. 무릎이 아프다거나, 콜레스테롤 수치가 높아졌다거나, 조금만 움직여도 숨이 너무 찬다거나 하는 것들이었으니까. 얼마 전 건강 검진을 했을 때 의사는 말했다. 이런 식으로 계속 살이 찌면 큰일이 날 수도 있습니다. 하지만 살이 찌는 걸 막을 수 없었다. 시도 때도 없이 배가 고팠다. 밥을 두 그릇씩 먹어도 돌아서면 허기가 졌고, 간식이 당겼다. 매 순간 먹는 생각만 났다. 뭘 안 먹고 있으면 너무 불안했다. 아니, 화가 났다. 그래. 뭔가를 먹지 않으면, 당장의 허기를 잠재우기 위해 껌이라도 씹지 않으면 누군가를 실컷 두들겨패고 싶어졌다. 지금 이 순간처럼.

안 예쁘다고? 내가 안 예쁘다고?

동시에 궁금했다. 진심으로 알고 싶었다. 내가 예쁘다고 말한 사람은 누구일까. 이모일까? 내 조카는 예쁘다고, 나를 닮았다고. 정말 정말 똑같이 생겨서 어디 가든 자매로 오해를 받았다고, 그런 말도 했을까.

여자가 대답했다.

"누구긴요. 언니가 그랬죠."

"언니요?"

"네."

여자는 대답과 동시에 신발을 벗고 집안으로 성큼 들어왔다. 아무렇지 않게 나를 지나치더니, 베란다 창문이 닫힌 걸 확인했다. 그리고 비에 젖은 바닥을 쓱 살폈다. 기가 막혀서 말이 안 나왔다. 지금 이모를 언니라고 부른 거야? 나보다 열댓 살은 더 어려 보이는 쟤가?

여자가 내게 물었다.

"조카님이 베란다 창문 닫으셨어요?"

나는 대답하지 않았다. 여자를 노려보며 날카롭게 되물었다.

"창문을 열어놓은 사람이 그쪽인가요?"

"네."

얼씨구. 계속 당당하네? 나는 팔짱을 꼈다. 그러나 여자는 내게 관심이 없어 보였다. 그녀는 집안 이곳저곳을 둘러보며 너저분하게 늘어져 있는 것들을 정리하기 시작했다. 화장실에서 마른걸레를 가져와 젖은 바닥을 닦았고, 넘어진 물건들―쓰레기통, 화병, 락스 통 등―을 바로 세워놓았다. 책상 위에 어지러이 펼쳐진 종이 더미도 정리했다. 나는 여자를 가만히 지켜봤다. 그러자 내가 조금은 신경쓰였던 모양이다.

여자는 걸레로 커튼의 물기를 털어내며 말했다.

"언니가 입원할 때 부탁했어요. 하루에 한 번씩 환기 좀 해달라고요. 공기가 안 통하면 책과 시디, 엘피판들이 상할 수 있으니까요."

석 달 전 이모는 모든 치료를 중단했다. 이제 서울의 유명 대학

병원에서도, 이름난 의사도 할 수 있는 일이 없다고 했다. 암이 온 몸에 다 퍼졌다고 했다. 이틀 뒤 이모는 동네 응급실로 실려갔다. 하혈, 호흡곤란. 지독한 통증. 일주일 후에는 아예 입원했고, 이후 계속 그 병원에 있었다. 마지막날까지.

그러니까 지금 이 여자는 석 달 내내, 이모 집을 들락거리며 매일 창문을 열었다 닫았다는 이야기를 하고 있는 것이었다. 내게 유세를 떨고 있는 것이었다. 이모와 자신이 매우 가까운 사이라고. 이모가 아끼는 물건의 관리를 부탁할 만큼 친밀한 사이라고. 언니 동생 사이라고.

한 대 칠까.

여자가 말을 이었다.

"오늘 비가 온다는 뉴스는 없었는데, 정말 이상하네요."

그러면서 여자는 나를 물끄러미 바라보았다. 마치 내가 비를 불러들인 사람이라도 되는 것처럼 말이다. 나는 인상을 썼다. 짜증이 솟구쳤고, 속이 끓어올랐다. 진짜로 한 대 칠까. 그때 여자 뒤로 책장이 보였다. 4단 책장 가장 위쪽, 맨 꼭대기로 시선이 갔다. 아쉽게도 벌써 누군가 정리를 조금 한 모양이었다. 책장이 제법 휑했다. 많이 비어 있었다. 하지만 남아 있었다. 이모의 물건들. 그녀가 아끼던 시디와 엘피판들. 책들. 이모가 마지막까지 기억했던 것들. 서서히 집안 풍경이 눈에 들어왔다. 직사각형 형태의 작은 공간, 부엌과 방을 분리하는 두툼한 문지방. 이모는 싱크대가 있는 부엌 오른편에는 냉장고, 전자레인지, 그릇장을 두었고, 반대편에는 자그마한 원형 식탁을 두었다. 방의 가구 배치 역시 비슷했다. 내가 서 있는 왼편에는 침대와 책상, 오디오, 반대편에는 옷장과 책장, 텔레비전이 있었다. 그래, 오늘 나는 이 물건들을 모조리 다 가져갈 생각으로 안집까지 내려온 것이다. 물론 대형 가구나 가전까지는 어떻게 할 수 없겠지만, 캐리어에 들어가는 것들은 죄다 챙겨서 싹 가져갈 생각이었다.

그 티셔츠들을 포함해서.

그러니 이렇게 꾸물거릴 시간 따위는 없었다. 나는 캐리어를 열었다. 책장의 시디와 책들을 꺼내 담았다.

"지금 뭐하세요?"

여자가 물었다. 나는 대답하지 않았다. 그럴 필요도 의무도 없었다. 나는 조카였다. 생판 남이 아닌 혈육. 가족. 이모를 그대로 빼다박은 유일한 사람. 내 피와 이모의 피는 한데 뒤섞인 채로 각자의 몸에 흘렀다. 그렇게 살아왔다. 이모의 심장이 차갑게 식었다고 해서 끝난 게 아니다. 나는 살아 있다. 나는 아직 뜨거웠다. 시디와 책들을 대충 쓸어 담은 뒤, 옷장을 열었다. 익숙한 냄새가 화악 다가왔다. 나는 옷장 손잡이를 꽉 잡았다. 어떤 마음을, 그래, 그 마음을 힘껏 억눌렀다. 그리고 옷장에 걸린 티셔츠에 손을 뻗었다. 익스트림 콘서트 티셔츠였다.

"안 돼요!"

여자가 달려와 내 손에 들린 티셔츠를 양손으로 꽉 잡았다.

"이건 진짜 안 돼요."

"뭐라고?"

순간 짚이는 바가 있었다. 아, 큰이모? 그 여자가 시켰구나?

그 못생긴 여자? 이모가 예쁘다는 이유로 어린 시절 내내 질투하고 못살게 굴고, 나중에는 허황된 꿈만 좇는다며 거친 소리를 내뱉었던 그 여자? 가족들을 돈으로 옭아매며 제멋대로 굴던 그 여자?

대학을 졸업한 후 이모는 결국 음악을 접었다. 지역 중소기업에 취직했다. 큰이모는 이제야 세상이 제대로 돌아간다고 말했다. "그래, 이제라도 정신 차려 다행이다. 재능 없으면 주제 파악이라도 할 줄 알아야지." 하지만 이모는 서른다섯에 회사를 박차고 나왔다. 대책은 없었다. 그냥 더는 못하겠다고, 진짜로 더는 못 견디겠다고 했다. 이에 큰이모는 온 식구들 앞에서 이렇게 말했다. "멍청한 년이 노력도 안 하네."

"저기요."

나는 티셔츠를 꽉 잡은 채 여자에게 말했다. 굳이 설명할 필요 없다고 생각했지만, 그래도 말하고 싶었다. 그렇게 하고 싶었다.

"이 물건들 전부 이모가 제게 물려주셨어요. 그쪽이 상관할 일이 아닙니다."

그러자 여자가 티셔츠를 나보다 더 세게 움켜쥐었다. 앙칼진 목소리로 대꾸했다.

"왜 거짓말하세요?"

뭐라고?

"이 티셔츠들은 언니가 제게 주셨어요. 제게 직접 말씀하셨어요. 시디랑 책도 다……"

그 순간 나는 티셔츠를 잡고 있던 두 손을 앞으로 밀며 확 놓아 버렸다. 여자가 악, 소리를 내며 바닥에 넘어졌다. 아쉽다. 더 힘껏 밀칠걸.

나는 끙끙거리는 여자에게 차분히 말했다.

"착오가 있으신 것 같아요. 제가 왜 이런 이야기까지 해야 하는지 모르겠지만…… 임종 전에, 이모를 만났고…… 다 정리를 했어요. 물건들 처분은 제가 하기로 했고, 집은 다른 식구들이 맡아서 처리하기로 했습니다. 그러니까 이제 그만 가주셨으면 좋겠네요."

여자가 티셔츠를 꽉 끌어안은 채로 나를 쳐다봤다. 얼굴에 원망이 서려 있었다. 나는 이해할 수 없었다. 넌 도대체 누구니? 스무 살? 서른? 너 그 티셔츠가 뭔지 알아? 익스트림이 누군지는 아니? 얘, 너 말이야. 이모가 어떤 사람이었는지는 알아? 무엇을 사랑했고, 무엇을 증오했고, 또 무엇을 잊지 못했는지, 어떤 미련을 갖고 살았는지 그걸 다 알아? 알면서도 이러는 거야?

여자가 자리에서 천천히 일어났다. 비장해 보였다.

"아니잖아요."

나는 다시 짜증이 났다. 그래도 일단 대꾸했다.

"뭐가?"

"조카님, 언니랑 일 년 넘게 연락 안 했잖아요. 임종도 안 봤잖아요. 왜 계속 거짓말해요?"

여자가 내 앞에서 어깨를 쭉 폈다. 책망하고, 다그치는 시선으로 나를 쳐다봤다. 나는 네 잘못을 알고 있어. 네가 무슨 짓을 했는지 다 알아. 아, 익숙한 시선이었다. 그래. 그 사람.

남자친구와의 파혼을 결정했던 날, 지금으로부터 일 년 전. 그 사람 역시 이 여자와 똑같은 눈빛으로 나를 봤다. 경멸과 공포가 뒤섞인 시선. 아니, 무척 실망했다는 눈빛. 그는 내 이별 통보에 별로 놀라지 않았다. 오히려 내가 그 말을 언제 꺼낼지 내내 궁금해한 것 같았다. 이별의 원인을 내게 미루려고 했다는 뜻이 아니다. 그냥 그는 알고 있었다.

내가 그를 노리고 있었다는 것을.

어떤 결정적인 순간을 찾아내려 했다는 것을. 그의 연약한 마음 한 곳을 잔인하게 찔러서, 바닥에 내팽개칠 때를 은밀하게 기다리고 있었다는 것을. 상처 주기 위해 벼르고 있었다는 것을. 그랬다. 나는 그가 내게 목걸이를 선물하기 위해 백화점에 다녀온 것도 알고 있었고, 그걸 건넬 적절한 때를 살피고 있다는 것도 알았다. 그날이 아마 그때였을 것이다. 그가 생각한 가장 좋은 날. 나는 그에게 헤어지자고 했다. 결혼하기 싫다고 말했다. 진심이었다. 나는 그가 싫어졌다. 결혼을 결심할 만큼 그를 좋아했지만 막상 결혼을 준비하기 시작하니 그가 귀찮아졌다. 그럴 가치가 없는 사람 같았다. 그래. 그는 별로 훌륭한 사람 같지 않았다. 그의 얼굴, 목소리, 손짓, 눈빛, 나에 대한 기억, 우리가 나눈 대화, 그 모든 것이 그냥 한순간에 싫어졌다. 나의 비열한 마음을 눈치챘지만 애써 모르는 척하고 있었던 만큼, 그는 상처를 받았다. 그런 것 같았다. 그래. 알고 있었다고 해서 아프지 않은 건 아닐 테니까. 아니, 알고 있었기에 더 아팠을 것이다. 나는 바로 그걸 노렸다.

나는 여자에게 한 발짝 다가섰다.

"너 몇 살이니?"

여자가 미간을 찌푸렸다.

"조카님은 그런 걸 중요하게 생각하시나봐요."

"응. 중요하게 생각해."

"언니랑 참 다르시네요. 언니 생각과도 다른 사람 같고요."

시끄러웠다. 여자의 말이, 목소리가 다 시끄러웠다. 나는 침대에 털썩 걸터앉았다. 매트리스가 무겁게 가라앉았다. 나는 매트 위에 깔린 얇은 커버를 매만졌다.

"이모가 나에 대해 뭐라고 했는데?"

내 질문에 여자는 조금 당황한 듯했다. 그런 걸 물어볼 줄은 몰랐던 모양이다. 그러나 여자는 거리낄 게 없다는 듯 곧 순순히 입을 열었다.

"출판사에서 일하신다고요."

"응. 일해."

"언니가 항상 칭찬했어요. 성실하다고요."

"응. 나름대로 열심히 하지."

"명문대 나온 사람들 사이에서 혼자 지방대 출신이라면서요. 하지만 정말 열심히 일해서, 그 사람들보다 훨씬 더 인정받았다고요. 조카님이 편집한 백과사전이 베스트셀러도 되었다면서요. 언니가 얼마나 자랑했는지 몰라요."

나는 고개를 들었다. 이제는 시끄럽지 않았다. 오히려 너무 조용했다.
 "이모가 그렇게 말했어?"
 "네."
 "……정말로?"
 여자가 눈가를 살짝 찡그렸다.
 "아니에요?"
 나는 재빨리 대답했다.
 "사실이야. 맞아. 나 열심히 했어."
 그리고 되물었다.
 "또 무슨 이야기 들었어?"
 "글쎄요. 예쁘다고 했죠. 식구 중에서 두 사람만 닮았다면서요."
 "응. 그리고?"
 "노래를 잘한다고요. 대학가요제 예선을 통과한 적이 있고. ……그런데 취직 때문에 포기하셨고요."
 "……응. 그랬지."
 "왜 그랬어요?"
 "뭘?"
 "노래요. 왜 포기했어요? 언니는 그걸 참 안타까워하셨어요. 계속했으면 대성했을 거라고 하셨죠."
 "이모가 그랬어?"
 "네."

나는 커버를 계속 매만졌다. 옆에 놓인 베개를 가져와 품에 꼭 끌어안았다. 어린 시절, 나는 베개를 안고 있어야 잠들 수 있었다. 이모가 오는 날은 예외였다. 그날은 이모 손을 잡고 잤다. 나는 말했다.

"음악을 하고 싶었던 게 아니야."

"그럼요?"

"……모르겠어."

"하지만 결국 다른 일로 인정받았잖아요. 그럼 됐죠. 그런데요, 조카님. 요즘도 백과사전이 나와요?"

"몰라. 서른다섯에 그만뒀어."

"네?"

"사실은 잘린 거야. 컴퓨터를 못해서. 아무리 공부해도 잘 다룰 수가 없더라고. 내가 이모한테 거짓말한 거야. 잘하고 있다고. 그리고 나중에 또 거짓말했어. 내가 견딜 수 없어서 그만둔 거라고."

"아…… 그럼 지금은……"

"집에 있지. 집에서 음악을 듣지. 매일매일."

여자가 우물쭈물했다. 내게 실수했다고 여기는 듯했다. 나를 위로할 말을 찾는 것 같았다. 얘, 마음이 꽤 약하네. 나는 기다렸다. 아니나 다를까 여자가 먼저 입을 열었다.

"그래도…… 백화점에 가면, 그랬다면서요."

"뭘?"

"마네킹이 입고 있는 스타일이 마음에 들면, 그 옷을 그대로 다

살다면서요. 그럴 수 있었다면서요. 그 이야기 듣고 진짜 멋지다고 생각했어요."

나는 웃음을 터뜨렸다. 여자가 당황한 목소리로 물었다.

"아니에요?"

"……맞아. 맞는 것 같아."

여자는 의심하는 듯했다. 이상하다고 느끼는 것 같았다. 그럴 만하지. 지금 이 상황은 충분히 이상하지. 이 대화도 이상해. 미친 상황이다. 그래. 미친 상황. 이모가 해고된 후 집세를 내지 못하고 외갓집으로 돌아왔을 때, 엄마는 한숨을 쉬며 니게 그렇게 말했다.

"이건 미친 상황이다."

그럼 큰이모는 또 뭐라고 했나. 멍청하다고, 노력도 하지 않는다고 일침을 놓은 뒤 말이다. 이렇게 말했다. "난 할 만큼 했어. 얘한테 이제 손 뗄 거야. 다들 알아서 해." 그러면 그 '다들'에는 누구누구가 있었나. 당연히 우리 엄마. 치매 증상을 토이기 시작한 외할머니. 이러지도 저러지도 못하며 눈치를 보던 외삼촌. 그리고 한 명이 더 있었다. 외숙모. 이모와는 피 한 방울 섞이지 않은 사람. 아픈 시어머니에 밥벌이 못하는 시누이까지 데리고 사는 며느리라니. 엄마의 표현은 정확했다. 미친 상황이었다. 그래서 '다들' 어떻게 했는가. 아무것도 안 했다. 그냥 살았다. 방법이 없었으니까. 이모는 우울증과 대인기피증이 심했고 아무데도 나가지 않았다. 외할머니 방에 얹혀 지냈다. 그러면서도 외숙모가 차려준 밥은 먹었다. 그러다 증상이 심해진 외할머니가 요양

원에 가게 됐다. 이모는 더이상 외갓집, 그러니까 외삼촌 집에 있을 구실이 없었다. 그래도 그 방에 있었다. 외할머니가 없는 외할머니의 방. 미친 상황. 진짜 미친 상황. 가끔 엄마가 이모에게 전화를 걸었고, 직접 만나 이모의 상태를 살폈지만 거기까지였다. 엄마가 뭘 더 할 수 있었겠나. 아니, 엄마가 꼭 뭔가를 해야만 했나? 아무튼 그렇게 다들 돌아버린 상태로 일 년을 살았다. 하지만 다음해, 내가 서울로 대학을 가면서 조금씩 정리가 되기 시작했다. 엄마가 이모를 내가 떠난 우리집, 내 방으로 데리고 왔다. 그리고 매일 밖으로 데리고 나갔다. 엄마 회사 근처 카페에서 커피라도 마시거나, 극장이라도 가라며 용돈을 줬다. 뭐든 하라고 닦달했다. 그래서 이모는 동네 편의점에서 아르바이트를 시작했고, 카페에서도 일했다. 그렇게 일 년. 동생도 대학을 가며 집을 떠났다. 엄마, 아빠, 이모. 셋이 함께 살게 되었다. 이후 또 이 년, 삼 년, 오 년…… 외할머니가 돌아가셨다. 그리고 또 일 년, 이 년, 삼 년…… 나쁘지 않은 세월이었다. 적어도 내게는 그랬다. 그래서 남자친구를 데리고 안진에 갔을 때, 이모가 일하는 카페에 데려가 눈도장을 찍었고, 거의 이모 방이나 다름없어진 내 방에서 함께 잠들었다. 이모의 목소리를 들었다. "진이야, 눈을 높여. 훌륭한 사람을 만나." 그리고 또 어딘가에서 그 말을 들었다. 두 분 자매이신가요? 세월이 계속 흘렀다. 그렇게 흘러갈 것만 같았다. 그러나 이모의 마흔다섯번째 여름.

그때부터 많은 것이 뒤바뀌었다.

아니, 어쩌면 새로 시작된 것일지도.

서울 유명 대학병원의 이름난 의사. 그는 이모의 난소와 자궁, 그리고 복부까지 퍼진 암을 모두 제거했다. 하지만 하나를 남겼다. 의사는 이모의 횡격막 아래, 꼭 그것의 거푸집마냥 똑같은 형태의 길쭉한 암덩어리가 있다고 말했다. "수술하기 굉장히 까다롭고 위험한 곳입니다." 흉부외과와의 협진, 새로운 수술 계획, 이런저런 논의들이 오갔지만, 의사는 결국 수술을 단념했다. 역시 너무 위험하다고 했다. 대신 항암을 권유했다. "아직 젊으시니까요. 해볼 만해요." 맞는 말이었다. 이모는 젊었고, 항암 치료를 견뎠다. 거푸집덩어리는 사라지지 않았으나 커지지도 않았다. 횡격막 아래 자리잡은 채 그대로 있었다. 암과 함께 살아간다는 게 무슨 의미인지 알 것 같았다. 그렇게 일 년, 이 년, 삼 년. 또 세월이 흘렀고, 그 시간 내내 엄마는 이모를 계속 데리고 있었다. 막내를 돌봤다.

큰이모는 아무것도 안 했다.

그런데 무엇이 변했냐고?

나는 베개를 옆에 내려놓았다. 여자가 내게 눈을 맞춰왔다. 나는 아까보다 부드러운 목소리로 먼저 물었다.
"어디 사니?"
"건너편 동이요."

"이모랑은 어떻게 친해진 거야?"

"고양이 밥을 주다가요."

"고양이? 검은 고양이?"

"네. 보셨어요?"

"이모가 고양이를 좋아했어?"

"네. 모르셨어요?"

"응. 그건 몰랐어."

여자가 의미심장한 미소를 지었다.

"하긴. 우리가 함께 고양이 밥 주기 시작한 게 일 년 전부터거든요."

일 년. 고양이. 함께. 우리. 내가 모르는 것들. 내가 모른다고 확신하는 것들. 나는 물었다.

"사료는 누가 샀니?"

여자가 어처구니없다는 듯 대꾸했다.

"둘이 같이 샀죠. 공평하게."

"그랬구나."

여자가 가부좌를 틀고 앉았다. 허리를 꼿꼿이 폈다.

"조카님과 저도 공평해야 한다고 생각해요."

그러더니 이야기를 장황하게 늘어놓기 시작했다. 자신이 언니와 얼마나 가까웠는지, 언니가 자신에게 얼마나 진심어린 마음을 줬는지 말이다. 여자도 언니를 진심으로 좋아했다. 아꼈다. "언니는 제게 많은 걸 알려주셨어요. 음악을 듣는 법. 책을 읽는 법. 그리고 사람을 대하는 법도 알려주셨죠." 자신을 그렇게 다정하게 대해준 사람은 태어나서 처음이었다. 언니는 여자의 가족이었다. 그래서 언니가 죽어간다는 사실이 슬펐다. 가슴이 쪘어졌다. 최선을 다해야겠다고 결심했다. "후회가 남으면 안 되잖아요." 가장 힘든 사람은 환자인 언니일 테니까. 그래서 여자는 언니가 병원에 입원한 후에도 병문안을 거르지 않았다. 매일 찾아갔다. 뭐든 했다. 언니의 입맛을 돋우기 위해 호박죽이나 팥죽을 끓여 가기도 했고, 언니가 좋아하는 베이커리에서 치아바타를 사가기도 했다. 언니가 잠들 때까지 책을 읽어주거나 음악을 틀어주기도 했다. 가끔은 가족들을 대신해 밤을 새우며 병실을 지켰다. 순간, 그 대목에서 여자가 갑자기 나를 흘깃 쳐다봤다. 목소리 톤을 살짝 낮추며 조심스럽게 덧붙였다.

"⋯⋯작은언니라는 분은 한 번도 안 오셨어요."

"알아."

"큰언니는 늘 계셨죠. 오빠랑 그 아내분도 자주⋯⋯"

"얘, 다 알아. 내가 그걸 모르겠니?"

이모가 마흔여덟이 되었을 때, 엄마는 이모에게 말했다. "이제 따로 살자." 이모는 서운했을 것이다. 완치 판정을 받지 못했으니까. 걱정도 되었을 것이다. 환자인데, 혼자 살 수 있을까. 혼자 밥을 해먹고, 약을 챙기고, 때가 되면 병원에 가고, 그 모든 걸 혼자 할 수 있을까. 만일 급히 병원에 가야 하는 일이 생기면? 집에서 의식을 잃기라도 하면? 이모는 그런 생각들을 분명히 했을 것이다. 하지만 이모는 엄마에게 불만을 털어놓지 않았다. 서운한 티를 내지 않았다. 노력했다. 엄마는 이모를 데리고 거의 십 년을 살았다. 그건 아빠가 처제를 데리고 십 년을 살았다는 뜻이기도 했다. 이건 미친 상황인가. 미치지 않은 상황인가. 글쎄, 잘 모르겠다. 다만 엄마와 아빠가 비슷한 시기에 함께 퇴직하면서 세 사람이 한집에 있는 시간이 늘어났고, 그게 그들을 약간 돌아버리기 일보 직전으로 몰고 간 건 맞는 것 같다.

여름이었다. 휴가 막바지, 나는 시간을 내서 안진에 갔다. 엄마와 이모를 데리고 근교로 드라이브를 갔다. 저수지가 보이는 커다란 카페에서 우리는 녹차 팥빙수를 먹었다. 손님은 우리뿐이었다. 하지만 근사한 곳이었다. 커다란 저수지, 반짝거리는 수면, 떼를 지어 유영하는 물고기들. 어느 순간이었던가. 누군가 우리 옆으로 다가왔다. 중년 남자였다. 카페 사장인 모양이었다. 그가 말했다.

"참, 보기 좋지요?"

이모가 대답했다.

"네. 아름다워요."

나는 이모를 보며 미소를 지었다. 안심이 됐다. 어떤 풍경을 보며 아름답다고 느끼고, 말할 수 있는 것. 그건 좋은 징조였으니까. 이모가 그런 말을 하는 걸 정말 오랜만에 봤다. 실제로 이모는 괜찮아 보였다. 머리카락도 다시 많이 났고, 특유의 예쁘장한 이목구비도 생기를 많이 되찾았다. 최근 검진에서 나쁘지 않다는 진단을 받았다. 몸안에 거푸집덩어리가 여전히 숨어 있었지만, 독살스럽게 굴지는 않는 듯했다. 아주 약간, 정말 조금. 그래서인지 이모는 희망차 보였다. 그때 남자가 엄마에게 말했다.

"따님들이 참 예쁘네요. 뿌듯하시겠어요."
순간 엄마가 남자에게 신경질적으로 대답했다.
"아니요. 얘는 동생이에요. 쟤가 제 딸이고요."
남자가 멋쩍어하며 엄마에게 고개를 살짝 숙였다. 그러고는 서둘러 그 자리를 떴다. 엄마와 이모는 아무 말 하지 않았다. 나도 가만히 있었다. 저수지 쪽으로 고개를 돌렸다. 풍경은 여전했다. 그때 깨달았다. 나는 엄마가 이모를 조금 더 돌봐주기를, 그 안쓰러운 삶을 살펴봐주기를 바랐지만, 그건 내가 이모를 돌보는 사람이 아니기에 할 수 있는 생각이라는 것을 말이다.
두 달 뒤 이모는 이사했다.

하지만 진짜 변화는 이게 아니었다.

"아무튼 우리 공평하게 해요."
나는 여자가 우스웠다. 하지만 일단 대답했다.
"뭘? 다 똑같이 반으로 나누자고?"
"아니요. 언니에 대해 더 잘 아는 사람이 유품을 가져가는 게 옳다고 생각해요. 의미를 제대로 기억하는 사람이요."
"무슨 소리야?"
"언니가 누노 베텐코트를 왜 좋아했는지 아세요?"
나는 또다시 웃음을 터뜨렸다. 애 진짜 웃기는 애네. 여자의 목소리가 이어졌다.
"우리 그 이유를 동시에 같이 말해봐요. 지금요."

나는 웃음을 멈출 수 없었다. 여자는 진지했다.

"조카님, 이게 웃을 일인가요? 언니에게 음악은 중요했어요. 조카님도 그렇지 않았어요? 그래서 조카님도 대학가요제에 나갔던 거잖아요."

나는 웃음을 멈췄다. 숨을 크게 들이마시며, 고개를 옆으로 돌렸다. 턱을 괴고 창밖을 바라보았다. 비가 계속 오고 있었다. 언제 그치려나. 이러다 모조리 다 물에 잠기는 건 아닐까. 이 집도, 방도, 이 여자와 나도 다 같이. 그것도 나쁘지 않겠네. 그래. 이모는 음악을 좋아했지. 노래를 잘했지. 그런데 이모는 이 여자한테 왜 그런 이야기를 했을까. 대학가요제 본선까지 진출했지만 취업 때문에 안타깝게 음악을 포기하고, 회사에서 온갖 쟁쟁한 사람들과 겨루어서 인정을 받고, 백화점에서는 마네킹이 입은 옷들을 그 자리에서 모조리 다 계산하는 여자. 이모와 똑같이 생긴 그 여자. 그리고 백과사전? 대체 이모는 그런 여자의 이야기를 왜 했을까.

여자가 나를 다그치듯 말했다.

"빨리요. 우리 빨리 말해요. 동시에 말해요. 언니가 누노 베텐코트를 왜 좋아했는지요. 그래서 맞히면, 다른 문제를 내는 거예요. 틀린 답이 나올 때까지 해요. 그래서 진 사람은 깨끗하게 포기하는 거예요. 우리는 진실을 아니까, 이 게임은 아주 공정해요."

"애."

여자가 긴장한 얼굴로 나를 봤다. 나는 말했다.

"이게 뭐가 공정하니?"

"공정하죠."

"너는 아무것도 아니잖아. 그런데 뭐가 공정해?"

여자의 얼굴이 붉어졌다. 나는 멈추지 않고 말을 이어나갔다.

"너는 남이잖아. 너한테는 이럴 권리가 전혀 없어."

여자가 살짝 거칠어진 목소리로 대꾸했다.

"그렇게 함부로 말하지 마세요. 그걸 왜 조카님이 정해요?"

"내가 아니면 누가 정해? 네가 뭔데?"

그 말을 마치자 또 웃음이 나왔다. 그냥 흘러나왔다. 짜릿한 희열이 온몸을 쓱 훑고 지나갔다. 아, 큰이모는 늘 이런 기분이었을까. 그래서 매번 말을 그렇게 했나. 어제 동생에게 전화해서 나를 쏙 빼놓겠다고 말할 때도 이렇게 즐거웠으려나?

여자가 거의 소리를 지르듯 내게 말했다.

"말해요. 언니가 누노 베텐코트를 왜 좋아했어요? 알아요? 알고 있어요?"

전혀 몰랐다. 그 돈의 출처. 내용. 사연. 아니, 정말로 몰랐나? 몰랐다고 할 수 있나? 내내 막냇동생을 돌봤지만 가족들에게 수고했다는 소리 한번 듣지 못한 엄마가 어떤 보상을 바랄지도 모른다는 생각을 정말로 단 한 번도 해본 적이 없었나? 그 보상이 나에게 흘러들어오게 되리라는 생각을 진짜로 해본 적이 없었나?

암환자가 되면서 이모는 산정특례 대상자가 되었다. 우리집에서 독립하면서부터는 국가에서 생활비 보조를 받게 됐다. 다행이었다. 내가 이모에 대해 남몰래 걱정했던 문제들, 월세나 생활비 같은 걸 해결할 수 있게 된 셈이었으니까. 더불어 외삼촌과 엄마가 어느 정도는 경제적인 지원을 계속할 테니 생활은 나쁘지 않을 터였다. 그래. 나는 그렇게 생각했다. 이모가 새 옷을 사거나, 외식을 하거나, 친구들을 만나 밤새 노는 일은 없을 테니까. 이모가 그런 삶은 원하지 않을 테니까. 참으로 그렇게 철석같이 믿었다. 밥벌이를 못하게 되면, 못하는 상황이 되면 당연히 포기해야 하는 것들이 있으니까.

    그러면 나는? 나도 내가 버는 만큼, 딱 그 주제만큼 살았나?
    아니, 그해 나는 선을 넘었다.
    회사 근처에 꽤 괜찮은 아파트 전세를 발견했는데, 내가 받을 수 있는 대출을 다 계산해보니 딱 천만원이 모자랐다. 아니 어떻게 딱 그만큼이 부족할 수 있지? 이백만원 정도는 어떻게 구할 수 있을 것 같았지만 그 이상은 무리였다. 그렇게 남은 팔백만원. 세상에, 내가 그 돈 때문에 저 집을 포기해야 하는 거야? 아쉬워서 발을 동동 굴렸다. 그러다 처음으로 엄마에게 돈을 빌려달라고 했다. 정말로 처음이었다. 대학을 졸업한 이후로는 단 한 번도 부모님에게 손을 벌린 적이 없었다. 평범한 회사원 맞벌이였던 내 부모님은 동생과 나를 무리해서 서울로 보내느라 돈을 거의 모으지 못했다. 살고 있는 아파트는 명의만 우리집이었지, 매달 무리해서 대출이자를 내고 있었다. 게다가 이모까지 돌봤으니 돈이 모이려야 모일 수가 없었다. 그런 중에 부모님은 퇴직했고, 이제 두 사람은 연금으로 생활해야 했다. 나는 그걸 다 알면서도 물어봤다. 그래. 그렇게 나는 선을 넘었다. 아니다 싶으면 돌아오면 되니까. 그냥 주제에 맞게 살면 되겠지. 그렇게 살다보면 다른 기회가 한 번쯤은 또 오겠지. 그렇게 밤잠을 설치고 있는데, 엄마에게서 전화가 왔다. 돈을 구했다고 했다. 나는 물었다.

"어디서?"

"있어. 돈 보낸다 지금. 내일 바로 계약해."

나는 더 묻지 않았다. 집을 계약했다. 이사를 했다.

그래. 이모 돈이었다.

팔백사십만원. 이모의 전 재산. 혹시라도 가지고 있다가 생활비 보조를 받지 못하게 될까봐, 자격 요건에서 탈락하게 될까봐 이모가 엄마에게 맡긴 돈. 십 년에 걸쳐 이모가 아주 조금씩 모은 돈. 편의점에서 일하고, 카페에서 일하고, 아끼던 시디와 엘피판들을 팔고, 보험금을 받고, 쓰고 남기고, 이래저래 굴리고 굴려서 모은 돈. 남은 돈. 이모는 그 돈으로 가끔 혼자 외식을 하거나, 영화를 봤다. 드롱기 커피포트에 어울리는 찻잔을 샀고, 취향에 맞는 운동화를 샀다. 티셔츠를 샀다. 익스트림의 티셔츠. 미스터 빅의 티셔츠. 메탈리카의 티셔츠. 그래. 그런 돈이었다. 나는 이걸 정말 몰랐나? 몰랐다고 할 수 있나? 이사를 하고서, 생활비 지원을 확정받은 뒤 이모는 엄마에게 맡긴 그 돈을 다시 가져가려 했다. 그리고 엄마가, 평생 같이 큰언니 흉을 보고, 자신을 먹여주고 재워주고 돌봐주었던 작은언니가, 자신과 똑같이 생긴 조카를 낳은, 그 누구보다 믿었던 가족이 자신과 어떤 상의도 없이 그 돈을 써버렸다는 걸 알게 됐다. 그날 이후, 이모와 엄마는 서로를 보지 않게 됐다.

그렇게 됐다.

*

"말해요. 왜 누노였죠?"

이제 여자는 많이 흥분해 있었다. 물러설 생각이 없는 듯했다. 나는 다시 팔짱을 꼈다. 비 오는 날, 여기까지 와서 이게 다 무슨 짓일까. 나는 말했다.

"너, 내가 경찰에 신고하면 끌려나갈 수 있다는 거 알지?"

그제야 여자가 입을 다물었다. 그래. 그래야지. 이게 맞지. 처음부터 이렇게 했어야 했는데.

여자가 자리에서 일어났다. 집에 가려는 건가? 아니었다.

"그럼 이유만 말하세요. 물건들은 필요 없어요. 언니가 왜 누노를 좋아했죠?"

"얘, 나 진짜 신고한다?"

"말하세요!"

나는 주머니에서 핸드폰을 꺼냈다. 그리고 112를 눌렀다. 여자에게 보여줬다. 자, 진짜로 경찰에 전화할 것이다. 통화 버튼만 누르면 돼. 여기 친척집인데 무단침입자가 있고, 고집을 부리면서 나가지 않는다. 돌아가신 이모의 유품을 훔치려 한다. 경찰이 출동해서 도와주셨으면 좋겠다. 정말로 나는 그렇게 말할 것이다.

"어때, 진짜 한번 해볼까?"

여자의 얼굴에 놀라움과 충격, 배신감이 차례차례 떠올랐다.

나는 그 얼굴을 바라보는 걸 피하지 않았다. 사실 전혀 어렵지 않았다. 죄책감도 들지 않았다. 오히려 손바닥이 더 뜨거워지고, 심장이 쿵쿵거렸다. 조금 전의 희열, 그 짜릿한 기분이 점점 강렬해졌다. 그 순간 여자가 회심의 일격을 날리듯 내게 말했다.
"조카님은 언니와 정말 다르시네요."

세상에, 애야.

나도 모르게 키득거리며 대답했다.
"아냐. 똑같아."
"뭐라고요?"
"이모랑 나는 닮았다고. 아주아주 똑같은 인간이란다."

마치 꼭 거푸집으로 찍어낸 것처럼 똑같지.
일 년 전 저녁, 나는 이모에게 전화를 걸었다. 다음날이 이모의 항암 치료일이었다. 이모에게 중고 사이트에서 구입한 익스트림 사인 시디를 줄 생각이었다. 이모와 엄마의 사이가 틀어지긴 했지만 '우리'는 달라진 게 없었다. 여전히 나는 이모와 자주 통화했고, 선물을 보냈고, 이모는 책장이 터질 것 같다는 농담을 했다. 그리고 나는 약속을 했다. "이모, 내가 돈 모아서 꼭 갚을게." 이모는 괜찮다고 했다. "네가 신경쓸 일이 아니야."

사촌동생이 전화를 받았다. 큰이모의 아들. 나보다 거의 열 살이 어린, 이모의 남자 조카.

"어, 누나. 이모 지금 화장실 가셨어요."

나는 당황했다. 왜 얘가 전화를 받지? 나는 물었다.

"그래? 지금 어딘데?"

"동네예요. 식구들 다 같이 저녁 먹으러 나왔어요."

식구들. 큰이모와 이모부와 사촌동생. 그리고 이모. 이모? 아, 물론 나는 알고 있었다. 이모가 엄마—작은언니—에 대한 배신감에 치를 떨고 있을 때, 큰이모가 다시 나타났다는 것. 그녀는 여전했다—듣기로는 가족들 얼굴을 안 보는 사이 부동산으로 꽤나 재미를 봤다고 했다. "남들은 실패해도 나는 절대 안 망하지. 내가 투자하는데 왜 망하겠어?"—큰이모는 동생들에게 이년이나 저년이나 다 이기적이고 지만 생각한다고 일침을 놓았고, 그 자리에서 팔백사십만원을 현금으로 떡하니 내놨다.

"이걸로 끝내. 더는 누구도 아무 소리 하지 마."

다들 조용히 있었다. 정말로 아무 말도 안 했다. 큰이모가 입을 열면 언제나 모두 그랬으니까. 말하는 사람은 늘 큰이모뿐이었다. 이번에도 그랬다. 그녀는 엄마와 이모를 번갈아 바라보며 덧붙였다.

"난 언젠가 너희 이렇게 될 줄 알았어. 너희는 기껏해야 불행을 나누는 사이일 뿐이니까."

무슨 불행? 어떤 불행? 나는 그 말을 전해들으며 엄마에게 되물었다. 뭐가 불행인데? 이모의 병? 그러면 엄마는? 엄마에게는 무슨 불행이 있어? 우리가 큰이모보다 돈이 없는 거? 그게 불행이야? 아니면 내 이야기야? 내가 주제도 모르고 비싼 전세를 구했다는 뭐 그런 소리야? 그게 불행이라는 거야? 내 목소리는 점점 더 격양되었지만, 엄마는 아무 말도 하지 않았다.

이모가 팔백사십만원을 받았다는 이야기만 했다.

엄마에게는 충격적이었을지 모르지만, 나는 이모가 그 돈을 받을 수 있다고 생각했다. 지금도 그렇게 생각한다. 이모는 큰이모를 그렇게 싫어하면서도, 그녀의 돈으로 공부해 대학까지 마쳤다. 그 언니가 평생 자신을 무시하고, 모멸감을 주고 문병 한번 제대로 온 적이 없었어도, 단번에 팔백사십만원을 내놓는다면, 그래, 받을 수 있다. 이모에게 필요한 돈이니까. 필요하다면, 그래, 받아야지. 그리고 큰이모는 말을 원래 그렇게 하니까. 가족들에게 베푸는 만큼 대접받고 싶어하고, 그것으로 사람들을 휘두르고 싶어하니까. 그렇게라도 해서 자신의 청춘을 보상받고 싶어하니까. 그래. 그 마음을 모르지 않으니까. 무슨 말을 하든 내버려둘 수 있다. 어렵지 않다. 그러려니 하며 돈을 챙길 수 있다. 십 년 넘게 자신을 돌본 작은언니에게 "누가 너한테 얘 도와주라고 했니? 네가 좋아서 한 거잖아. 네가 더 나은 사람이라는 기분에 취하는 거, 그게 좋았던 거잖아. 덕분에 그간 둘이 나 욕하는 세월이 즐겁지 않았어?"라고 말하는 걸 못 들은 척할 수 있다. 그때는 작은언니가 더 미웠을 테니까. 자기 돈을 훔친 파렴치한 사람에 불과했을 테니까. 때문에 큰언니가 "이제 진이도 빨리 시집보내. 신부가 나이 먹으면 드레스 입어봤자 별로 예쁘지도 않아." 그렇게까지 말해도 화내지 않을 수 있다. 그래. 그렇다. 나는 지금도 그렇게 생각한다.

하지만.

"누나가 전화했다고 이모에게 전해드릴게요."
사촌동생이 말했다. 나는 대답했다.
"그래. 그럼 내일 이모 병원 올 때, 내가 시간 맞춰 간다고 해줘."
"누나 내일 병원 오시게요? 내일 제가 차로 직접 이모 모시고 갈 건데요. 장소 정해주시면 제가 시간 맞춰서 이모랑 같이 갈게요."
나는 잠시 말을 멈췄다. 숨을 쉴 수 없어서였다. 하지만 재빨리 말을 내뱉었다.
"응, 알겠어. 이모한테 문자 남길게."
전화를 끊고 나서 나는 심호흡을 했다. 혼란스러웠다. 잘 모르겠다는 생각이 들었다. 이게 가능한가? 그러니까 작은언니를 잘라낸 자리를 평생 싫어했던 큰언니로 채우는 것. 큰언니의 도움을 받으며, 그 모짐을 견디며 살아가는 것. 그 삶을 아무렇지 않게 받아들이는 것. 이모, 정말 가능한 거야? 그래서 별로 친하지도 않은 조카가 자신의 전화를 받도록 내버려두고, 함께 저녁식사를 하고, 그의 차를 타고 병원을 오가는 게 정말 가능해?
그날 밤 이모는 내게 연락하지 않았다. 문자도 하지 않았다. 다음날 나는 급한 일이 생겨서 나갈 수 없을 것 같다고 이모에게 문자했다. 답장은 없었다. 다음 병원 방문일에도, 그다음 방문일에도 마찬가지였다. 이모는 내게 연락하지 않았다. 하지만 그게 이상했나? 유난스러웠나? 아니, 아니었다. 생각해보면 늘 그랬다. 이모에게 연락하는 사람은 항상 나였다. 이모가 연락한 적은 없었다. 이모와 엄마의 사이가 틀어지기 전에도, 아주 어린 시절부터 오랜 세월 내내 이모는 내게 먼저 연락한 적이 없었다. 그건 전혀 이상하지 않았다.

하지만 차이가 있었다.

이제는 내가 선물을 보낼 때마다 짜증이 묻어나는 목소리로 이렇게 말한다는 것. "야, 너 때문에 책장이 터지겠다." 니가 편집한 논픽션 책들을 두고 "이거 다 음모론 아니니?"라고 말한다는 것. 돈을 갚겠다고 말했더니, 어처구니없다는 듯 픽, 웃으며 이렇게 대꾸했다는 것. "네가 신경쓸 일이 아니야. 이자나 잘 내고 살아." 전화를 하면 빨리 끊으려고 한다는 것. 귀찮아하는 속내를 숨기지 않는다는 것. 오랜만에 만나도 핸드폰만 들여다본다는 것. 눈을 마주치지 않는다는 것. 묻는 말에 대충 대답만 한다는 것. "응, 그래." "알았어." "그래, 네 남자친구 봐야지. 봐줄게."

"그래서, 언제 보자고?"

내가 그녀에게 불필요하고, 무의미하고, 더는 중요하지 않은 사람이라는 느낌이 들게 한다는 것. 나를 별로 좋아하지 않는 사람에게, 절박하게 매달리는 기분이 들게 한다는 것. 그리하여 그녀가 어떤 결정적인 순간을 기다리고 있다는 기분이 든다는 것. 나의 연약한 마음 한 곳을 잔인하게 찔러서 바닥에 내팽개칠 때를 은밀하게 기다리고 있다는, 그런 예감이 든다는 것. 이모. 그런 기분이 들게 하는 사람은 만나지 말라고 했었지. 전혀 훌륭하지 않다고 했잖아.

그런 날들의 어느 밤, 나는 이모에게 문자를 보냈다. "익스트림 사인 시디를 샀어."

이틀 뒤, 답장이 왔다. "뭐하러?"

가슴 한가운데가 불에 활활 타는 것 같았다. 온몸의 모든 구멍에서 피가 뚝뚝 흐르는 듯했다. 어느 날은 누군가 내 허벅지에 날카로운 무언가를 콱콱 쑤셔박는 것 같았고, 또 어느 날은 내 머리를 벽에 쿵쿵 짓찧는 것 같았고, 또다른 날에는 등의 가죽을 생으로 쓱쓱 벗겨내는 것 같았다. 그러나 나는 그 어떤 상상 속에서도 비명을 지르지 않았다. 그 실감나는 고통 속에서도 도와달라고 소리치지 않았다. 내가 약간이라도 소리를 내면, 그래서 진짜로 아프다고 외치면 그나마 아슬아슬하게 유지되던 모든 것들이 다 무너질 것 같아서.

그러다 또 어느 날, 나는 은행에 가서 오백이십만원을 인출해 왔다. 당장 이 정도 돈은 이모에게 무리 없이 줄 수 있었다. 다음 달에 월급이 나오면, 백만원이든 이백만원이든 또 보내면 될 것이다. 팔백사십만원. 그래. 사실 마음만 먹으면 언제든 갚을 수 있는 돈이었다. 그랬다. 알고 있었다. 하지만 나는 돈봉투를 책상 위에 그대로 올려둔 채 매일 밤 멍하니 쳐다보기만 했다. 이모에게 연락하지 않았다. 어떻게 보내야 할지 몰라서? 내가 신경쓸 일이 아니라는 말을 또 들을 것 같아서?

아니. 그게 아니었다.

이모는 그 돈을 받을 것 같았다.

그리고 다시 나를 사랑해줄 것 같았다.

그래. 사랑.

처음부터 나를 사랑한 적이 없기에, 그 돈을 받고서, 얼마든지 내게 돌아와줄 수 있을 것 같았다.

나는 뭐였을까. 어떤 형태였을까.

자신을 가장 많이 돌봐주고, 큰언니의 흉을 나눌 수 있었던 여자의 딸. 혹시 그게 큰이모가 말한 불행일까. 어두운 다음을 나누는 사이? 그래. 그래서 한동안은 끄떡없었지. 병에 걸린 뒤에도 그 불행은 여전히 나눌 만한 가치가 있었으니까. 그래서 내게도 그 마음을 나누어줬나. 잘해줬나. 아껴줬나. 하지만 이제는 그럴 필요가 없지. 돈을 훔쳤으니까. 더는 잘해줄 필요도, 사랑하는 척을 할 필요도 없지.

책상 위의 돈봉투를 보는 내내, 일 년 가까이 되는 시간 동안, 나는 그 생각들에 사로잡혔고 벗어날 수 없었다. 머릿속에 어떤 길이 난 것 같았다. 어떤 수풀도 자라지 않는 황폐하고 으슥한 길목. 나는 그 길의 끝이 어디인지도 모르면서, 자꾸만 그쪽으로 걸음을 옮기는 걸 멈추지 못했다. 매일 그 길을 걸었다. 걷는 내내 생각하고 또 생각했다. 어쩌면 지금 이모는 엄마에게 큰이모 흉을 봤던 것처럼, 큰이모에게 엄마 흉을 보고 있을지도 모른다. 내 험담을 할지도 모른다. 진이는 눈이 너무 낮아. 왜 그럴까. 작은언니를 닮은 거야. 걔는 나한테 무슨 책을 그렇게 많이 보내는지 모르겠어. 집도 좁은데 그런 걸 왜 보내는 거야? 게다가 나에게 돈을 갚겠대. 벌면 얼마나 번다고 어른한테 그런 소리를 하지? 주제 파악 못하고 비싼 전세에 들어앉아 있으면서. 저축이나 하는지 모르겠어. 아니, 저축이나 할 만큼 벌까? 그러더니 이제는 결혼을 하겠다네? 그 남자를 왜 만나달라고 하는 건지 나 원 참.

그렇게 길을 걷고 또 걷자, 어느 날 오랜 사랑이 확 뒤집어졌다. 그래, 그렇게 되었다. 마치 거푸집으로 찍어낸 것처럼 똑같은 마음이 내 가슴에 콱 박혔다. 이모의 모든 선택이 우스워졌다. 결국 큰이모라니. 세상에. 그래. 이모의 선택은 늘 그런 식이었지. 허황된 꿈을 붙잡고 젊은 시간을 낭비했고, 그렇다고 끝까지 도전하지도 않았어. 이모의 최선은 겨우 반년이었지. 반년. 그랬으면서 도전한 사람들을, 끈질기게 버틴 사람들을 질투했어. 병원이 싫어서 다니지 않았다고? 아니잖아. 돈이 없어서 그랬잖아. 그런 거잖아. 이모가 혼자 해낸 게 있기는 해? 늘 누군가에게 의지하고, 기대고, 그러면서 그들에게 어두운 마음의 조각을 나누어 줬지. 아. 한 가지 스스로 선택한 게 있긴 있네. 티셔츠를 사는 것.

사랑한다는 말은 굳이 하지 않아도 된다고, 다 알고 있으니까 괜찮다고 노래한 남자들의 티셔츠.

이모, 나 그래서 파혼했어.

그 사람이 이모에 대해 알고 있는 게 싫어서, 한순간이나마 나와 이모를 자매 같다고 느꼈다는 것이 싫어서. 그것 때문에 그 사람이 싫어졌어.

물론 이모는 이 사실을 몰랐다. 그즈음부터 나 역시 이모에게 연락을 끊었으니까.

응. 그랬다.

"언니가 누노를 왜 좋아했는지, 사실은 모르는 거죠?"
여자가 말했다. 나는 마지막이라는 말투로 대꾸했다.
"지금 집에서 안 나가면, 정말로 신고할 거야."
결국 여자는 티셔츠를 바닥에 내려놓았다. 나는 그걸 곧장 집어 캐리어에 던져넣었다. 속이 다 시원했다. 아주 개운했다. 나는 침대에서 일어나 다시 짐을 싸기 시작했다. 옷장에서 옷을 모조리 다 꺼냈고, 베개 커버와 이불보도 벗겨냈다. 캐리어에 이모의 짐들이 차곡차곡 쌓였다. 참으로 별것이 없었고, 그런 것치고는 또 꽤 많았다.

여자가 등을 돌렸다. 현관으로 터벅터벅 걸어나갔다. 나는 그녀가 자신의 컨버스에 발을 집어넣는 걸 힐끔 쳐다봤다. 여자가 현관문 손잡이를 잡았다. 그러더니 갑자기 내게 말했다.

"……비밀번호는 바꾸지 마세요. 내일도 환기하러 올 거예요."

나는 대답하지 않았다. 문이 열렸고, 바람이 쏟아져들어왔다. 다시 커튼이 나부꼈다. 쿵, 소리와 함께 문이 닫혔다. 이제 집에는 아무도 없었다. 책장, 책상, 옷장, 침대 모두 텅 비어 있었다. 나는 짐을 마저 쌌고, 끙 하는 소리와 함께 캐리어를 세웠다. 무거웠다. 이거 들 수 있으려나. 하지만 어쩌겠나. 들어야지.

나는 거의 신음을 내뱉으며 계단을 내려왔다. 여전히 우산은 없었다. 다시 비를 맞아야 했다. 캐리어 바퀴가 빗물 위에 드르륵 미끄러졌다. 숨이 찼다. 팔이 끊어질 듯 아팠다. 그래도 끈질기게 붉은 길을 걸었다. 하지만 멀었다. 저 앞에 분명 내 차가 있는데, 걸으면 걸을수록 더 멀어지는 듯했다. 문득 의사의 말이 다시 떠올랐다. 이런 식으로 계속 살이 찌면 큰일이 날 수도 있습니다. 큰일. 큰일이라. 글쎄, 사실 이미 벌어진 것 같은데.

간신히 차에 도착했다. 트렁크에 캐리어를 집어넣다가 허리를 삐끗했다. 나는 신음을 내며 트렁크 문을 닫았다. 십 초 정도, 비를 맞으며 그대로 서 있었다. 그리고 운전석에 탔다.

백미러에 여자가 비쳤다.

건너편 동 앞에서, 이모의 집을 올려다보고 있는 여자. 나는 양손으로 핸들을 잡았다.

어린 시절, 나는 환타를 노란 콜라라고 불렀다. 이모는 그 말을 정정한 적이 없다. 내게 환타를 건넬 때마다 이렇게 말했다. 자, 여기 있다. 우리 진이 노란 콜라.

남자친구가 손목을 세게 잡았다고, 그래서 손자국이 남았다고 말했을 때 이모는 정색했다. 안 돼. 진이야. 그놈은 안 돼.

길거리에서 파는 생과일주스를 사달라고 했을 때, 이모는 심란한 표정을 지었다. 꼭 저걸 먹어야겠니? 바깥에 과일을 다 내놓고 있는데? 그러면서도 사줬다.
 안 사준 날도 있었다. 대신 집에서 만들어줬다. 수박씨를 일일이 다 파낸 후, 믹서기로 갈아주었다. 얼음도 넣어주었다.

이 모든 게, 정말 다 사랑이 아니었을까.

여자는 내가 거짓말을 한다고 말했다. 일 년 동안 연락 한번 없지 않았냐고. 임종도 안 보지 않았느냐고. 맞다. 그랬다. 사실이다. 이모도 엄마에게 끝까지 연락하지 않았다. 심지어 큰이모와 외삼촌에게 신신당부했다. 절대 작은언니에게 말하지 말라고. 평생 이모의 말을 무시했던 큰이모는 왜인지 그 말은 참 잘 지켰다. 엄마가 자신과는 불행을 나누지 않은 게, 그렇게 미웠나? 아무튼 그녀는 외삼촌의 입도 꾹 다물게 만들었다. 그래서 엄마는 몰랐다. 이모의 치료가 중단된 것도, 안진의 작은 병원에 입원해 마지막을 기다리고 있다는 것도, 아무것도 몰랐다.

나도 몰랐다.

이건 미친 상황이다.

외숙모는 그렇게 생각했던 것 같다. 이 가족들은 다들 돌아버렸구나. 그래서 외숙모는 한 달 전 외삼촌의 반대를 무릅쓰고 엄마에게 연락했다. 엄마와 아빠, 남동생 모두 다급히 이모를 보러 갔다. 엄마와 큰이모는 이모 병실 앞에서 삿대질을 하며 싸움을 벌였다.

나는 병원에 가지 않았다. 대신 전화번호와 비밀번호를 바꿨다. 7, 4, 7, 5를 삭제했다.

그리고 또 일요일이었다. 그래, 그 어느 일요일. 이 주 전? 삼 주 전? 칠십오 킬로그램이 막 넘었을 때였다. 사람들은 내가 파혼의 충격을 이기지 못해서 폭식한다고 생각하는 것 같았다. 어쩐지 그들은 내가 뚱뚱해지는 걸 은근히 좋아하는 것 같기도 했다. 그런데 사실 이상하게도, 나 역시 싫지 않았다. 몸이 거대해지면서 뭔가 달라진 기분이 들었다. 이전보다 강해진 것 같았달까. 이제 누구도 나를 짓밟지 못하리라. 오히려 내가 짓누르리라. 그들의 숨이 멎을 때까지. 절대 놓지 않으리라. 동시에 내 안에 또다른 내가 있는 것 같기도 했다. 매일 저녁, 나는 소파에 앉아 그 사람의 형태를 상상해보곤 했다. 어떨까. 어떤 모습일까. 거푸집으로 찍어낸 듯 나와 똑같을까.

    그 일요일에도 나는 소파에 앉아 있었다. 아주 한참 동안. 그리고 일어났다. 책상의 돈봉투를 챙겼다. 이제 그 봉투 안에는 팔백사십만원이 고스란히 들어 있었다. 안진까지는 두 시간 반. 이모가 입원한 병원까지는 삼십 분. 나는 집을 나섰다. 운전했다. 도착했을 때는 한밤중이었고 병실에는 이모 외에 아무도 없었다. 나는 이모 옆에 앉았다. 어둠 속에 이모와 나, 단둘이 있었다. 옛날처럼.

    얼마나 지났던가. 이모가 눈을 떴다. 그녀는 살짝 놀랐다는 듯 나를 보더니 힘없이 말했다. "진이구나…… 몰라보겠다."

    나는 대답했다.

    "응. 좀 그렇지?"

    이모는 바로 의식을 잃었다. 나는 잠든 이모를 가만히 내려다봤다. 팔에 주사들이 많이 꽂혀 있었고, 소변줄도 달고 있었다. 복수가 찼는지 배가 불룩했고, 몸도 전체적으로 많이 부어 있었다. 손가락과 발목, 얼굴이 다 둥그스름했다. 그래. 나처럼. 이모도 거대해져 있었다. 똑같았다. 달라진 줄 알았는데, 달라진 게 하나도 없었다.

    나는 자리에서 일어났다. 돌아가야겠다 싶었다. 하지만 어디로? 누구에게?

    그때, 이모가 다시 눈을 떴다.

    "진이야."

    "응."

나는 다급히 이모 곁에 앉았다.

"내가…… 지금 말을 잘 못해."

"응. 안 해도 돼."

나는 망설이다가 이모의 얼굴로 조심스레 손을 가져갔다. 그녀의 뺨을 어루만졌다. 그리고 머리를 쓰다듬었다. 오래전, 이모가 내게 해줬던 것처럼.

"막내야."

이모가 말했다. 나는 대답했다.

"응. 언니."

이모가 살짝 웃었다. 그리고 말했다.

"내가 이번에는 말이야…… 네 남자친구를 못 볼 것 같아. 그치?"

나는 이모의 머리를 다시 쓰다듬었다. 이모의 짧은 머리카락이, 부드러운 촉감이 손바닥에 닿았다. 나는 주삿바늘이 잔뜩 꽂힌 이모의 손을 조심스레 잡았다. 그 손에 내 얼굴을 묻었다. 익숙한 냄새가 화악 밀려들었다. 시큼하고 부드러운 살내음. 이모의 옷에는 늘 그 냄새가 배어 있었다. 이모가 물었다.

"훌륭한 거지?"

*

여자가 건물 안으로 들어갔다. 다시는 나올 것 같지 않았다.

나는 차의 시동을 걸었다. 출발했다. 빗속으로 달려나갔다. 멈추지 않았다. 아마 내가 계속 되새기고, 그때마다 분경히 후회할 테지만, 절대로 잘못했다는 말을 꺼내지 않을 이 순간을 또렷하게 기억하면서.

백미러에 내 얼굴이 비쳤다. 나는 조용히 읊조렸다.

못생긴 게.

| 작가노트 |

숙면의 시간

잠이 오지 않으면 자리에서 조용히 일어난다. 이전처럼 계속 뒤척이거나, 소파에 앉아 밖을 바라보며 괴로워하지 않는다. 베개를 들고 내 방으로 간다. 이불을 깔고 혼자 눕는다. 문을 닫는다. 내 방은 여름에는 덥고 겨울에는 춥다. 하지만 우리집에서 가장 조용하다. 빗소리, 바람소리, 누군가의 외침, 오토바이 소리, 선풍기 소리, 에어컨 소리, 소음에서 멀어진 순간, 아, 조용하다. 그렇게 느끼는 순간 나는 곧장 잠에 빠져든다. 여름 내내 이 방법에 도움을 많이 받았다. 좀 덥기는 했지만.

「거푸집의 형태」를 쓴 건 거의 일 년 전이다. 청탁을 받은 건 그보다도 일 년 더 전이다. 그때 갑자기 많이 아팠다. 원래 여기저기 아프다고 끙끙대긴 하는데, 그때는 말로 표현할 수 없을 정도로 많이 아팠다. 일단 잠을 못 잤다. 뜬눈으로 이 주를 지새웠다. 살이 많이 빠졌고, 제대로 먹지도 못했다. 가슴이 두근거리고 몸이 땅으로 훅훅 꺼지는 느낌이 들었다. 가족들이 돌아가며 나를 돌봐주었다. 모든 일과 원고를 미뤘다. 겨울부터 돌아오는 겨울까지, 그렇게 단편을 쓰지 않고 지냈다. 계속 아파서 그랬던 건 아니다. 나는 에너지를 조금 되찾았고, 그리움과 미움을 많이 포기했다. 수업을 하고, 틈틈이 장편소설을 쓰고 좋은 책을 읽었다. 제철 채소도 많이 먹었다. 다시 겨울이 다가오고, 미뤘던 단편소설을 쓰기 시작했을 때 무척 신이 났다. 드디어 단편소설을 쓴다! 그래서인지 문득, 좀 길게 쓰고 싶다고 생각했다. 그래, 오랜만이니까. 그리고 또, 좀 못된 것이 나오면 좋겠다고 생각했다. 진짜로 그렇게 생각했다. 얄밉고 짜증나는 인간이 한 명 나와야겠어. 하지만 소설을 다 쓰고 보니, 그런 인물이 한 명이 아니라는 걸 깨달았다. 가족이 그러면 그렇지 싶어서 우습고 슬펐다. 거푸집으로 찍어낸 듯한 이 비슷한 인간들.

소설을 쓰면서 신해철과 익스트림의 음악을 많이 들었다. 소설에는 익스트림의 음악이 주요하게 나오지만, 사실은 신해철 생각을 더 많이 했다. 어린 시절 나는 그가 진행하는 라디오 방송 〈고스트네이션〉을 열심히 들었다. 그는 일주일에 한 번, 록음악의 역사를 설명하고 그 밴드의 음악을 들려주는 코너를 진행했다. 나는 음악을 대단히 많이 듣는 사람은 아니지만, 그렇게 되어버렸지만, 어쨌든 지금 내 취향의 일부는 그에게 배운 것이다. 익스트림이 그렇다.

　방에서 혼자 잠들었다가 도중에 깨어날 때가 있다. 그러면 나는 다시 안방으로 간다. 혼자 잘 자다가, 누군가의 곁으로 돌아갈 수 있다는 것이 좋다. 어쩌면 나는 이 마음 때문에 잠들 수 있는 걸지도 모르겠다.

| 리뷰 |

고통과 허기로 조형한 거푸집의 빛

강지희(문학평론가)

　강화길 소설을 중층적으로 감싸는 폭력과 불안의 공기를 당신도 이미 알고 있을 듯하다. 돋보기로 빛을 한 점으로 모으듯, 이완 없이 수축해들어가는 신경증적 긴장감. 그 끝에 점 하나가 조용히 타들어갈 때 매캐한 내음과 함께 드러날 듯 증발하는 범인들. 강화길의 「음복」과 「가원」은 가부장제라는 오케스트라가 만들어내는 장엄한 선율 속에서 미세하게 어긋난 음정들을 포착하는 작품이었다. 왜 가족 안에서 여성들은 그 어긋남을 눈치 빠르게 알아차리거나 생존을 위해 악다구니를 쓰고, 반면 남성들은 둔감한 무지 속에서 해맑고 다정다감한 존재로 남을 수 있는가. 강화길은 사소한 일상에서 그 낙차의 순간들을 예리하게 포착하는 방식으로 섬뜩한 가정 스릴러를 완성했다. 「거푸집의 형태」에서는 이모와 조카라는 방계 혈통으로 얽힌 여성들 사이의 기묘하고 매혹적인 애증이 으스스한 오르골의 선율처럼 흘러나온다. 가족 안에서조차 처치 곤란한 잔여물로 밀려난 존재들. 그 삶을 덮친 쓰라린 실패와 질병, 돌봄과 기만의 시간이 지나간 뒤에 마침내 비틀린 두 겹의 껍데기가 수면 위로 떠오른다. 기묘하게 겹쳐져 빛을 발하는 이 껍데기들. 자주 "미친 상황"에 빠져 "돌아버린 상태"로 살아온 이 여자들은 어쩌자고 이런 것을 만들어냈는가.

거세게 비가 내리는 날, 며칠 전 세상을 떠난 이모의 낡은 아파트를 찾는 여자와 그 아파트 앞에서 비에 홀딱 젖은 채 달려드는 검은 고양이가 겹쳐지는 음울하고 불길한 장면은 곧장 고딕소설의 어두운 정조를 환기한다. 고딕 문학의 환상성은 '여성 고딕'이라는 명칭이 따로 존재할 만큼 뚜렷한 젠더적 특질을 지닌다. 폐소공포를 느낄 정도로 고립된 삶을 견뎌야 했던 이들, 또 그 운명이 대물림됨을 끔찍하게 직감했을 존재들이 누구였을지 떠올려 보면 이는 쉽게 이해된다. 빅토리아시대 히스테리 증상을 보이는 여자의 사진을 보면 그들은 침대 위에서 허리를 활처럼 휘고 있다. 그 장면은 깃을 세워 날아오르려는 새의 몸짓을 연상케 한다. 시공간적 폐색감 속에서 여성들의 영혼은 육체로부터 이탈하고, 자아 역시 두 조각으로 나뉜다. 이 상시적 분열의 상태가 바로 여성 고딕의 관습 중 하나인 분신double을 낳았을 것이다. 이 작품에서도 고딕적 서스펜스를 만들어내는 중요한 축은 분신과도 같은 이모와 조카의 관계에 있다.

소설의 서두에서 '나'는 유난히 가까웠던 이모를 향한 특별한 애착에 대해 말한다. 그는 자신이 사귄 남자들을 모두 소개할 정도로 이모와 친밀한 관계를 유지했으며, 가족 안에서도 오직 두 사람만 자매처럼 닮은 얼굴을 지녔다. 심지어 두 사람은 같은 비밀번호 '7475'를 공유하고 음악 취향마저 겹치는 특별한 연대감을 나누었다. 그러니 "이모를 많이 좋아했고, 사랑했고, 그래서 이모가 그냥 나의 친언니였으면 좋겠다고 생각했다"는 순진한 고백에 이어, 큰이모가 무심히 내다버릴 이모의 유품을 지키러 달려가는 모습은 자연스러워 보인다. 특히 아파트에 도착해 거울 속 늙고 지친 형체를 순간 이모로 착각하는 장면은 그닥적 분신 모티브가 지닌 특유의 불안과 공포를 증폭시킨다.

그러나 순수한 애정으로만 가득찬 듯 보였던 화자의 정체는 이모의 집에서 맞닥뜨린 한 젊은 여자를 만나며 흔들리기 시작한다. 하루에 한 번 집을 환기해달라는 부탁을 받았고, 스중한 물건의 관리까지 맡을 만큼 이모와 가까웠던 여자는 화자를 책망하는 시선으로 묻는다. "조카님, 언니랑 일 년 넘게 연락 안 했잖아요. 임종도 안 봤잖아요. 왜 계속 거짓말해요?" 화자의 죄책감을 정확히 찌르며 자극한다는 점에서 마치 상상 속 초자아처럼 보이기도 하는 이 여자는 급기야 화자를 제대로 긁는다. "언니랑 참 다르시네요. 언니 생각과도 다른 사람 같고요."

'다른 사람'이라는 말이 주는 타격감은 이모와 자신을 동일시하며 닮은 존재로 믿고 있었던 데서 온다. 소설은 화자와 낯선 여자를 이모를 둘러싼 애정의 각축장에 세운다. 누가 더 잘 알았고, 더 친밀했으며, 진정한 사랑을 받았는가. 이 낯선 여자가 조카인 '나'에게 거짓말을 한다고 다그쳐올 때, 이모 인생의 후반부를 잘 아는 듯한 그는 이 애정을 둘러싼 진실 게임에서 승자가 될 것처럼 보인다. 그러니 그 여자가 자신의 승리에 쐐기를 박기 위해 이모가 '누노 베텐코트'라는 음악가를 좋아한 이유를 정확히 알고 있는지 집요하게 물어오는 것도 이상하지 않다. 그러나 지극히 타당해 보이던 질문은 여자와의 대화 사이로 이모의 과거사가 스며들면서 점차 색깔이 희미해진다.

대학 밴드부 보컬로 활동했던 이모는 음악을 본격적으로 하고 싶다는 열망으로 큰이모의 반대를 무릅쓰고 가출했으나, 수많은 가요제에서 번번이 본심 문턱을 넘지 못하고 좌절한다. 결국 음악을 접고 중소기업에 취직하지만, 서른다섯에 대책 없이 회사를 박차고 나온다. 자기가 원하는 대로 살아보려 한 고집과 만용은 실패로 귀결되며, 그 결과는 잔혹하다. 큰이모는 온 가족 앞에서 "멍청한 년이 노력도 안 하네"라며 모욕을 주고, 집세조차 내지 못한 이모는 외갓집으로 돌아온다. 할 만큼 했다며 손을 떼는 큰이모, 치매 증상이 시작된 외할머니, 책임을 회피하는 외삼촌과 외숙모 앞에서 엄마는 이모가 자신의 몫이 될 것을 직감한다. "이건 미친 상황이다." 돌봄노동과 감정노동의 수렁 속에서 몸부림치며 끝내 독해지는 존재는 여성들뿐이다. 이모는 우울증과 대인기피증으로 외할머니 방에 눌러앉고, 그렇게 세월은 흘러간다. 통속적인 서사라면 반전의 기쁨이 주어질 법도 하지만, 진저리나는 추락을 형상화하는 데 특화된 고딕 장르에서 이모에게 돌아온 것은 암이다. 마흔다섯이 되던 해, 몸 전체에 암이 퍼졌고 횡격막 아래 "거푸집마냥 똑같은 형태의 길쭉한 암덩어리" 하나는 제거되지 못한 채 남는다. 그리고 삼 년 뒤, 이모가 여전히 완치 판정을 받지 못한 상황에서 거의 십 년간 이모를 부양해온 엄마는 지쳐 마침내 결별을 통보한다.

 그러나 소설은 여자들 사이의 희생과 억울함의 정동을 밝히는 데 관심이 없다. 오히려 그 허기진 마음을 무엇으로 게걸스럽게 채웠는지, 누가 누구를 가혹하게 배신했는지를 더 깊이 파고들 뿐이다. 이모의 삶이 한 차례 회상된 뒤, 화자는 돌연 자신의 승리를 확신한 듯 악의 섞인 여유를 발산하며 웃음을 터뜨리고 짜릿한 희열에 잠긴다. 그런데 바로 이 순간 폭로되는 것은 이모의 전 재산을 둘러싼 나와 엄마의 공모다. 십 년간 막냇동생을 돌봤으나 가족 누구에게도 수고했다는 소리를 듣지 못한 엄마는 이모가 힘겹게 모아온 팔백사십만원을 아파트 전세금에 보탤 돈이 필요했던 화자에게 건넨다. 그후 이모와의 관계는 돌이킬 수 없는 단절에 이른다. 관계가 변하지 않기를 바랐던 화자의 이기적인 마음은 경악과 배신으로 응답받는다. 이모는 놀랍게도 큰이모가 내민 팔백사십만원을 받았을 뿐 아니라, 다른 조카와 의존적 관계를 맺기 시작한다. 어떤 연락에도 돌아오지 않는 답장, 선물과 호의에 대한 짜증과 냉소, 서둘러 전화를 끊으려는 태도, 귀찮음을 감추지 않는 대답 앞에서 화자는 절박하게 매달린다. 이모에게 처절할 정도로 사랑을 갈구하는 과정에서 흘러나온 말들—"그리하여 그녀가 어떤 결정적인 순간을 기다리고 있다는 기분이 든다는 것. 나의 연약한 마음 한 곳을 잔인하게 찔러서 바닥에 내팽개칠 때를 은밀하게 기다리고 있다는, 그런 예감이 든다는 것"—은

흥미롭게도 화자가 남자친구와 파혼을 결심하던 순간의 서술과 겹쳐진다. 온몸의 촉수가 이모를 향해 있는 화자에게 파혼은 남자와 무관한 자기 징벌적 결단으로 보인다. 횡령한 이모의 돈을 돌려주고 싶으면서도, 이모가 기껏 그 정도의 금전적 가치로 다시 자신을 사랑해줄 수도 있으리라는 두려움에 안달하다가 끝내 증오로 치닫는 과정은 끈적하게 그려진다.

그런데 배신으로 얼룩진 두 사람의 관계 속에서 화자는 왜 짜릿한 승리의 예감에 사로잡히는가. 어째서 이모와 자신이 "마치 꼭 거푸집으로 찍어낸 것처럼 똑같"다고 확신하는가. 그 확신의 근거는 여자에게서 전해들은 이모의 말들 속에 있다. 조카가 편집한 백과사전이 베스트셀러가 되었다며 이모가 자랑했다는 말을 듣는 순간, 갑자기 사위가 조용해지며 화자는 무언가를 깨닫는다. 이모는 조카의 삶에 자신의 삶을 덧대어 서사를 새로 만들어냈다. 대학가요제 예선을 통과한 적이 있을 만큼 노래를 잘했던 이모. 그의 가장 자랑스러웠던 삶의 조각은 조카의 삶과 붙어, 편집한 백과사전이 베스트셀러가 되고 백화점에 가서 마네킹이 입고 있는 옷을 그대로 살 정도의 성공한 삶으로 각색된다. 화자만이 이모를 일방적으로 갈망한 것이 아니라, 이모 역시 화자의 삶을 욕망하고 동일시했다는 사실을 깨닫는 순간부터 그는 사랑의 전율로 진동한다.

이 기괴한 희열로 소설 전체가 강렬하게 진동하며 마침내 이르는 곳은 병실에서의 마지막 조우 장면이다. 파혼 이후 폭식으로 거대해진 화자의 몸과 암 투병으로 부풀어오른 이모의 몸은 "거푸집으로 찍어낸 듯" 똑같다. 그것은 비극일까. 아니, "내 안에 또 다른 내가 있는 것"처럼 강해진 느낌과 여전히 두 사람이 닮아 있다는 안도감은 고요한 환희로 가득차 있다. 세상의 평이한 전언은 하나의 고통이 다른 고통을 정확히 알아볼 때, 그 크기가 줄어든다고 말한다. 그러나 여성 고딕은 그 순간 고통이 두 배로 불어나 더 아찔하고 황홀한 기쁨이 되기도 한다고 말한다. 그 고통의 몸들이 커진 만큼 횡포를 휘둘러온 세상은 축소된다. 아주 오래 전 이모가 자신에게 그러했듯 화자가 이모를 쓰다듬을 때, 이모는 살짝 웃으며 나의 남자친구에 대해 익숙한 농담을 한다. 뿌리 깊은 애착과 불안으로 뒤엉킨 두 사람의 관계는 그 순간 이상한 방식으로 잠시 숭고해진다.

  피학적 아드레날린으로 들끓는 이 뒤틀린 사랑을 어떻게 설명할 수 있을까. 두 사람이 서로의 삶을 겹쳐놓는 방식에는 추락을 겪은 자들만 아는 결핍과 인정 욕구가 깃들어 있다. 서로를 탐내고 배반하며 잔혹하게 굴었지만, 그들은 결국 실패와 경멸을 공유하면서 구분 불가능한 신체가 된다. 하나의 '거푸집'으로 응고된 이 결합은 결코 아름답지 않다. 이는 자유와 권능을 약속하는 합일이 아니라, 허기에 떠밀려 가장 가까운 이를 게걸스럽게 삼키고 뱉은 끝에 남는 수치스러운 허물이다. 떼어낼 수 없는 암덩어리처럼 재차 서로를 구속하고 한계 짓는 껍데기다. 이 사랑은 오직 통증으로 이어진 몸을 통해서만 이해된다. 유일무이한 고통들이 연결됨으로써 희열이자 빛이 되기도 한다는 걸 안다면, 이 거푸집으로 결속된 사랑을 이해할 수 있을 것이다. 실패와 수치와 불안과 고통으로 빚어진 두 개의 단단한 거푸집 앞에서 음악 취향 같은 건 실은 아무것도 아니다. 그래서 돌연 나타난 낯선 여자는 유약한 불순물로 남는다. 백미러 속 자신의 얼굴을 향해 "못생긴 게"라 중얼거리는 화자의 마지막 말은 자기혐오를 거쳐야만 누군가를 사랑할 수 있는 자의 뒤늦고 뜨거운 고백이다. 이는 상처를 입히면서도 동시에 서로의 삶을 흡수하듯 징그럽게 이해하는 사랑으로 응고되어, 꿈틀대는 무형의 에너지를 고스란히 전한다. 이모의 아파트로 향하던 길의 배경음악이었던 〈More than Words〉의 노래 가사처럼, 사랑한다는 말을 굳이 하지 않아도 그들은 이미 알고 있었으리라.

 셜리 잭슨이 한 시인에게 보낸 편지에 썼다는 문구, "나는 내가 두려워하는 것에서 기쁨을 느낀다I delight in what I fear"는 이 소설의 정동을 압축적으로 전달하는 듯하다. 소진되고 고립된 자들의 자기혐오와 구별되지 않는 사랑. 동경하는 만큼 사랑하고, 사랑하는 만큼 증오하며 파열하는 사랑. 강화길의 「거푸집의 형태」는 이 사랑을 끌어안으며 우리 소설이 한 번도 가닿은 적 없는 정동의 미답지에 들어선다. 끔찍한 두려움과 희열에 떨면서.

김인숙

스페이스 섹스올로지

작가노트
공간과 우주

리뷰 | 구효서
망측罔測―헤아릴 수 없음

김인숙
1983년 조선일보 신춘문예에 단편소설 「상실의 계절」이 당선되어 등단. 한국일보문학상, 현대문학상, 이상문학상, 이수문학상, 대산문학상, 동인문학상, 황순원문학상, 오영수문학상 등 수상. 소설집 『칼날과 사랑』 『브라스밴드를 기다리며』 『단 하루의 영원한 밤』 『물속의 입』, 장편소설 『'79~'80 겨울에서 봄 사이』 『꽃의 기억』 『봉지』 『소현』 『미칠 수 있겠니』 『모든 빛깔들의 밤』 『더 게임』, 중편소설 『벚꽃의 우주』 등이 있다.

스페이스 섹스올로지

 그즈음 유자는 자주 암벽 공원을 찾았다. 동네에 그런 곳이 있었다. 넓은 공원 한 곳에 세워진 높은 암벽에 예쁜 색깔의 조약돌들이 색색이 박혀 있었다. 사람들이 그 돌을 손으로 잡고 발로 짚으며 올라가는 모습을 본 적은 없었다. 몇 달 가까이 그 동네에 살면서 그즈음에는 거의 매일 공원을 산책했음에도 암벽은 늘 아무 방해 없이, 아무 매달림도 없이 텅 비어 있었다. 그곳에 멈춰 서서 고개를 쳐들어 꼭대기를 바라보는 사람도 대체로는 그녀뿐이었다. 경고판이 붙어 있었다. 안전요원 부재시 등반을 금지한다는. 아마도 특정한 날에만 운영하는 시설인 것 같았다. 그녀가 그곳을 산책하는 시간은 그 특정한 때의 밖이거나, 아니던 그녀의 시간이야말로 특정했는지도.
 그녀는 '특정'이라는 말을 생각했다. 그즈음에는 달에 대한 생각을 많이 했다. 험한 말을 많이 듣게 된 탓일 수도 있고, 그런 말들을 그릇 씻듯이 좀 씻어버리고 싶어서였는지도 모른다.

암벽 접근을 막는 펜스 바깥, 넓은 잔디밭 한가운데에 벤치가 있었다. 평생 '밟지 마세요'라는 표지판만 보고 살아온 유자는 걱정 없이 잔디를 밟고 들어가 앉을 수 있는 그 벤치가 좋았다. 그게 실은 조경용이라 결코 잔디밭 안으로 들어가 앉으라는 의도가 아니었다는 걸 몰랐을 때까지는 그랬다. 그후에도 가끔씩 잔디밭 안으로 들어갔지만 전처럼 생각 없이 그곳에 앉아 있을 수는 없었다. 펜스 앞에도 벤치가 있었다. 그녀는 이제 암벽을 등지고 앉아 잔디밭 한가운데의 벤치를 바라보았다. 잔디를 밟을 때의 폭신하고, 미끌하고, 심지어는 바삭하기까지 한 감촉이 그리움처럼 남았는데, 그게 아무것도 몰랐을 때의 기억인지 금지된 것을 안 후의 느낌인지는 알 수 없었다. 아마도 후자일 것이다. 때때로 발밑이 아찔한 것을 보면.

가끔씩 개를 데리고 산책하는 사람이 암벽 앞을 지나갔다. 개도 사람도 그녀를 바라보지 않았다. 암벽도 바라보지 않았다. 그녀가 그곳에 앉아 있기 때문일지도 몰랐다. 암벽 사진을 찍으려는 듯 핸드폰을 들어올렸던 사람도 그녀를 발견하고는 다시 손을 내렸다. 그녀가 앉은 벤치는 지나치게 좋은 자리, 혹은 지나치게 나쁜 자리에 있는 것 같았다. 혹은 그녀가 그 자리를 그렇게 만들었거나.

그렇다고 해서 일어설 생각은 들지 않았다. 다시는 그 어떤 곳에서도 일어서고 싶지 않다는 생각은 딱 그곳에 앉았을 때만 들었다. 그러니까 그렇게 소박하고 희미한 저항. 낯간지럽고 귀여운 의지…… 그렇다. 그녀는 아직도 자신을 귀엽다고 생각하는 순간이 있었다. 얼마나 징그러운 사람이면, 아직도.

유자는 그 벤치에 앉아 말에 대해 생각했다. 사람들이 자신에게 하는 말을 생각하다보면 타는 말에 대해서도 생각하게 됐다. 장기 말도 생각하게 됐다. 그녀는 말을 타본 적이 없었다. 달리는 말을 본 적은 있었다. 제주 어디 해안에서였는데, 곧 폭풍이라도 몰아칠 듯 어둑한 해변을 말 한 마리가 달려왔다. 유자는 그 말의 억세고 매끄러운 근육, 거센 바닷바람에 부서지듯 흩날리는 갈퀴에 홀렸다. 그곳이 승마 코스라는 건 해변에서 돌아나올 때 알게 되었다.

공원 벤치에서 암벽을 등지고 생각할 때는 다른 말도 떠올랐다. 그곳도 해변이었는데, 관광객들을 태워주는 말이 있었다. 그 말은 땡볕 아래에서 졸고 있었다. 가만히 서서 해변 산책로 난간에 턱만 괸 채. 등에 얹힌 안장이 꽉꽉 눌러 채운 소금 포대처럼 보였다. 어렸을 때 읽었던 이솝우화 속 당나귀를 생각하지 않을 수 없었다. 그 당나귀가 등에 졌던 무거운 소금 포대. 그다음엔 뭐였더라. 솜이었던가. 무겁다가 가벼워지는 것, 가볍다가 무거워지는 것.

말은 서서 잘 때도 다리가 꺾이지 않는다는 글을 어디선가 읽은 적이 있었다. 아니다. 글이 아니었을 것이다. 그녀는 책을 읽지 않았다. 그럴 시간이 없었다. 그러니 아마 가게에 켜져 있던 티브이에서 들었던 것일 테다. 말은 위험이 나타나면 곧바로 달릴 수 있도록 다리근육을 잠가놓는다고 했다. 그래서 잠깐 졸 때도 잠을 자는 것은 엉덩이의 큰 근육뿐이라는 것이다. 그 말이 기억에 남았던 건 그때 유자에게도 그런 게 필요했기 때문이었다. 잠깐은 엉덩이만 자고, 잠깐은 다리만 자고, 또 잠깐은 눈이나 코, 입 같은 것만 번갈아 잘 수 있다면. 손님에게 국수를 내놓으면서 맛있게 드세요, 말하며 활짝 웃을 때에도 실은 자신의 등이나 어깨 어느 한 근육, 혹은 엄지와 검지 발가락은 침을 흘리며 잘 수 있다면.

물론 다 깨어 있는 것이 더 낫다는 걸 모르는 바는 아니었다. 그녀는 자신의 국숫집 육수와 면발에 자부심을 느꼈다. 지단은 그야말로 예술적으로 부쳤다. 모든 근육이 다 깨어 있어서 할 수 있는 일이었다. 그러나 나쁜 일이 생긴 후로는 많은 게 달라졌다. 무엇보다도 생각이 달라졌다. 이제 자신에게 필요한 근육은 아무 때나 깨어날 수 있도록 잠가놓는 근육이 아니라 그냥 언제나 풀어놓을 수 있는 근육이라고 생각했다.

그러고 보니 그녀는 똥을 누는 말을 본 적도 있었다. 딸과 함께 갔던 동물원에서였다. 똥을 누는 엉덩이를 보면서 아름답다고 생각하는 것은 꽤 이상한 일일 수도 있겠으나, 그 말은 그랬다. 얼마나 태연한 엉덩이인지 그 속에 무엇이 들어 있든, 무엇을 쏟아내든 그건 그냥 생생하기 짝이 없는 삶의 덩어리일 것 같았다. 해변에서 졸던 말은 그러지 못했다. 잠자던 엉덩이 근육이 씰룩씰룩하더니 눈을 떴는데, 왠지 어리둥절해하는 것 같았다. 깨어나긴 했으나 엉덩이가 소망하는 것이 무엇인지 몰라서. 자신의 엉덩이가 어이없기 짝이 없어서.

유자는 딸 은율의 책상에서 발견했던 말도 생각했다. 이번에는 타는 말이 아니라 하는 말. 듣는 말. 쓰는 말. 이런저런 말. 사람들이 하는 말. 똥 누는 말에 대해 생각했던 것도 결국은 그 말을 생각하기 위해서였던 셈이다.

'잘라버릴까.'

그즈음 은율이 기획하던 전시회의 포스터에서였다. 아직 시안인 포스터의 제목은 '가제'라고 되어 있었다. 정작 가제가 무엇인지는 쓰여 있지 않았다. 그러니 가제야말로 혹시 진짜 제목일지도 몰랐다.

유자는 은율이 큐레이션한 전시회에 가본 적이 있었다. 작품에 붙은 제목이 거의 다 '무제'인 전시회였다. 이상한 제목도 많았다. 국어 교사를 걱정시킬 만한 제목들. 그래도 유자는 진지하게 전시를 둘러보았다. 전시를 보러 간 게 아니라 딸을 보러 갔다는 걸 들킬까봐 그랬다. 그곳에서, 예술을 한다는 사람들 사이에서, 그렇게 멋있는 사람들 사이에서 내딸은율이가 얼마나 빛나는지 홀린 듯 쳐다보는 걸 들킬까봐.

'잘라버릴까'라는 말은 포스터의 빈 공간에 둥둥 든 것처럼 쓰여 있었다. 은율이 펜으로 직접 쓴 것이었다. 그 손글씨에 형광펜으로 동그라미가 쳐져 있고, 또 이런 메모가 덧붙어 있었다.

싹둑!

예전이라면 유자는 은율에게 왜 그런 말을 써놓았냐고 물어볼 수 있었을 것이다. 은율이 얼마나 빛나는지 보려고 그 이해할 수 없는 그림들을 보러 가기도 했던 그런 때라면. 그랬던 시간들이 있었다. "너 하는 일이 뭐야?" 물으면 은율은 웃으며 "나, 노가다 야, 엄마. 나 막노동해"라고 말했었다. 그때 은율은 그런 말조차 솜사탕처럼 했다. 그 아픈 말이 끈적하게 남아 유자의 마음 역시 아프게 했지만, 그래도 그건 설탕에서 녹아난 끈적함이었다. 그 즈음에는 달랐다. 같은 말을 해도 사탕의 맛 같은 건 없었다. 대개는 집어던지듯 말했고, 악을 쓰며 말할 때도 많았다. 아예 말조차 하지 않을 때가 더 많았다.

다음날, 은율의 책상 위는 비어 있었다. 포스터는 보이지 않았고 깔끔히 정리된 자리만 남아 있었다. 은율은 정리정돈에 강박이 있었다. 그래서 사라진 자리까지 보였다. 모든 게 지나치게 반듯하면 사라진 자리까지 남게 되는구나, 유자는 그런 생각을 했다. 심지어는 사라진 자리까지 반듯하구나. 유자는 그 빈자리에 슬몃 자신의 손자국을 남겼다. 잠시 후 얼른 지웠으나 손자국이 사라진 자리 역시 남았다. 마치 길 위에 남은 손자국 같았.

유자는 딸 은율을 구급차 안에서 낳았다. 성미도 급하지. 아니면 참을성이 부족했거나. 당연히 은율에 대해서가 아니라 자신에 대해서 하는 생각이었다.

태어났다기보다는 아직도 태어나는 중인 것 같은 아이와 함께 산부인과에 도착했다. 임신 진단부터 출산까지 줄곧 담당한 의사가 이제 태명을 벗게 된 아이의 이름에 대해 물었다. 무슨 뜻인지를 물어놓고는 자신이 먼저 말했다. 은혜와 율법 안에서 크라고 지어준 이름이냐고.

교회를 다니는 의사였다. 진료실 문을 열면 나무 십자가가 제일 먼저 보였다. 출산까지 한 번도 문제가 있었던 적이 없었다. 가벼운 빈혈, 가끔씩 다리에 쥐가 나고 소양증 때문에 고생을 했던 정도. 그래서 진료를 기다리는 시간도 대체로는 편안했다. 산부인과 대기실의 창밖으로는 오피스텔 건물이 정면으로 바라보였다. 은율이 뱃속에서 커가는 동안 겨울이 다가오고 깊어졌다. 저녁도 점점 더 빨리 왔다. 어느 날, 늦은 시간의 진료를 기다릴 때, 그 오피스텔의 창에 불이 밝혀지기 시작했다. 어둠은 빨리 내려앉고 불은 점등 행사라도 하듯이 여기저기, 불규칙하게, 그러나 마치 시간 간격을 맞춘 것처럼 하나둘씩 그러다가 일제히 켜졌다. 고작 그런 불빛이 은혜롭고 성스럽게 보였다. 아이를 뱃속에 품고 있다는 건 그런 일이었다. 난데없는 공포와 견딜 수 없는 서러움, 그런가 하면 또 난데없이 들려 올라가는 듯한 성스러움.

딸의 이름은 종교적인 의미와는 아무 상관이 없었다. 소리가 예뻐 먼저 지어놓은 후 한자로 좋은 뜻을 찾아 붙인 것이었다. 숨길 은隱에 법칙 율律. 덕과 재능으로 많은 사람을 품어 안으라는 뜻이었다. 어느 모로 보나 안기는 것보다는 품어 안는 쪽이 나을 것 같았다. 그때는 그랬다. 크게 될 사람이라는 뜻으로 읽히기도 해서 더 좋았다. 의사의 해석을 들은 후에야 그 이름이 종교적으로 들릴 수도 있다는 것을 알게 되었다. 정작 의사는 아이를 은율이라고도 부르지 않고, 그때까지 부르던 태명 '보들이'라고도 부르지 않고, '길이'라고 불렀다. '이놈, 길이!' 이런 식으로.

병원으로 가는 택시 안에서 양수가 터졌다. 발밑에 놓은 출산

가방이 젖는 것을 보면서도 그것이 자신의 몸에서 흘러나오는 물인 줄 몰랐었다. 더 정확히 말하면, 자신의 몸에서 그런 물이 흘러나올 수도 있다는 걸 몰랐다고 해야 옳을 테다. 그래서 "기사님…… 기사님……" 속삭이듯이 기사를 불렀다. 운전기사는 그녀보다 더 놀랐다. 그냥 더 놀란 정도가 아니라 기겁을 했다. 기사는 속도를 높여 병원까지 달려가는 대신 허겁지겁 차를 세우고 119에 전화를 걸었다.

무슨 그런 일이 있는지. 아이를 그런 곳에서 낳아버리다니.

아이가 아직 어렸을 때, 유자는 은율의 복숭아 같은 뺨을 두 손으로 잡고, 그 말랑한 뺨을 감싸쥐고는 눈을 맞춰 말하곤 했다.

내가 널 어떻게 낳았는데……

은율의 기억은 달랐다. 훗날, 엄마에게 뺨 같은 것은 내주지 않는 나이가 된 은율은, 사랑으로도 미움으로도 뺨 같은 것은 빌려주지 않게 된 은율은 악을 쓰며 말했다.

그게 자랑할 만한 얘기야? 왜 그따위 걸로 나를 압박했던 거야? 왜 그랬던 거야, 도대체!

그러니까 내딸은율이가 기억하는 유자의 말은 '내가 널 어떻게 낳았는데……'가 아니라 '내가 널 어떻게 낳았는데!'였다는 것이다. 몸속의 가스가 터지듯이 와락, 펑! 서서히 차오르던 가스가 입자 한 개만큼의 빈틈도 없이 팽팽히 차오르다가 양수가 터지듯, 펑.

그리고 또 이런 말도 했다고 했다.

내가 널 길 한복판에서 낳았어, 징그럽게.

그렇게 말할 때는 펑 하고 터지는 대신 피시식 새어나왔다고도 했다. 그러면서 그런 게 바로 혐오라고 말했다. 혐오란 그런 것이라고, 터지는 게 아니라 새어나오는 것이라고. 엄마가 내게 그랬다고.

은율의 기억은 틀렸다. 그럴 리가 없었다. 자신이 그런 말을 했을 리 없고, 설령 했다고 한들 그런 식으로 했을 리도 없었다.

내 몸으로 내 새끼를 낳는 일이 어떻게 징그러울 수 있겠는가. 게다가 그게 왜 길 한복판인가. 구급차 안과 길 한복판은 달라도 너무 달랐다. 그렇게 따지면 병원도 길 한복판이 아닌가. 지구라는 구체 위에 있는 곳이라면 어디든 다. 설령 그곳이 바다 한가운데거나 깊은 산속이더라도 당신이 흔적을 남기는 순간, 그곳은 당신의 길 한복판이 아닌가.

구급대원들도 아이를 보러 왔다. 병원까지 찾아와서 신생아실에 있는 아이를 창밖에서 보다가 남자 구급대원 둘이 서로를 연인처럼 바라보며 기쁘게 웃더라고 했다. 그리고 간호사에게 아이 선물을 맡겨두고 갔다. 양말과 턱받이, 그리고 아이가 일 년쯤은 커야 신을 수 있을 것 같은 신발이었다. 신발도 작고 양말도 작았다. 턱받이와 양말은 무늬가 없는 흰색이었지만 신발에는 꽃무늬가 있었다. 이제 세상을 걷게 될 '길이'의 신발. '길이'가 평생 꽃길만 걷기를 바라는 구급대원들의 꽃 같은 마음.

신발은 너무 작아서 유자의 손바닥 바깥으로 벗어나지도 않았다. 아이의 작은 신발 바닥과 그녀의 손바닥이 만나 바삭하고 따

듯한 온기를 일으켰다. 그때 울컥하던 마음이 오래 기억에 남았다. 울컥하는 와중에 창피함을 견딜 수 없던 기억도. 구급차 안에서 어린 구급대원들이 지르던 소리가 떠올랐던 것이다.

어어, 나온다 나와…… 어어어어.

어어, 어어어어어……

그녀의 내딸은율이는 그렇게 세상에 도착했다. 아니 길 위에 도착했다고 해야 하려나. 그녀가 아무리 기를 쓰고 부정해도 결국 길 위였으려나.

가끔 은율이 아니라 자신의 기억이 틀렸을 수도 있을 거라는 생각도 했다. 생각 없이 내뱉은 말 중에 그런 말이 있었을 수도 있을 것이다. 전남편과 헤어지던 무렵에는 그러고도 남았을 것이다. 남에게는 흔하고 구차하고 진부하고, 그래서 지루하기 짝이 없게 들릴 사연으로 이혼에까지 이르렀으나 그런 사연일수록 본인들에게는 환장하고 죽을 맛이고 슬프고 괴로운 일이라 신파와 신랄함 사이를 하루에도 열두 번씩 종횡무진하던 시기였다. 그 신파 속에는 은율을 서로 차지하겠다고 팔다리를 양쪽에서 붙잡고, 아이야 찢어지든 말든 죽을힘을 다했던 싸움도 있었다.

그때 유자는 아마 말했을 수도 있다.

내가 널 길 한복판에서 낳았어. 그런데 내가 널 어떻게 놔.

그리고 어쩌면 은율은 그때 생각했을 것이다. 엄마 아빠는 자기를 가지려고 딸의 팔다리가 찢어지거나 말거나 죽어라고 붙잡고 있는 게 아니라고. 실은 먼저 놓을 순간을 노리고 있는 거라고. 누군가 먼저 손을 놓으면 동시에 나자빠지겠지. 그리고 아마 곰

곰 생각했을 것이다. 누군가 먼저 손을 놓아버려 동시에 자빠진다면 쓰러지는 건 둘일까, 셋일까. 혹은 하나일까.

그후 이십 년 넘는 세월이 흘렀다. 모든 게 달라졌다. 심지어는 기억조차도. 더 심지어는 기억 속의 사실조차도.

한동안 은율의 노트북에 문제가 생긴 적이 있었다. 절전 모드가 작동되지 않아 계속 화면이 켜져 있었다. 하지만 은율은 당장 고치려고 들지 않았다. 회사에 들고 다니는 노트북이 아니었고, 그때는 유자가 그녀에게 얹혀살던 시절이 아니었다. 버스를 두 시간 반쯤 타고 가끔씩 은율의 집에 가곤 했는데, 그대는 사이가 좋았던, 자신들에게조차도 그렇게 보이던 시절이었으므로 은율은 잠깐 방문하는 엄마 때문에 노트북의 문제를 해결해야 한다고는 생각하지 않았다.

은율의 집은 복층 오피스텔이었다. 복층이라고는 하지만 이층은 일어서서 움직일 수 있는 높이가 아니었다. 은율은 그곳에 프레임 없는 얇은 매트리스를 놓았다. 낮은 좌탁과 스탠드도 놓았다. 유자가 자고 갈 때를 위해서였다. 버스로 두 시간이 넘게 걸리기는 했지만, 저녁을 같이 먹고 잠깐 노닥거리다가 집으로 돌아오기에는 충분한 거리였다. 그래도 유자는 가끔 은율의 오피스텔 복층에서 하룻밤씩 자고는 했다. 은율이 마련해놓은 잠자리가 다정하고 고마워서였다.

그렇더라도 바뀐 잠자리가 불편하기는 마찬가지로 유자는 새벽에 자주 깼다. 복층 오피스텔은 층고가 높아 이층에서 내려다보는 거실이 아득했다. 거실 창 앞에 놓인 은율의 책상이 이층에서는 아래쪽 정면으로 보였다. 일어나 앉는 대신 몸만 돌려 누워 일층을 내려다보면, 그 책상 위 은율의 노트북 불빛이 보였다.

어떤 새벽에는 그 불빛이 꽤 환하게 여겨지기도 했다. 그런 불빛을 보고 있으면 뭔가 들킨 기분이 되기도 했다. 그러나 대체로는 은은했다. 아이가 잠들기 전까지 타이핑을 하던 소리를 떠올렸고, 그 소리에 은은하게 물들어 잠에 빠지던 시간을 기억하는 게 좋았다. 아이의 등을 바라보는 일이 참 좋았다. 얹혀살지 않던 때는 그랬다.

유자에게 돌아갈 집이 없게 된 후로 은율은 책상을 자기 방안으로 옮겼다. 은율의 오피스텔은 1.5룸형이었다. 유리문으로 칸막이를 할 수 있는 방이 있었다. 그러나 겨우 침대 하나 들어가던 공간에 책상까지 들어가자 사람 사는 방이 아니라 가구가 사는 방처럼 변했다. 침대에서 돌아눕다가 책상 모서리에 이마를 찧는 일도 있는 모양이었다. 아이씨! 잠결에 은율이 지르는 소리가 들렸다. 은율의 삶은 재앙으로 변했다. 좁은 오피스텔의 모든 공간을 엄마가 차지했다. 사기를 당한 엄마, 집을 날린 엄마, 멍청한 엄마, 심지어 징그럽기까지 한 엄마가.

유자는 은율의 오해를 어떻게 풀어야 할지 알 수가 없었다. 멍청한 건 사실이었다. 오죽하면 집과 가게까지 날렸을까. 그러나 은율이 생각하는 것처럼 자신은 징그러운 사람이 아니라는 걸, 그걸 꼭 말하고 싶은데, 어떻게 설명해야 할지 알 수 없었고 그걸 곰곰이 궁리하다가 이내 지금 중요한 건 그게 아니라는 결론에 도달하게 되곤 했다. 돈을 되찾아야 했고, 갈 곳을 찾아야 했고, 다시 그녀의 삶으로 돌아갈 방법을 찾는 게 무엇보다 먼저 해야 할 일이었다. 그러나 다시는 예전과 같은 삶으로 돌아가지 못할 거라는 결론에 다시금 도달하게 되었고, 그러면 그때부터는 우울과 무력감에 빠져 설명이고 오해고 뭐고 다 귀찮다 싶어졌다.

산책을 하더라도 은율이 퇴근해 들어온 저녁에 하면 좋을 터였다. 그러면 다만 한두 시간이라도 은율이 자기 공간을 오롯이 쓸 수 있을 테니. 그러나 산책을 하고 싶다는 생각도 편안한 마음일 때나 드는 것이라 신발을 신고 밖으로 나갈 생각도 은율이 집에 없을 때야 들었다. 그녀는 은율이 출근을 한 후에야 움직이기 시작했고, 공원을 산책했다. 커피가 생각나는 것도 그때뿐이라 은율이 던져놓듯 식탁 위에 놓고 간 돈으로 테이크아웃 커피를 사서 공원에서 마셨다.

커피를 마시면 별수없이 사기꾼 최가 생각났다. 그리고 은율에게 하고 싶은 말들이 떠올랐다. 유자는 사기꾼 최와 연애를 했던 게 아니었다. 그러나 곧이어 정말 아니었을까 하는 생각이 들었고, 그게 아니라면 뭐였는가 하는 생각이 들었고, 그러면 죽을 만큼 창피한 마음이 들었다. 온몸이 뜨거운 프라이팬에 볶이는 듯 펄펄 뛰게 화가 나던 마음이 부끄러움과 괴로움으로 자글자글 끓었다. 그런데 부끄러운 것보다 더 부끄러운 것은 어떤 말로 표현할 수 있을까. 부끄러운 것보다 더 부끄러운 것은 없어서 자꾸 설명을 하려고 들게 되는 건가.

그런 생각을 할 때마다 최가 카페에서 권하던 커피의 맛이 떠올랐다. 그게 뭐 그리 다른 맛이었겠나. 최도 그렇게 말했었다. 잔만 예쁘고 값만 비싸지 뭐…… 그러면서 웃어 보였다. 과해 보이지 않는 웃음이었다. 과해 보였다면 의심했을 것이다. 그녀의 호감을 사려고 노력한다거나 무슨 선물을 한다거나 난데없이 아리송한 시간에 애매한 뜻의 카톡을 보낸다거나 그랬다면. 그러나 최는 그러지 않았다. 그것에 속아 집과 가게를 날렸다. 빚까지 생겼다. 은율은 이제 얹혀사는 그녀를 감당해야 할 뿐만 아니라 빚도 갚아야 했다.

도대체 어디서부터 잘못되었던 것일까. 생각은 덜컥덜컥 소리를 냈다. 마치 십 미터마다 방지턱이 나타나는 길을 달리는 것 같았다. 어쩌다가 그런 일에까지 손을 대게 된 것일까. 국숫집 단골이던 최가 경매를 잘 배우면 큰돈은 못 만져도 소소히 돈을 벌 수 있고, 그러다가 꾼으로까지 발전하면, 물론 그러기는 정말 힘들겠지만, 집도 한 채 가질 수 있게 된다는 말에 홀렸다. 꾼이라는 말이 아니라 그렇게 되기는 정말 힘들 거라는 말에, 그렇게 말하는 최에게 홀렸다. 최는 이런 말도 했다.

이게 좀 그렇긴 하죠?

누군지도 모르는 사람들이 살던 집을, 살다가 뺏긴 집을 헐값에 가지려고 하는 게 경매였다. 그런데도 최가 부드럽게 웃는 표정으로 그런 말을 할 때, 유자는 '그렇지 않은' 마음이 되어버렸다. 기획 부동산이라는 말조차 몰랐을 때, 알았더라도 자신은 그런 것에 걸려들 주제도 못 된다고 생각했겠지만, 어쨌든 최의 말은 그저 돈 없는 사람들끼리 돈을 모아 싼값에 집을 사고, 그렇게 번 돈을 나눠 가지는 방법이 있다는 말로 들렸다. 마음이 놓였던 것도 그래서였다. 그런 일을 여러 번 하다보면 미안한 마음도 없어질 거라는 최의 말을 이해했고, 이해한다고 믿었고, 자신에게 그런 미안한 마음이 있다는 걸 알아봐주는 최가 좋았어서, 그런 와중에도 미안함 운운하며 순진한 체하는 자신의 징그러움을 기꺼이 무시할 수 있었다.

 시작은 그랬다. 그게 점점 커져 집과 가게를 날릴 때까지 은율은 유자에게 벌어지고 있는 일을 제대로 알지도 못했다. 은율은 착한 딸이었다. 은율이 착한 딸이 되려고 기를 쓰며 살았다는 걸 유자는 알았다. 그게 유자에 대한 원망과 분노와 증오, 때로는 앙심 때문이라는 것도 알았다. 그런 모진 마음 그대로 살았으면 좋았을 텐데, 그걸 죄책감으로 변환해가며 살았다. 자기를 먼저 놓아버린 아빠 대신 쩔쩔매느라 자기를 놓아버리지도 못한 엄마를 미워했던 건 그게 쉬웠기 때문이라고, 나중에 사이가 나빠진 후 은율은 서슴지 않고 말했다. 매일 같이 밥을 먹고, 같이 잠을 자는 엄마는 할퀴기도 쉽고 꼬집고 물기도 쉬웠다고. 꿈속에서는 주먹질도 했다고. 유자는 이해했다. 한 달에 한 번씩 만나다가 나중에는 일 년에 한두 번도 안 만나게 된 아빠에게는, 품그 있는 마음이 무엇이든 그걸 보여줄 수 있는 시간이 너무 부족했을 테니까. 잔뜩 준비를 하고 나가도 다 쏟아붓기는커녕 잠깐 미워하기도 전에 각자의 집으로 돌아갈 시간이 되어버렸을 테니까. 그는 은율을 집으로 보낼 때마다 버스 창밖에서 손을 흔들었다고 했다. 나의 상처야, 안녕. 해맑은 웃음을 감추지도 못하며. 그래도 너무 해맑게 보이는 건 아닐까 잠깐씩 망설여가며.

그렇게 집에 돌아오면 또다른 원수가 기다리고 있었다는 것이다. 매번, 항상.

그런 마음은 얼마나 깊은 상처가 되는 것일까. 얼마나 지독한 죄책감이 되는 것일까. 유자는 몰랐다. 그런 죄책감 때문에 착한 딸이 되려고 기를 썼는데, 평생 노력했는데, 엄마가 다 망쳐버렸다고 은율은 악을 쓰기만 했다. 그러다가 말했다.

잤지? 잤어! 그 새끼랑 잔 거잖아!

그렇게 악을 써놓고는 얼굴이 더 하얗게 질려버린 건 은율 본인이었다. 양수가 터지듯이 밀려나온 말은 참지 못했으나, 그래도 다 쏟아내서는 안 될 말이 있다는 걸 뒤늦게 깨달아버린 얼굴이었다. 창백한 얼굴, 어리둥절한 얼굴…… 당연히 유자는 아무 대답도 하지 못했다. 딸에게 그런 말을 들은 게 너무 창피해서가 아니라, 나중에는 그랬지만, 그때는 왜 은율이는 다른 말을 다 놔두고 저렇게 말할까 하는 생각이 먼저 들었기 때문이었다. 다른 좋은 말도 있을 텐데, 에둘러 가는 다른 말도 있을 텐데…… 엄마를 안 창피하게 하는 말이 분명히 있을 텐데.

그런데 은율은 뭐가 그렇게 어리둥절했을까. 멍청하기 짝이 없는 엄마가 집을 날려서, 아니면 사기꾼과 그런 짓을 해서…… 평생 국수를 썰고 마느라 쭈글쭈글한 손, 저 손을 잡으라고 징그럽게 내줘서…… 그것도 수줍은 얼굴로 그랬겠지…… 저 나이에, 저 나이에…… 아니면 그런 생각을 하는 자신이 기막혀서…… 제일 싫은 건 바로 그런 말을 내뱉은 자신이어서. 은율은 어쨌든 누가 뭐래도 교양인이었으니까.

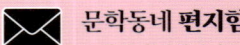

문학동네 편지함
문학동네 편집자가 지금 함께 읽고 싶은 책을 전해드립니다.

『절창』을 처음 읽었을 때가 떠오릅니다. 긴 휴가의 막바지 시기를 보내고 있을 때, 선물처럼 구병모 작가님으로부터 메일이 한 통 도착해 있었습니다. '원고를 보냅니다'라는 제목의 메일에는 오랫동안 기다려온 작가님의 신작 소설이 첨부되어 있었는데요, 그 자리에서 한달음에 끝까지 다 읽어버린 저는 확신할 수 있었습니다. 앞으로는 이 소설이 구병모 작가님의 대표작이 되리라는 것을…… (꼭 제가 담당한 작품이어서가 아님을 이제 곧 모든 분이 알게 되시리라!) 그래서 하나의 파일이었던 그것을 이렇게 책으로 만들어 여러분께 내보이는 마음이 그 어느 때보다 설렙니다. 『절창』은 미스터리의 외피를 두른 소설입니다. 한마디로 정의 내릴 수 없고, 어떤 면에서는 기이하기까지 하지만 사랑 이야기라고 할 수도 있겠습니다. 상처를 만짐으로써 타인의 마음을 읽는 특별한 능력을 지닌 한 여인, 그리고 그 능력을 이용하기 위해 거대한 저택을 지어 그녀를 가둔 한 남자. 둘 사이에는 점차 미묘한 감정들이 생겨나고 그것은 때로 격렬한 증오가 되기도 합니다. 그러던 어느 날 입주 독서 교사가 등장하며 관계는 변곡점을 맞고, 끝내 파국으로 치달아가며 읽는 이를 이야기 속으로 빨아들이지요. 그러나 어느 순간 정신을 차려보면 이것이 타인을 읽는 행위의 가능성과 불가능성에 대한 깊은 통찰이 담긴 이야기라는 것을 깨닫게 됩니다. 우리가 살아가며 수도 없이 해내고자 시도하지만 오독을 전제하지 않고는 결코 이루어낼 수 없는 그 행위에 대해서 말이지요. 그러니 한 번이라도 누군가를 이해하고자 노력해본, 그러나 타인이라는 영원한 텍스트 앞에서 막막함을 느껴본 적이 있는 분들께 (어쩌면 모두에게) 이 책을 권하고 싶습니다.

_Y (문학동네 국내문학 편집자)

그러나 거기까지였다. 그런 말을, 딸이라면 해서는 안 될 말을 결국 내뱉어버린 후 팽팽하게 차올랐던 가스가 새기 시작했다. 은율이 유자의 나이가 아니어서 다행이었다. 그랬다면 은율은 아마 이렇게 말해야 했을 것이다. 그게…… 뭔지도 알 수 없는 그게…… 마치 요실금처럼 새어나왔다고. 그리고 마침내 펑 젖어버렸다고. 어떻게 새어나왔든, 은율은 포기했다. 다 젖어버렸으니까. 이제는 어쩔 수 없네 하듯이. 이제 별수없게 되어버렸네 하듯이.

은율이 유자의 신발을 전부 내다버린 것은 그 직후였다. 유자가 또 최를 만나러 나갈까봐 그런다고 했다. 아직도 정신을 못 차렸을까봐, 또 살랑살랑 그 새끼를 만나러 나갈까봐 쓰레기를 버리듯 종량제 봉투에 한꺼번에 쓸어담아 버렸다. 딸의 머리를 자르는 것도 옛날 옛적 이야기로나 알았는데, 딸에게 머리를 깎일 줄은 몰랐다.

스페이스 섹스올로지. 가제라고 되어 있던 전시회의 제목이었다. 시안과는 달랐으나 그렇다고 많이 달라지지는 않은 포스터가 다시 은율의 책상 위에 놓여 있었다. 완성본임을 안 건 그 포스터에는 아무 낙서도 되어 있지 않았기 때문이었다. 그래서 뭘 잘라냈는지, 그것도 싹둑 잘라내버렸는지는 알 수 없었다.

네이버에서 '스페이스 섹스올로지'란 말을 찾아봤다. 검색 결과를 쉽게 찾을 수가 없었다. 영문 위키피디아는 금방 보였다. 유자는 번역기를 쓸 줄 알았다. 그녀의 국숫집 단골손님 중에 이주노동자들이 꽤 있었다. 그들을 위한 메뉴를 개발하그 싶었던 적도 있었다. 태국식 볶음면, 캄보디아식 카레 국수 그런 것들. 닭고기와 카레를 넣어 만드는 캄보디아 국수가 있는데, 그 이름이 놈반쪽썸러까리라고 단골손님 썸낭이 알려주었을 때 단념했다. 만들 자신이 없어서가 아니라 그걸 주문받을 때마다 웃음이 터질 것 같았기 때문이었다. 번역기 쓰는 법도 썸낭에게 배웠다. 썸낭, 네 이름에도 뜻이 있어? 물어봤을 때 한국말을 곧잘 하는 그가 굳이 핸드폰의 번역기 화면을 보여줬다. 행운. 한국어로 된 그 글자보다 동글동글하고 꼬물꼬물거리는 그 나라 글자가 더 눈에 띄었다. 아, 너네 나라 글자는 이렇게 생겼구나. 그리고 그날 유자가 말했다.

 나는 유자야.

 그 말을 할 때 왜 갑자기 달콤하고 동글동글한 기분이 되었을까. 알다가도 모를 일이다. 평생 누구 엄마로만 살아오는 동안 자기 정체성을 잃어서…… 자기가 누구인지 잊어버려서…… 어쩌고저쩌고하는 그런 낯간지러운 이유 때문은 아닌 것 같았다. 그렇다면 혹시 썸낭에게도 설렜었나……

 자신은 그렇게 징그러운 사람이었나……

 영어사전에 의하면 스페이스 섹솔올로지는 우주의 성과학이라고 했다. 유자는 스페이스의 뜻을 공간이라고 짐작했었다. 아마도 이 말은 연애를 하는 사람들에게 있어야 할 공간, 말하자면 방에 관한 것일 거라고. 잠을 자기 위한 것이든, 뭣을 하기 위한 것이든, 어쨌든 없으면 안 될 그런 공간에 관한 것일 거라고. 그러므로 네이버 검색까지 한 것은 찔리는 마음 때문이었다. 은율과 은율의 애인에게 필요한 방을 자신이 차지하고 있어서 은율의 남자친구 슬리퍼를 대신 신고 있어서. 그리고, 은율은 쓰지 않고 은율의 남자친구만 쓰는 치실을 자신이 쓰고 있어서. 그 치실을 끊을 때마다 자신 역시 싹둑싹둑 끊기는 것 같아서.

그런데 사전의 설명이 유자를 어리둥절하게 했다. 스페이스 섹스올로지는 '우주의 성과학' '지구 외부 생물체의 성에 대한 연구'라고 했다.

뭐라고?

제일 먼저 든 생각이었다.

이건 혹시 유에프오 따위를 믿는 사람들에 관한 건가. 그렇다고 해도 그렇지…… 외계인의 성관계 따위를 알고 싶을 이유가 뭐란 말인가. 망측하기도 해라, 유자가 유자의 엄마였다면 그렇게 말했을 것이다. 아니면 혹시 외계인이랑 하는 성관계인가…… 망측하기는 마찬가지였다. 번역기를 써가면서까지 위키피디아를 읽어본 이유는 그래서였다. 너무 망측해서. 우주 성학은 우주 탐사와 외계 환경에서의 인간관계, 성별 역학 및 성 행동에 관한 연구라는 좀더 그럴싸한 설명을 읽게 되기는 했지만, 그래도 어리둥절한 기분은 마찬가지였다. 망측함은 옅어졌으나 알지 못하는 말들 사이로 둥둥 떠버린 느낌이었는데, 그게 좀더 어지러운 기분이었다.

그 와중에도 유자는 스페이스, 스페이스, 중얼거렸다. 나는 유자야, 말하면 유자가 되는 것처럼, 스페이스 스페이스 말하면 틈이 벌어지고 그 틈이 서로를 밀어내 점점 더 큰 공간이 생길 것처럼. 스페이스라고 불리는 우주는 혹시 그렇게 생겨난 것이 아닐까. 콩알만한 것이 생기고, 또 콩알만한 것이 생긴 후 서로를 밀어내다가 생긴 공간. 그리고 그 우주에 생긴 또 콩알만한 것들…… 그중에 기어코 서로 붙어먹고 싶은 것들이 생겨 애도 낳고, 쌈박질도 하고, 사기도 치고…… 사기를 당했는데도, 뭣에 당한 건지를 몰라서, 그렇게 멍청해서 맨발로 거리를 걸어다니겠지.

그러니까 스페이스 섹스올로지는 여전히 평범한 사람들, 그래서 멍청한 사람들, 그러나 여전히 자기 방이 필요한 존재들에 대한 얘기로 이해됐다. 스페이스라는 영어가 좁디좁은 한 칸 방이라고 해석되든 무한하거나 광활한 우주로 해석되든 그건 마찬가지였고, 자신의 이해가 틀렸든 아니든 역시 마찬가지였다.

유자는 전시회를 보러 갔다. 그날 은율은 서울에 없을 거라고 했다. 서울에 없으면 어디에 있겠다는 건지, 은율이 제대로 된 설명도 없이 "나 늦어"라고만 했을 때, 유자는 실망했다. 늦을 거라는 말 때문이 아니라 늦게라도 돌아온다는 말에. 그즈음 유자는 은율에게서 도망치고 싶은 마음뿐이었다.

그래도 유자는 약간 들뜨기는 했는데, 은율이 멀리 있을 때, 그래서 자신의 공간을 잠시나마라도 다 가진 기분일 때, 평소와는 다른 일을 할 수 있을 것 같았기 때문이다. 그녀는 하나뿐인 낡은 운동화를 신고 버스를 두 번 갈아타 삼청동에 있는 갤러리를 찾아갔다. 갤러리의 창이 넓어서 길에서도 안이 환히 들여다보였는데, 안에 사람이 하나도 없었다. 내딸은율이가 노가다를 해가며 전시회를 여는데, 그것도 우주에 관한 전시회를 여는데 그토록 어마어마한 전시회를 여는데, 그 전시회에는 사람들이 오지 않는구나 생각하니 쓸쓸해졌다. 콩알만큼 쪼그라드는 기분이기도 했다.

전시실에는 그림과 사진들이 있었다. 광활한 우주가 있지는 않았고, 촉수가 달린 채 서로를 애틋하게 사랑하는 외계인이 있지도 않았다. 그림과 사진 속에는 그냥 지구의 사람들이 있었다. 전쟁을 하는 사람들, 피란을 가는 사람들, 그리고 그녀의 칼국숫집에 오던 손님들과 똑같은 사람들, 국수를 마는 그녀와 다를 바가 전혀 없어 보이는 여자들, 사기꾼 최처럼 웃고 있는 남자들, 썸낭과 같이 젊고 건강한 남자들, 그리고 은율과 같이 어리고 불안해 보이는 여자들이 있었다. 우주와 관련된 작품도 있였다. 외계인이 아니라 우주인인 여자가 무중력 실험실인지 우주 한복판인지, 아무튼 어떤 곳에 둥둥 떠 있는 사진이었다. 어찌나 둥둥 떠 있는지, 어찌나 어찌나 그러한지, 유자의 몸도 같이 떠오르는 듯했다.

우주인은 등에 공기통 같은 걸 메고 있었고, 통에는 탯줄 같은 것이 달려 있었다. 그게 우주선과 연결된 것인지, 어디에 매달려 있는 것인지는 알 수 없었다. 탯줄은 작품 바깥으로 이어져 있었다. 어쩌면 멀고 먼 우주를 건너 다시 지구에 닿아 있을지도 몰랐다. 지구의 사람들, 그러니까 전쟁을 일으키는 사람들부터 썸낭을 욕설로 부르는 사람들에게까지, 내딸은율이를 만지는 인간들, 사기를 치는 놈들에게까지…… 그러나 어쩌면 그보다 더 많은, 자신처럼 멍청한 인간들에게까지…… 유자는 그들의 이름에 매달려 있을 탯줄을 상상해보았다. 그녀가 누군가. 큐레이터의 엄마였다. 그러니 그 정도의 예술적 상상은 얼마든지 할 수 있었다. 그러니까 우주인의 탯줄은 그 멍청한 사람들의 울음, 그들의 울음과 어리둥절함과 속수무책에 붙여진 이름들에 매달려 있는 게 아닐까라고.

　전시회에서 돌아오는 길에 유자는 또 공원에 갔다. 벤치에 앉지도 않고 길 한가운데 서서 고개만 쳐들어 암벽 꼭대기를 바라봤다. 그리고 밀어내는 힘에 대해 생각했다. 전시회에 다녀온 여파 때문이었다. 끌어당기는 힘이 있으면 밀어내는 힘도 있지 않을까 생각했다. 사과를 단숨에 떨어뜨리는 힘이 있듯이 사과나무를 뿌리째 한번에 밀어올리는 힘도 있지 않겠나.
　은율이 방문을 닫아걸고 통화하는 걸 들은 적이 있었다. 은율의 오피스텔은 너무 작아서 안 들으려야 안 들을 수가 없는 말들이 너무 많았다. 그 새끼가 날 만졌다고요! 악을 쓰던 소리를 들었다. 그 새끼가, 그 늙은 놈이, 지 작업실에서, 아무도 안 보는 데서! 그때는 은율과 사이가 좋은 때였는데도 차마 누가 널 만졌니, 물어보지 못했다. 대답을 듣고 나면 더 감당할 수 없는 일이 일어날까봐 무서웠다. 무서우면서도 그런 걸 무서워하는 엄마인 자신이 부끄러웠다. 은율이 이렇게 소리를 지르는 날도 있었다. 왜 내가 참아야 하는데! 왜 항상 참는 건 난데! 어떤 날은 '우리'라고도 했다. 왜 항상 우리만 참아야 하는 거냐고! 그때 은율의 '우리'는 누구일까 궁금했는데, 역시 묻지 못했다.
　작가들과 단둘이 있게 되는 경우가 많다는 건 종종 들었던 얘기였다. 그러나 그때 은율은 좋은 얘기만 했었다. 유자와 은율의 사이가 좋았던 때는 그랬다. 얼마나 유명한 작가를 만났는지, 그 작품이 얼마나 황홀했는지, 그런 말들. 직장 동료나 상사들에 대해서도 마찬가지였다. 그러나 문득 이렇게 말하기도 했다. 그 좁은 동네에서는 한 다리만 건너면 다 아는 사이인데, 그런데도 뻔뻔하기가 그지없다고. 다 사기꾼들이라고. 혼자 생각에 빠져서 "그래서 뻔뻔한가" 중얼거리기도 했다. 그러고 나서는 또 활짝 웃으며, 그래봤자 유자를 걱정시키지 않으려는 것이었겠지만, 또 말하기도 했다. 세상에 사기꾼 아닌 놈이 있나, 뭐.

대놓고 사기꾼인 최에게 당한 그녀에게는 그렇게 달하지 않았다. 멍청하게 사기를 당하는 사람은 세상에 그녀 하나뿐인 것처럼 말했다. 어떻게 그럴 수가 있어! 어떻게 그럴 수가 있었냐고! 악을 썼다.

암벽에 박힌 색색의 돌. 그 돌들은 너무나 앙증맞다서 아무리 밟고 올라가더라도 꼭대기에는 미치지 못할 것 같았다. 설령 이른다 한들 종착지는 '떨어지는 곳'밖에 더 될까 싶었다. 다 올라가든, 다 올라가지 못하든 떨어지는 것 말고 달리 무슨 방법이 있겠나.

저녁때가 되면 유자는 괴롭기 짝이 없는 마음으로 은율의 오피스텔로 돌아갔다. 그리고 매일 저녁 은율의 저녁밥을 차렸다. 은율은 먹지 않았다. 엄마가 해주는 밥이 싫어서, 바쁜 애인의 회사까지 찾아가 애인이랑 밥을 먹고 들어왔다. 밥만 먹으면 좋을 텐데 엄마한테 다 하지 못한 분풀이를 애인한테 했고, 그러다가 대판 싸웠고, 그래서 여전히 고픈 배를 채우느라 편의점에서 삼각김밥을 사 먹었다. 집에 들어와서는 현관문을 열자마자 보이는 식탁을 바라보지도 않고 자기 방으로 갔다. 잠시 후에 나와 욕실에 갔고, 그후에는 다시 자기 방으로 들어가 커튼을, 그것도 암막 커튼을 쳤다.

그래서 유자가 은율을 편히 볼 수 있는 시간은 창을 내다볼 때뿐이었다. 은율이 집으로 돌아올 즈음 창가에 서서 십삼층 아래를 내려다봤다. 편의점에서 나와 건널목으로 오는 은율을 봤다. 빨간불이 길기를 바랐다. 은율이 조금이라도 늦게 돌아왔으면 해서. 마음은 그런데도 기억은 그들이 좋았던 시절을 더듬었다.

은율이 아이였을 때, 자신한테 붙어서 한순간도 떨어지려고 하지 않던 아이였을 때, 엄마가 멀리서 보이기만 하면 두 팔을 흔들며 달려오던 은율을 기억했다. 그때는 그녀도 달려가고, 은율도 달려왔다. 서로를 향해 힘껏 달렸다. 그리고 철썩 달라붙었다. 달라붙어 꼭 안고 말했다.

내가 널 어떻게 놔. 내가 널 어떻게 낳았는데.

전시회에 다녀온 날, 늦는 은율을 기다리며 창가에 서서 유자는 뛰어내릴까 잠깐 생각해봤다. 오피스텔의 창문은 작았다. 환기를 위한 손바닥만한 창이 전부였다. 떨어져 죽을 수도 없었다. 둥둥 뜨기 위해 뛰어내릴 수도 없었다.

그러니 철썩 달라붙는 것밖에 더 하겠어. 징그러워도 그럴 수밖에 더 있겠어.

그런데도 무서웠다.

그런데도 무섭다고, 은율에게는 결코 한 적이 없는 말을, 그렇다고 믿는 말을 유자는 그날 밤 창가에 서서 혼잣말로 했다. 은율에게는 하지 않았으나 최에게는 했던 말. 그 사기꾼이 얼마나 모든 말을 다 들어주는 척했던지, 해서는 안 될 말까지 슬슬 나와서, 그래서 했던 말들.

그런데 나는 뭐가 그렇게 무서웠던 걸까. 국수만 말며 사는 게 무서웠을까, 국수만 말다가 죽는 게 무서웠을까. 아니면 국수가 무서웠나……

유자는 잠깐 웃고, 다시 이어 말했었다.

국수를 썰 때마다 싹둑싹둑싹둑싹둑…… 그 소리가 싹둑싹둑 싹둑……

그렇게 싹둑 소리만 스무 번쯤 했을 때, 최가 그녀의 손을 잡았다. 그만 썰라는 듯이. 그러곤 말했다.

누구나 무서워.

그리고 또 말했다.

나는 안 무서울 거라고 생각하니. 너는 내가 그럴 거라고 생각하니. 나도 가끔은 정말 무서워. 나도 내가 정말 무서워.

여전히 그 말만큼은 진심이었다고 믿는 유자는, 그러므로 사기를 당해도 싼 유자는 건널목으로 걸어오는 내딸은율이를 발견하는 순간, 마침내 창문을 열었다. 마치 유치원에서 돌아오는 어린 딸에게 "은율아!" 소리를 지르던 그때처럼.

손바닥만한 환기창은 손바닥만큼만 열렸다. 다행이라고 생각하지는 않았다. 애초에 죽을 마음은 없었으니까. 죽고 싶기는 하지만 정말 죽을 생각인 건 아니니까. 죽을까라고 생각한 후에는 항상 살까라고 생각했으니까. 그러므로 그녀가 그날 창문을 연 건, 다시 한번 말하지만, 그저 그냥 한 번만 뛰어내려보고 싶어서였을 뿐이다. 비록 손바닥만한 환기창을 뚫고 나가려면 상자 속에 몸을 구겨넣는 마법 같은 기술이 필요하겠지만. 그러니까 마술 혹은 사기…… 삶이든 중력이든, 그런 것에 반하는 것이 꼭 필요하겠지만.

그러나 둥둥 뜬다는 것이야말로 바로 그런 것일 터였다.

| 작가노트 |

공간과 우주

'카니발리즘'을 사전에서 검색해보니 '식인'이라고 나온다. '동족 포식'이라고도 한다는데, 그쪽이 더 옳은 표현인 것 같다. 우주에서는 은하가 은하를, 별이 별을 잡아먹는다. 그걸 '갤럭시 카니발리즘' '스텔라 카니발리즘'이라고 한단다. 잡아먹는 별이 있으니 잡아먹히는 별도 있겠다. 기아, 질식, 괴롭힘…… 이런 게 별과 은하의 동족상잔에 붙은 말들이다.

'허블 딥 필드'는 은하의 역사, 은하의 동족상잔을 보여주는 이미지이다. 말 그대로 헤아릴 수 없는 은하가 찍혔는데, 갓 태어난 은하부터 곧 늙어 죽을 은하까지 그야말로 온갖 은하로 촘촘하다. 아름답다. 우주는 서로를 죽이고 죽여도 그러하다. 적어도 그렇게 보인다. 아름답다는 개념에 집착하지만 않으면 얼마든지 그러하다.

'스페이스 섹스올로지'는 학문적 개념이다. 인간의 성, 친밀감, 그리고 관계가 생물학적, 심리적, 그리고 사회적으로 우주에서는 어떻게 기능하는지를 연구하는 학문이라고 한다. 우주를 시뮬레이션하는 환경에서도 마찬가지다. 내가 아는 것은 이 정도이다. 그런데도 나는 이 소설을 제목에서 시작했다. 제목부터 타이핑해 놓고, 깜빡거리는 커서를 바라봤다. 제목이 굉장하니 소설도 뭔가 우주적으로 굉장해지지 않을까 기대해보기도 했지만, 그렇지 못할 거라는 것도 알고 있었다. 사소함을 사랑하니 결국 사소해지겠지. 뭔가 굉장한 것에 매혹되는 것도 그래서겠지. 내 삶이 사소하니.

소설을 쓰는 동안 자주 허블 딥 필드 이미지를 봤다. 잔혹해서가 아니라 아름다워서.

그리고 암벽 공원에 관한 이야기. 전에 살던 동네의 공원에 정말로 그런 곳이 있었다. 색색의 돌이 박힌 등반용 암벽이. 그 공원을 아주 길게 거의 매일 산책했는데, 한 번도 그 암벽을 오르는 사람을 본 적이 없었다. 그래서 눈치보지 않고 그 암벽을 한참씩 바라볼 수 있었는데, 편안한 기분은 아니었다. 매달리거나 떨어지는 기분이었기 때문이다.

중력은 나를 매혹시키는 단어다.

아마도 그 때문에 우주를 보는 것일 테다.

나의 가장 사소한 우주.

서로 살육하는, 아름다운 우주.

예전에는 짧은 소설을 한 편 쓰고 나면 다 하지 못한 말들 때문에 괴로웠다. 요즘은 너무 많은 말을 한 게 아닌가—허버린 게 아닌가—해서 괴롭다. 그런데 소설 뒤에 또 이런 말을 덧붙이고 있으니. 간결함은, 나로서는, 영원히 닿을 수 없는 소망인 모양이다.

| 리뷰 |

망측罔測 ― 헤아릴 수 없음

구효서(소설가)

　소설의 주인공이자 화자인 유자에게는 큐레이터인 딸 은율이 있다. 은율이 준비한 전시회 제목은 '스페이스 섹스올로지'다. 이게 무슨 말인가. 유자는 인터넷에서 찾아볼 수밖에 없다. "우주의 성과학"이란다. 설명을 조금 더 붙인다는 것이 "지구 외부 생물체의 성에 대한 연구" 정도다. 이리 보나 저리 보나 아리송하기만 하다. "외계인이랑 하는 성관계인가……" 유자도 이처럼 그 뜻을 이리저리 짐작해보지만 통 알 수 없고 그저 "망측"해지기만 할 뿐이다.
　유자는 모르더라도 소설을 쓴 작가는 알겠지. 스페이스 섹스올로지. 소설을 쓰다가 알게 된 것도 아니고 소설을 쓰기 전에 이미 알고 있었겠지. 그게 소설의 씨앗이 된 거고 내친김에 아예 제목으로 삼은 거겠지.

하지만 작가는 스페이스 섹스올로지를 제대로 알려주는 대신 오히려 유자를 내세워 그 뜻을 눙치고 얼버무린다. 망측하다며. 얼마나 망측했겠으면 망측하다는 말을, 이어지는 여섯 행에서 작가가 네 차례나 연속 노출해놓았을까. 망측하다는 말은, 사리에 맞지 않고 어이가 없어서 차마 보거나 듣기가 어렵다, 는 뜻인데, 하여튼 유자에겐 스페이스 섹스올로지란 그저 망측한 것이다.

사리에 맞지 않고 어이가 없다고 했듯이, 아닌 게 아니라 소설은 어이없다는 말과 더불어 '징그럽다, 어리둥절하다. 어지럽다, 멍청하다, 속수무책, 무기력' 따위의 말들로 망측함을 확장한다. 그러면서 슬슬 유자의 징그럽고 멍청해 보이는 삶을 조명한다. 딸을 "길 한복판"에서 흘리듯 낳은 유자, 남편과 이혼하고 국수가게를 하며 혼자 딸을 키운 유자, 최근에는 "사기꾼" 최한테 당해 돈을 잃고 딸의 비좁은 방에 얹혀살게 된 유자를. 딸에게서 입에 담지 못할 악담까지 들으면서도("잤지? 잤어! 그 새끼랑 잔 거잖아!"—이 딸은 엄마의 빚까지 감당하고 있다) 아직 최에 대한 미련을 완전히 버리지 못하는가 하면("또 살랑살랑 그 새끼를 만나러 나갈까봐 쓰레기를 버리듯" 딸은 엄마의 신발을 '종량제 봉투에 한꺼번에 쓸어담아 버렸다"), 국수를 먹으러 오는 캄보디아 청년 썸낭에게도 설레는 "징그러운" 유자를.

유자는 자신의 연애와 결·이혼, 임신과 출산, 내연 관계, 설렘 등이 모두 성과 관련된다고 여겨 섹스올로지라는 말이 망측해 보였을지도 모른다. 자신을 더듬었던 인간의 손가락(어찌 손가락만일까마는)을 "싹둑" "잘라버릴까"라고 썼던 은율의 글씨를 훔쳐

봤던 만큼 유자에게는 섹스올로지라는 말이 혐오스럽게 들릴 수도 있었겠다. 그러나 섹스도 섹슈얼리티도 아니라 섹스올로지라는 말은 이러한 망측과 혐오를 좀 다른 각도에서 보게 한다. 말하자면 스페이스의 관점에서랄까.

서두에 적었듯이 소설에서 스페이스는 가장 먼저 우주로 번역된다. 그리고 지구 외부, 외계, 공간, 방 등으로 옮겨다닌다. 우선 스페이스를 우주, 지구 외부, 외계로 본다면 그것은 말 그대로 외재적인 영역이므로 내부의 영향이 미치지 못하거나 그 영향으로부터 자유로운 공간이다. 따라서 내재적 인식이라든가 질서가 그곳에서는 무색, 무용, 무화되는, 무지와 미지의 세계일 수밖에 없다. 그러니 거기에는 내부에서 공유되거나 통용되는 망측함 따위 있을 리 없고 그것의 작용 또한 당연히 있을 리 없다. 그곳에도 어떤 작용 자체가 아주 없을 수는 없겠지만 적어도 내부적 체계와 질서에 의한 문화 혹은 윤리적 작용은 결코 아닐 거라는 짐작은 얼마든지 가능하다. 그래서 그러한 가없는 외부의 스페이스를 상상하거나 어쩌다 문득 자각이 될 때는 막막하고 어리둥절해지는 것을 넘어 거대한 암흑 물질에 던져진 것처럼 무서워진다. 무서워질 때마다 유자는 국수를 썰고 썰고 썰고 썬다. "싹둑싹둑싹둑…… 그렇게 싹둑 소리만 스무 번쯤 했을 때, 최가 그녀의 손을 잡았다. 그만 썰라는 듯이. 그러곤 말했다. 누구나 무서워. 그리고 또 말했다. 나는 안 무서울 거라고 생각하니. 너는 내가 그럴 거라고 생각하니. 나도 가끔은 정말 무서워." 유자와 최는 내부가 아니라 외부로서의 스페이스에서 손을 잡은 것이므로 내부에서의 치정, 사기 피해자와 가해자, 채권·채무의 관계를 초월한다.

그러한 외부 혹은 외계란 우리 인식장 바깥의 너무 먼 세계여서 우리의 삶과는 무관할 것 같지만 「스페이스 섹스올로지」는 결코 그렇지 않다고 말하는 듯하다. 내부를 에워싸고 있는 단단한 규범적 방어막이 태양풍을 막아내는 지구의 자기장처럼 강력하다고 해도, 어딘가에는 "틈이 벌어지고 그 틈이 서로를 밀어내 점점 더 큰 공간"이 생기면 더는 외부가 멀리 있지 않게 되며, 그 틈은 외부가 내부로 슬금슬금 "요실금처럼" 새어들어오는 통로가 되기도 하고 외부와 내부를 잇는 "탯줄"이 되기도 한다. 그렇게 내부 안에 외부의 교두보가 생기면 징그럽고, 어리둥절하고, 어지럽고 멍청하며 무서운 일들은 시나브로 필부필부의 다반사가 된다. "그냥 지구의 사람들" "전쟁을 하는 사람들, 피란을 가는 사람들, 그리고 그녀의 칼국숫집에 오던 손님들과 똑같은 사람들, (……) 사기꾼 최처럼 웃고 있는 남자들"의.

외부의 내부적 일상화, 즉 대기권의 우주화로 인해 인력과 척력의 변화가 오고, 그로 인해 저 우주가 아니라 이곳 현실 내부에서도 "삶이든 중력이든, 그런 것에 반하는" "둥둥 뜬다는 것"이 가능해지는 새롭고 낯선 인식적 진공 사태가 벌어지는 것이다. 은율이 유자를 내치며 끌어당기고 유자가 최를 내치며 끌어당기듯이, 둥둥. 어느새 외부의 "한복판"과 다름없게 되는 내부. 누구에게든.

외부란 여간해서는 접촉하기 어려운 세계라서 영대라든가 예술가 같은 특별한 존재들에게만 제한적으로 노출되는, 일테면 하늘의 영역 같은 것이라고 할 수 있겠다. 그러나 앞에서도 언급했 듯이 땅 위의 필부필부도 공평하게 외부를 접할 기회가 있으니 사랑 혹은 연애라는 성적 사태와 맞닥뜨릴 때일 것이다. 내부적 법칙과 원리들이 돌연 와해돼 몸과 마음이 "둥둥 뜨"면서 멍청하고 어이없고 망측해지는 일.

하지만 어찌 성적인 형편에서만 그렇다고 할 수 있을까. 벌어진 틈새의 공간에 생긴 "콩알만한 것들" 중에 "기어코 서로 붙어먹고 싶은 것들이 생겨 애도 낳고, 쌈박질도 하고, 사기도 치고…… 사기를 당했는데도, 뭣에 당한 건지를 몰라서" 멍청하게 "맨발로 거리를 걸어다니"니, 잘 몰라서 그렇지 저 외부는 이미 성적인 것은 물론이고 내부의 일상사마저 낱낱이 잠식해버린 건지도 모른다. 서울을, 서울의 비좁은 복층 오피스텔을, 유자가 털레털레 오가는 산책길 전부를. 그런 스페이스에 관한 이야기라서 섹스도 섹슈얼리티도 아닌 섹스올로지가 아닐까.

「스페이스 섹스올로지」는 한 개인이 수십 년간 축적해온, 삶에의 충실성과 인간으로서의 존엄성 등을 망측하게도 영도零度로 급락시킨다. 내부에 순응하려 오랜 시간 감추고 인내했던 의태적擬態的 삶의 껍질을 뜯어내어 어리둥절하게 한다. 내부적 원리로만 '특정'되어왔던 삶을 발각당하게 한다. 작가는 감각적인 문장으로 이를 교묘하게 잡아낸다. 소설 속 주인공은 이를 모르는 채 다만 휘둘림으로써 이것의 존재를 드러낸다.

이러니 누군들 망측하지 않을까. 누군들 무섭지 않을까. 이 망측함과 무서움을 모른다면 외려 더 망측하고 슬프지 않을까. 「스페이스 섹스올로지」를 망측함의 숭고das Erhabene한 재발견으로 보고 싶은 이유가 여기에 있다. 세부적으로 낱낱이 분절되어 각축을 벌이는 날 선 가치들의 피곤을 "생생하기 짝이 없는 삶의 덩어리"로 뭉텅 뭉개버리는 「스페이스 섹스올로지」. 이를 베이컨 그림 같은 미메시스적 윤리라고 하면 안 될까.

김혜진

빈티지 엽서

작가노트
삶을 탐구하는 작업

리뷰 | 조경란
해석과 설명

김혜진
2012년 동아일보 신춘문예에 단편소설 「치킨 런」이 당선되어 등단. 중앙장편문학상, 신동엽문학상, 이호철통일로문학상 특별상, 대산문학상, 김유정문학상, 2021년, 2022년 젊은작가상 등 수상. 소설집 『어비』『너라는 생활』『축복을 비는 마음』, 장편소설 『중앙역』『딸에 대하여』『9번의 일』『경청』『오직 그녀의 것』, 중편소설 『불과 나의 자서전』, 짧은 소설 『완벽한 케이크의 맛』 등이 있다.

빈티지 엽서

 노래가 끝나고 다음 노래가 시작되기 전의 짧은 정적 속에서 그녀가 무심코 거울 쪽으로 눈을 돌렸을 때 그 사람과 눈이 마주쳤다. 어딘가 의기소침하고 수줍어하는 듯한 그 눈빛은 그녀의 눈과 만나자마자 놀란 듯 다른 쪽으로 달아나버렸다. 그녀는 육중한 스미스 머신 안쪽에서 이리저리 몸을 움직이는 그 남자를 잠깐 돌아보았지만, 그것에 대해 오래 생각하지 않았다.
 그녀는 고춧가루를 생각하고 있었다. 어젯밤 남편이 지나가는 투로 한 말 때문이었다.
 고춧가루를 한번 수입해볼까? 돈이 꽤 된다는데.
 저녁 여덟시 정각에 시작한 뉴스가 거의 끝나갈 즈음이었고, 티브이에 시선을 고정한 남편의 말은 거의 혼잣말에 가까웠는데 묘하게 맘에 걸렸다. 화요일 오후, 그녀가 이렇게 헬스장에서 느슨하게 시간을 보내는 동안 남편은 그 일, 그러니까 고춧가루를 수입하고 판매하는 과정에 대해 집요하게 파고드는 중인지도 몰랐다. 아니, 지나칠 정도로 철저한 예비 조사가 이미 끝나고 해봐도 좋겠다는 결론에 다다랐을지도 몰랐다. 어느 쪽이든 그녀에겐 부담스러운 일이었다.

그녀는 그가 새로운 일을 벌이는 걸 원치 않았다. 그가 벌이는 일들이 터무니없거나 허술하거나 망할 게 뻔해서는 아니었다. 오히려 그 반대였다. 그는 매사 빈틈없이 준비했고, 무서울 정도로 성실했고, 그래서 한번 시작하면 끝을 낼 줄 몰랐다. 그는 그런 사람이었다.

그녀는 거울 속의 자신의 모습을 점검한 뒤, 그곳에 있는 대부분의 사람이 그런 것처럼 운동이라고 할 만한 것을 시작해보려고 했다. 그러나 오늘 처음 입고 온, 그러니까 며칠간 이런저런 인터넷 쇼핑몰을 기웃거리며 고심 끝에 구입한 새 레깅스의 색감이 어쩐지 그녀를 주눅들게 했다. 핸드폰 화면상에선 은은한 와인색으로 보였던 그 레깅스는 검은색이나 남색에서 벗어나 약간의 화사함을 갖고 싶다는 그녀의 욕망을 점잖은 수준에서 만족시켜줄 것 같았으나 실제로는 그렇지 않았다. 색깔은 거의 핑크에 가까운데다 묘하게 광택이 흘러 조명이 닿을 때마다 번쩍거리는 듯한 착각이 들 정도였다.

이거 사용하시는 건가요?

누군가 다가와 그녀가 앉아 있는 벤치를 가리켰다. 그녀는 얼른 자리에서 일어나 조명이 덜 닿는 안쪽 자리로 이동했다. 그런 후엔 가볍게 스트레칭을 한 다음 두 발을 어깨너비만큼 벌렸고, 몇 차례 무릎을 굽혀 앉았다가 일어났다. 스쾃을 하고 있었지만, 거울 속 자신의 움직임은 정확한 자세와는 거리가 멀어 보였다. 무릎이 앞으로 나가지 않도록 조심하는 동안엔 허리가 굽어졌고, 허리를 굽히지 않으려 애쓰면 발뒤꿈치가 뜨는 식이었다.

그렇게 하면 무릎 다칠 수도 있어요.

누군가 말을 걸었다. 파란 반바지를 입은, 그러니까 조금 전 거울 속에서 눈이 마주친 그 남자였다. 그녀는 놀랐고 당황스러웠지만 약간은 반가운 마음도 들었다. 그곳에서 대화를 주고받는 사람이 없는 것은 아니었지만, 그런 유의 사람은 처음이었다. 그런 유의 사람. 그는 운동을 제대로 익혔고 정석대로 돔을 움직일 줄 아는 사람처럼 보였다.

아, 그런가요? 정말 자세가 엉망이죠?

그녀는 그렇게 물었고, 혹여 자신의 목소리에서 운동에 관한 노하우를 얻게 될지도 모른다는 어떤 기대감이 지나치게 드러난 것은 아닐까 걱정스러웠다. 남자는 그런 그녀의 마음을 알아본 것처럼 가까이 다가와 친절하게 몇 차례 시범을 보였다.

그게 다가 아니었다.

러닝화는 쿠션이 있어서 발바닥에 힘주는 게 어려워요. 바닥이 납작한 신발을 신으시면 도움이 될 거예요.

남자는 신발에 대한 유용한 정보를 주었고,

여기 벽 앞에서 연습해보실래요? 무릎이 앞으로 나가는 걸 막을 수 있거든요.

바른 자세에 도움이 될 만한 장소를 일러주기까지 했다. 친절하고 고마운 사람, 그녀는 생각했다. 시간이 지나 그가 일종의 버릇처럼, 습관처럼 운동이 서툰 사람들에게 이런저런 동작을 알려준다는 것을, 그런 행위에서 얼마간의 만족감과 우월감을 느낀다는 것을 어렴풋이 짐작하게 된 이후에도 그 생각은 달라지지 않았다. 그녀가 받은 것은 도움이 분명했고, 거기에서 그가 무슨 감정을 느꼈는지는 별개의 문제였다.

삶에서 사소한 정을 주고받는 일이 점점 드물어진다는 생각을 그녀는 자주 했다.

이전엔 언제 어디서나 경험할 수 있었던, 그래서 흔하고 사소해 보이던 그런 일들이 어떻게 이렇게 다 사라져버렸을까, 생각할 때도 있었다. 그런 생각은 시장 입구의 상가 건물, 그녀와 남편이 벌써 십오 년째 꾸려가는 자전거 대리점―판매보다 수리를 통해 얻는 수익이 늘 훨씬 컸다―에 있을 때 특히 더 했다.

오래도록 그들 부부는 자전거 타이어에 공기를 주입할 수 있는 호스를 가게 바깥에 내놓았다. 누구든 무료로 사용하라는 의미였다. 선의였고 친절이었고 잠재적 고객들을 위한 서비스의 일종이었던 이 행위를 모두가 고맙게 여긴 건 아니었다.

한번은 동호회 회원들로 보이는 대여섯 명이 한꺼번에 몰려와 자전거 타이어에 바람을 넣고는 가게 앞을 가로막은 채 갈 생각을 하지 않았다. 오 분을 기다리고, 십 분을 더 지켜본 다음 그녀가 가게 밖으로 나가 점잖게 눈치를 주었을 때 그들은 퉁명스럽게 대꾸했고, 저희들끼리 무슨 말인가를 주고받다가 기분 나쁜 얼굴로 자전거를 몰고 사라졌다. 누군가 스치듯 했던 말, 생색이라거나 유세라거나 하는 말은 오래도록 그녀의 머릿속을 떠나지 않았고, 비슷한 옷차림의 사람들을 마주할 때마다 되살아났으며, 그녀가 누군가에게 베풀었을지도 모를 선의와 친절을 차단해버렸다.

호스를 거의 내던지다시피 하며 자리를 뜨는 사람이 있었고, 일회용 음료 컵을 버려두고 가는 사람이 있었다. 사용법을 모르나 싶어 다가갔다가 눈치를 준다는 오해를 사기도 했고, 공기 주입비를 자전거 가격이나 공임비에 과도하게 추가하고 있다는 소문을 듣기도 했다.

이런 일련의 일을 통해 그녀는 친절과 선의가 완성되는 데에는 두 가지 조건이 있음을 배웠다. 주는 사람과 받는 사람. 친절과 선의는 있는 그대로 주고 있는 그대로 받을 수 있는 두 사람 사이에서만 유효했다. 그렇지 않을 경우, 오염되고 변질되고 공중분해되면서 자신 혹은 상대를 다치게 만드는 경우가 허다했다. 그러므로 그것들은 누구나 쉽게 주고받을 수 있는 것이 아니었다. 그것들은 취약했고 위험했고 다루기 까다로웠다.

그녀는 그 '무료 서비스'를 철회하고 싶었으나 그럴 수 없었다. 일부 사람들의 무례함에 노여워하고 괘씸해하면서도 남편이 그것을 그만두는 걸 원치 않아서였다. 그는 그런 서비스라도 있어서 사람들이 한 번이라도 더 오는 거라 했고, 그렇게 오다보면 뭐든 돈을 내고 살 일이 생길 거라고 했다. 반은 맞고 반은 틀린 말이었지만 그녀는 반박하지 않았다. 남편은 그녀의 진심어린 충고

나 걱정 같은 걸 그대로 받을 줄 모르는 사람이었으니까. 두 사람의 말이 서로에게 온전히 가닿는 경우는 드물었다. 상대에게 도달하기 전에 방향을 틀고 변형되면서 두 사람 사이에 가느다란 실금을 남길 때가 많았다.

며칠간 그녀는 파란 바지의 남자가 알려준 대로 벽 앞에서 스쾃을 연습했다. 잘되진 않았다. 그럼에도 무엇이 잘못되었는지 어렴풋하게나마 인지하게 되었다는 점에서 미약하지만 기분좋은 성취감을 느낄 수 있었다.

남자를 다시 만난 건 몇 주 뒤였다.

오후 네시 삼십분. 자전거 가게에 손님이 뜸한 시간. 그녀가 운동을 핑계로 당당하게 일터를 벗어날 수 있는 한 시간의 절반이 벌써 지나가는 중이었고, 헬스장 한쪽에서 그녀가 자신을 다잡듯 거울을 보며 자세를 점검하고 있을 때였다.

안녕하세요. 연습 많이 하셨어요?

그 남자였다. 못 본 사이 그의 피부색은 햇빛에 그을린 듯 전체적으로 짙은 구릿빛으로 바뀌어 있었고, 그 덕분에 팔다리의 잔근육들이 도드라졌다. 그러나 그녀는 그런 말은 입 밖으로 꺼내지 않았다. 이따금 주변 사람들에게 놀라움을 안기는 자신의 눈썰미가 어떤 불필요한 오해를 불러오는 걸 피하고 싶어서였다. 자신이 반가워하는 기색—그것이 그녀가 생각하기에 적당한 수준이더라도—을 내보이는 건, 그래서 마치 만남을 고대한 듯한 인상을 주는 건 어쩐지 적절치 않은 것 같았다. 그녀는 자신이 평소보다 소극적이고 방어적으로 굴고 있다는 걸 알았지만, 그 이유를 구체적으로 따져보지는 않았다.

오셨어요? 매일 연습을 하는데 잘되는지는 모르겠어요. 그래도 이전보다는 훨씬 편해요. 앉았다가 일어나는 게 수월해진 것도 같고.

그러게요. 자세가 진짜 안정돼 보이는데요? 머신으로는 연습 안 해보셨죠? 이쪽으로 와보세요.

몇 걸음 떨어져서 가볍게 몸을 풀던 그가 그녀를 불렀다. 그녀는 그가 거의 독차지하듯 사용하는 스미스 머신 쪽으로 다가갔다. 그는 랙에 고정된 바벨을 가볍게 쥐고 천천히 스쾃을 하며 신경써야 할 부분들을 다시금 짚어주었다.

무릎을 오므리지 않도록, 머리를 숙이지 않도록, 발뒤꿈치가 뜨지 않도록.

그가 그녀의 자세를 살펴주는 십 분 남짓한 시간 동안 그녀는 자신이 무엇을 간과하고 있었는지, 어떤 움직임에 주의를 기울여야 하는지 알았다. 알게 된 건 그뿐만이 아니었다. 그는 거의 십여 년 만에 혼자 여행을 다녀왔다고 했고, 처음 고려했던 여행지들—일본, 대만, 홍콩—이 아니라 과감하게 스위스로 목적지를 변경한 것이 지금 돌이켜보면 참 잘한 결정이었다고 털어놓았다. 딱 열흘만 있을 계획이었으나 무리를 해서 사흘을 더 머물렀다는 이야기를 할 땐 그의 얼굴 한 부분이 갑자기 환하게 빛났다. 그건 그녀의 착각임이 분명했지만 그 순간 그는 마치 그곳에 있는 사람처럼 보였다. 아니, 여행지에 남겨두고 온 그의 일부가 그에게 어떤 생기를 비밀스레 전달하고 있는 것 같기도 했다.

그래요? 스위스면 나도 가본 적이 있어요. 융프라우를 보러 가신 거예요?

그렇게 말하면서 그녀는 오래되어 제대로 기억나지도 않는 옛 여행지들을 떠올렸다. 어쩌면 자신도 그 낯선 곳들에 자신의 일부를 남기고 오지 않았을까 하는 의문이 들었는데, 그렇다 해도 이젠 모두 사라져버렸을 것 같았다. 그건 그녀가 시간을 감각하는 방식이었다. 그녀에게 시간은 모든 걸 흔적도 없이 지우는 무언가에 가까웠다. 그 순간, 그녀는 무심코 거울을 보다 약간 놀랐다. 그동안 자신에게서 사라져버린 것들이 한꺼번에 자각되는 기분이었고, 자신의 얼굴이 이상할 정도로 낯설었다.

어, 진짜요? 스위스에 가보셨어요? 언제요?

그는 의외라는 듯 그렇게 물었고, 자신보다 머리 하나가 작은 그녀를 내려다보았다. 마흔다섯, 여섯. 느슨하게 어림잡아도 쉰은 절대 넘지 않을 것 같아 보이는 그의 얼굴은 탄탄한 몸에 비해 약간은 밋밋하다는 인상을 주었는데, 그건 어리숙함이나 의기소침함과는 달랐다. 그는 피로해 보였고, 쓸쓸해 보였고, 얼마간 외로워 보이기까지 했다. 아니, 그런 것들이 튀어나오지 않도록 붙잡고 있는 데 온 힘을 기울이고 있는 것처럼 느껴졌다. 실은 그것이 자신의 감정임을, 그러니까 그런 감정으로 그를 바라보고 있었음을 그녀가 깨달은 건 시간이 더 지난 후였다.

오래전이에요. 결혼하기 전이니까. 이십 년이 넘었지. 아니다, 이십 년이 뭐야. 삼십 년이 다 되어가네요. 요즘은 일하느라 여행은 엄두도 못 내요. 우린 자전거 매장을 운영하거든요. 한 달에 딱

한 번만 쉬어요. 우리 아저씨가 워낙 부지런한 사람이라서.

　자전거 가게를 하세요? 어디, 이 근처에서요?

　네, 시장 근처에 가게가 있어요. 횡단보도 건너서 안경점 바로 옆에.

　아, 그러셨구나.

　다소 맥빠지는 이야기였으나 헬스장에 흐르는 경쾌한 노래에 힘입어 두 사람의 대화는 계속 앞으로 나아갔다. 각자 멀지 않은 곳에 자리를 잡고, 한 동작을 끝내고, 한 세트를 마무리하고 다시금 질문을 하고 답변을 하는 식이었다.

　그는 융프라우는 제대로 구경하지 못했다고 했다. 그곳에 머무는 동안 줄기차게 비가 내렸는데 비바람 탓에 산악 열차 운행이 중단되기도 했었다고 말하는 그의 얼굴에 잠깐씩 아쉬움의 기색이 떠올랐다. 그리고 그의 이야기는 낯선 도시를 옮겨다니듯 새로운 화제를 두서없이 꺼내놓다 베른 구시가지에 있는 헬스장에 다다랐다.

　거기서도 운동을 하러 가신 거예요, 헬스장에?

　그녀가 놀란 듯 묻자 그는 기다렸다는 듯 핸드폰을 열어 사진 몇 장을 보여주었다. 언뜻 보면 공장 같기도, 창고 같기도 한 그 공간을 채운 건 컬러풀한 머신들이었다. 머신은 장난감처럼 작아 보였고, 머신을 사용하는 사람들은 더 작아 보였는데, 그는 삼층에서 그 사진들을 찍었다고 말했다.

　사층 건물 전체가 헬스장이더라고요. 장관이죠?

　그렇게 말하는 그는 자신이 직접 찍은 그 사진 속 풍경에 얼마간 압도되어 있는 모습이었다.

정말 그러네요. 장관이네요.

여기 뒤편으로 돌아가면 테라스가 있어서 야외 운동도 가능해요. 안쪽에는 책 읽는 공간도 있고, 입구 복도엔 그림들을 걸어놔서 내가 지금 미술관에 온 건가 싶더라고요. 아, 휴식 공간에는 조각상도 있어요.

멋지네요, 정말.

그녀는 그곳을 잠시 상상했다. 어마어마해서 비현실적으로까지 여겨지는 그곳에 가보고 싶다거나 부럽다는 생각은 들지 않았는데, 이상하게 그 순간 몸의 움직임이 편하게 느껴졌다. 가본 적도 없고, 가게 될 가능성도 없는 그 헬스장의 풍경을 상상하는 것이 어째서 운동에 도움이 되는지, 구체적으로 생각해보지는 않았다.

며칠 후, 남편과 자전거 가게에 있을 때 그녀가 말했다.

우리도 내년 봄에는 여행 한번 다녀올까?

가게 입구 천장은 어린이용 자전거와 크기가 다른 휠, 다양한 종류의 타이어와 비품 들이 매달려 있어 어둑했는데, 하루에 단 몇 시간, 햇살이 쏟아지는 오전엔 가게 안이 불을 켜놓은 듯 환해졌다. 등받이가 한쪽으로 기울어진 회전의자에 앉아 경제 잡지를 읽는 남편은 이렇다 할 대꾸가 없다가 벌떡 몸을 일으켰고, 곧 손님이 들어왔다.

어서 오세요!

인사는 그녀가 했다.

타이어가 펑크난 거 같은데 지금 수리 가능한가요?

여자가 입은 하얀색 반바지 끝에 아이스크림자국 같은 것이 말라붙어 있었다.

그럼요. 얼마 안 걸려요. 잠시만 기다리세요.

이번에도 대답은 그녀의 몫이었다.

남편이 자전거를 안으로 옮겨오는 동안 그녀는 바닥에 흩어져 있는 공구 중 필수적인 것들을 따로 챙겼다. 남편의 손놀림은 빠르고 정확했다. 그래서 그녀는 늘 그보다 더 빠르고 정확하게 움직였다. 남편이 바퀴를 분리하려고 손을 뻗기 전에 얼른 앞바퀴를 들어주고, 그가 타이어 레버를 집어들 때 다음에 사용할 펑크 패치를 바로 옆에 가져다놓는 식이었다. 두 사람은 일사불란하게, 질서정연하게, 마치 한 사람처럼 움직였다. 어쩌면 그런 것이야말로 삼십여 년 결혼생활의 구체적이고 실체적인 증거가 아닐까, 하는 생각을 그녀는 종종 했다. 둘 사이엔 아이가 없었다. 아이를 가지려고 애를 쓰던 시기가 있었으나 두 사람 모두 적당한 때 마음을 접었고, 자신의 노력을 배반하지 않을 만한 목표로 눈을 돌렸다. 남편이 목표로 삼은 건 손에 쥘 수 있는 어떤 것이었다. 공구, 타이어, 가죽 안장, 로드 자전거, 미니벨로 같은 결과적으로 손에 돈을 쥐여줄 수 있는 것들.

그럼 자신의 목표는 무엇이었을까.

손님이 용무를 마치고 돌아간 뒤에도 그녀는 한동안 그 생각에 붙잡혀 있었다. 그건 허무함도, 실망감도 아니라 새삼스러운 자각에 가까웠다. 변화라면 변화라고 할 법한 그런 생각을 그녀는 헬스장의 그 남자와 연관 짓지 못했다.

여름이 지나고 가을이 깊어지는 동안 그녀는 꾸준히 헬스장에 갔다. 오후 세시 반이 넘으면 운동 가방을 챙겼고, 아파트 단지 샛길로 걸어가는 동안 무슨 운동을 얼마나 할지 고심했다. 엘리베이터 안에서 근육이 얼마나 붙었나 하고 팔뚝과 허벅지를 살며시 만져볼 때도 있었다.

그 사람, 파란 바지의 남자가 헬스장에 오는 시각은 들쑥날쑥했지만 두 사람은 일주일에 두세 번은 꼭 마주쳤다. 그러면 그는 그녀의 동작과 자세를 살펴봐주었고 도움이 될 만한 조언을 건넸다. 그녀는 프로틴 음료와 커피 같은 것들을 챙겨가기 시작했다. 그렇게라도 고마운 마음을 전하고 싶어서였다.

그녀가 그에 관해 아는 것은 많지 않았다.

반년 전, 오래 다닌 직장을 그만둔 뒤 이 동네로 이사왔고, 지금은 혼자 살고 있으며, 헬스를 한 지는 삼 년이 넘었다는 것. 그가 과거에 어떤 직장에 다녔고, 왜 이 동네로 이사왔으며, 이전엔 누구와 함께 살았는지, 결혼을 했는지, 아이는 있는지 등은 묻지 못했다. 맞다. 그녀가 그에 관해 아는 게 별로 없다고 느낀 건 해결되지 않은 궁금증 탓인지도 몰랐다. 그럼에도 선을 넘을 만한 짓은 하지 않았다. 그녀는 남편과 함께 자전거 대리점을 운영하고 있다는 것, 당뇨 초기 진단을 받은 뒤 헬스를 시작하게 되었다는 것, 한 달에 두어 번 독거노인들에게 도시락 배달 봉사를 한다는 것 정도의 이야기만 했다. 대학에서 영어와 스페인어를 전공했다는 것, 이십대 때에는 번역가나 통역가를 꿈꿨다는 것, 지금과 같은 삶을 살게 된 건 그때는 엄두가 나지 않았으나 돌이켜보면 아주 사소한 용기가 부족한 탓이었다는 등의 말은 꺼내지 않았다.

11월 첫날에 기온이 십오 도까지 떨어졌다.

오전 아홉시, 자전거 대리점 문을 열 때 같은 건물 이층 세입자 여자가 가게 입구에서 그녀를 불렀다. 자신이 직접 만든 가죽 공예품들의 판매를 위탁하기 위해서였다. '전통무속예술원'이라는 간판을 내건 그곳이 무엇을 하는 곳인지 그녀는 정확히 알지 못했다. 그녀가 아는 건 그 학원을 운영하는 육십대 초반의 여자가 무속인은 아니며(그럼에도 눈빛에선 종종 범상치 않은 기운이 배어났다), 이따금 굿을 준비하는 사람들의 연습실 겸 창고로 그 공간을 대여해주는 것과 가죽공예품들을 판매하는 것이 그 여자의 주 수입원이라는 것 정도였다. 그럼에도 그녀는 그 여자의 과거를, 미래를, 인생을 현재의 그 변변치 않은 형편 안에 가둬두진 않았다. 자신이 그런 것처럼, 그 여자에게도 환한 시간들이 있었고, 또 있을지도 모른다고 믿었다. 그건 그녀가 타인에 대한 예의를 잃지 않는 방식 중 하나였다.

남편이 고개를 까닥하고 안으로 들어갔고, 그녀와 여자가 가게 앞에 간이 테이블을 펼쳤다. 지갑과 파우치를 크기별로 가지런하게 올려놓은 뒤 '수제 악어가죽 지갑 할인 판매'라고 적힌 천조각을 붙이자 모든 일이 끝났다.

맞아, 나 어제 자기 봤다?

문득 여자가 말했다. 그녀가 햇살을 받아 반짝이는 그 공예품들이 정말 악어가죽으로 만든 것일까, 생각하고 있을 때였다.

그래요?

어떤 남자랑 카페에 앉아 있던데?

그녀는 반사적으로 남편이 있는 가게 안쪽을 들여다보았고, 곧 그 행동을 후회했다. 거리낄 게 없는데도 거리낄 게 있는 것처럼 행동했다는 자각 탓이었다.

아, 아는 분이 뭘 부탁해서 잠깐 만났어요. 헬스장에서 종종 만나는 분인데, 외국에서 사온 엽서를 해석해달라고 하시더라고요.

파란 바지의 남자가 외국 빈티지 엽서를 모은다는 이야기를 한 게 몇 주 전이었다. 그 엽서들을 헬스장에 가져온 게 보름 전이었고, 그녀가 별생각 없이 엽서에 적힌 몇 문장을 해석하면서 그 일이 시작되었다. 갑자기, 우연히, 의도하지 않게. 두 사람은 운동을 마친 뒤 잠깐씩 그 엽서들을 함께 보다가, 어느새 카페에 마주 앉아 공부하듯 엽서들을 읽어나가게 된 것이었다. 그게 전부였고 틀림없는 사실이었다. 그러나 설명이 부족하다는 생각이 들었고, 그 틈새로 이상한 추측과 오해가 끼어들지도 모른다는 불안이 올라왔다.

외국 빈티지 엽서를 모으는 취미가 있대요. 그분 말이에요. 외국 사람들은 누가 누구한테 썼는지도 모를 엽서들을 사고팔고 하거든요. 저도 외국 갔을 때 본 적은 있는데 사고 싶은 마음은 안 생기더라고요. 괜히 께름칙하기도 하고.

그녀가 조금 더, 조금 더 하며 계속 부가적인 설명을 이어간 건 그 때문이었다.

제가 영어랑 스페인어를 공부했거든요. 대학 다닐 때. 오래전이긴 하지만 그래도 감이라는 게 있으니까요.

세상에. 자기 대학을 나왔어? 그랬구먼. 그나저나 누가 누구한테 쓴 줄도 모르는 엽서를 돈 주고 산다니 취미 한번 유별나네. 신경쓰지 말아. 반가워서 말한 거니까.

여자는 건성으로 고개를 끄덕거리다 결국 그녀의 말을 끊었다. 그런 후엔 잘 부탁한다는 인사를 남기고 이층으로 올라갔다. 그녀는 그 자리에 서서 자신이 한 말을 점검하듯 하나씩 복기했고, 색이 바래고 글자가 떨어져나가기 시작한 이층 가게의 간판을 올려다보다 가게 안으로 들어왔다.

그리고 그날 오후, 운동을 끝내고 헬스장을 나오며 파란 바지 남자에게 말했다.

오늘은 길 건너 카페를 찾아보면 어때요? 요 앞 가게는 사람이 너무 많더라고요.

아, 그래요? 그러시죠, 그럼.

그러나 길 건너편, 사람들로 붐비는 카페 서너 곳을 그냥 나온 뒤 두 사람이 자리를 잡은 건 공원 안쪽 벤치였다. 남자가 가방에서 엽서 한 장을 꺼냈다. 단숨에 휘갈겨쓴 듯한 영어 필기체와 빛이 바랜 우표, 뭉툭해진 모서리와 잉크가 번진 흔적까지. 그것은 이전에 봤던 몇 장의 엽서와 비슷했지만 다른 점이 있었다. 여기저기 물방울자국이 꽤 선명하게 남아 있었다. 그녀는 눈물이 떨어진 자국이 분명하다고 여겼지만 그 말을 하진 않았다.

여느 때처럼 두 사람은 엽서 표지와 우표 모양을 살피고, 수신자와 발신자의 이름을 파악하는 것부터 했다. 그건 핵심이라고 할 만한 내용으로 들어가기 전의 준비운동과 비슷했는데, 언제나 그녀가 주도권을 쥐었다. 그는 비교적 쉬운 단어는 읽을 수 있었으나 문장을 해석하는 데에는 어려움을 겪는 듯했다. 아니, 제각각인 필기체 탓에 아주 쉬운 단어를 알아보는 것도 힘든 일이긴 했다.

받는 사람 이름이 세실이네요. 세실 크리스토퍼.

아, 이게 세실인가요? 전혀 못 알아보겠네요.

그녀는 이 읽기의 과정이 전적으로 자신의 소관 아래 이뤄진다는 게 좋았다. 헬스장에서 몸을 움직일 땐 오로지 그의 조언에 의존해야 했다면, 그녀가 엽서를 쥐고 있는 동안엔 정반대의 상황이 펼쳐지는 거였다. 아니, 남편이 알았다면 쓸데없는 시간 낭비라고 탓했을 게 뻔한 이 일에 그녀가 흥미를 느낀 건 그런 이유 때문만은 아니었다. 엽서를 읽는 동안 그녀는 자신이 상실했다고 여겼던 자기 자신을 거듭 되찾는 기분이었다. 어떤 단어의 의미를 정의할 때, 어떤 문맥을 설명할 때 그녀는 자신 안에 여전히 수준 높은 소양과 지식이 남아 있다는 것을 실감했고, 그러면 과거의 한 시절이 생생하게 살아 돌아오는 것 같았다. 맞다. 그건 완전히 다른 사람이 되는 경험과 비슷했다. 길어야 한 시간 남짓한 그 시간 동안 그녀는 지금의 삶으로부터 달아나 자신이 살아보지 못한 삶을 잠깐씩 체험하고 있는지도 몰랐다.

물론 그녀가 모든 단어를, 문장을 능숙하게 해석해낼 수 있었던 건 아니었다. 때때로 그녀는 얼버무렸고, 뜬금없는 이야기로 시간을 벌었고, 될 대로 되라는 심정으로 터무니없는 해석을 늘어놓기도 했다. 모른다는 말은 절대로 하지 않았다. 그녀는 힘껏 추측했고 유추했고 상상력을 발휘했다.

그러니까 그 무렵, 주변 사람들이 그녀에게서 전에 없던 미약한 활기를 느낀 건 그 때문이었다. 긴 세월의 흔적이 낡은 이국의 엽서, 누군가의 성격과 습관이 스며든 필체, 지금은 세상을 떠났을 게 틀림없는 수신자와 발신자, 그들 사이에 오고간 애틋하고 다정한 언어, 그리고 그 언어들 아래 흐르는 뜨거운 마음. 그녀 내면의 뭔가를 깨운 건 일상에서는 아무런 쓸모가 없는 그런 낭만적이고 감상적인 상상력 덕분인지도 몰랐다. 그 엽서들의 주인, 남자의 존재 때문이 아니라.

요즘 같이 다니는 그 아저씨, 식구 아니지요?

그리고 얼마 후, 그녀가 운동을 끝내고 엘리베이터에 올랐을 때 누군가 물었다. 헬스장에서 종종 인사를 나누는 여자 노인이었다. 그 사람이 운동 가방으로 쓰는, '제생한의원'이라고 적힌 부직포 백에서 물이 뚝뚝 떨어지고 있었다.

네?

그녀가 물었고, 노인이 괜찮다는 듯 눈을 깜빡이더니 목소리를 낮추었다.

탈의실에서 여자들이 입을 자꾸 대길래 물어봤어요. 뭐라고들 말을 하는데, 내 보기엔 그런 관계는 아닌 거 같아서.

그녀는 노인의 말을 한 번에 이해하지 못했다. 그래서 그 엘리베이터에 자신과 노인 단둘뿐이라는 사실에 안도감을 느껴야 한다는 것도 눈치채지 못했다.

　노인은 거의 매일 헬스장에 왔다. 느린 걸음으로 트레드밀을 걷고, 그보다 더 느린 속도로 실내 자전거를 타고, 몇 개의 머신을 이용하는 게 전부인 노인의 운동은 운동이 아니라 거의 생존에 가까운 고군분투처럼 보였다. 특히 샤워실에서 발가벗은 노인과 마주칠 때면, 아래로 허물어지고 있는 듯한 상체를 겨우 지탱하고 있는 노인의 앙상한 두 다리를 볼 때면 애잔함을 감출 수 없었다. 그런 감정 속엔 자신의 육체가 아직 쓸 만하다는 데서 오는 우월감, 노인에 비하면 자신의 상황이 낫다고 여기는 데서 오는 안도감 등이 뒤섞여 있음을 모르지 않았으므로 그녀는 늘 묘한 죄책감을 느꼈다. 이따금 그녀가 노인에게 다정하게 말을 건넨 건 그 때문일지도 몰랐다.

　아, 그분이요? 식구 아니에요. 헬스장에서 만난 분인데. 친구? 동료라고 해야 하나?

　그래요? 그럼 여기 헬스장에서 만난 사이가 맞아?

　네, 여기 헬스장에서 만났어요.

　노인이 무슨 말인가를 더 하려고 할 때 엘리베이터 문이 열렸다. 막무가내로 사람들이 밀고 들어오는 바람에 그녀는 내릴 타이밍을 놓쳤고, 큰 소리를 내고 나서야 그곳을 벗어날 수 있었다. 그리고 몇 걸음 앞서 걷는 노인을 불렀을 때, 이상하게 서늘한 감정이 그녀를 툭 건드렸다. 뭐랄까, 순간적으로 구부정한 노인의 뒷모습에서 어떤 완강함이, 냉담함이 느껴진 탓이었다. 그건 그녀의 착각임이 분명했지만 노인을 뒤쫓아가는 걸 막아서기엔 충분했다.

 이 일이 그녀에게 의구심을 심어주었다. 그녀는 거리낄 게 없는 그 남자와의 만남, 지극히 순수한 엽서 읽기 활동이 다른 사람들의 눈에 어떻게 비칠지 생각하기 시작했다. 그만둬야겠다고 생각한 건 아니었다. 그녀는 누가 직접적으로 묻는다면 적극적으로 해명하겠다고 결심했고, 가능하다면 이 활동에 관심 있는 사람들을 더 영입하겠다고 마음먹었다. 그러나 그런 일은 일어나지 않았다.

 그리고 얼마 후, 누군가 탈의실 입구의 건의 게시판에 써둔 짧은 글이 그녀의 의구심을 확신으로 바꿔놓았다.

 '헬스장은 운동하는 곳입니다. 운동만 하세요. 양심에 어긋나는 부적절한 관계, 몹시 불쾌합니다!'

 그러니까 그녀가 그 글을 발견하고 탈의실 입구에 멈춰 섰을 때, 이게 무슨 말일까, 누구를 겨냥한 말일까 생각하고 있을 때. 단 한마디 말도 건네지 않고, 냉담하고 신속하게 그녀를 스쳐간 몇 사람의 태도가 의구심을 확신으로, 확신을 두려움으로 바꿔놓은 거였다.

 그녀는 엽서 읽기 활동을 그만둬야겠다고 결심했지만 남자에게 그 말을 곧바로 하진 못했다. 그녀는 남자가 없을 만한 시간대에 헬스장을 찾기 시작했고, 남자와 마주칠 때면 급한 일이 있다거나 몸이 안 좋다는 핑계를 대며 자리를 피했다. 그래서 두 사람이 이 문제에 대해 정식으로 대화를 나눈 건 몇 주가 더 지나서였다.

 추운 날이었다. 짧은 가을이 지나고 겨울이 세상을 점령해나가는 중이었다. 두 사람은 헬스장에서 나와 이십여 분을 걸어간 다음, 사람이 뜸한 카페에 자리를 잡고 앉았다. 그런 후엔 한동안 조용히 각자의 한기를 물리치는 데 집중했다. 따뜻한 커피 두 잔이 나왔고, 그가 가방에서 엽서 뭉치를 꺼냈다. 그들이 하나씩 읽어나가기로 했던 또다른 빈티지 엽서들이었다.

아니요. 오늘은 엽서 말고 할 이야기가 있어요.

그녀가 말했고 그가 네모난 엽서들을 두 손으로 감싸쥔 채 그녀를 보았다. 두 사람의 눈이 마주쳤고, 그녀가 순간적으로 시선을 피했다. 그럴 수밖에 없을 만큼 그의 눈빛에는 뭔가 특별한 것이 있었다. 그녀는 이별이나 헤어짐 같은 감상적인 단어를 떠올려선 안 된다고 자신에게 거듭 주의를 주었다.

일이 커졌어요.

그녀가 단호한 목소리로 말했다.

헬스장 사람들 말하시는 거죠? 알아요. 일이 커졌습니다.

한참 만에 그가 답했다. 침묵이 내려앉았다. 그건 다른 사람들에게 비슷한 눈총을 받아본 두 사람 사이에서 오갈 수 있는 무언의 공감 같았다. 그럼에도 두 사람은 타인에 대한 이야기는 꺼내지 않았다. 그 사람들이 몰상식하다거나 무례하다는 말로 자신들의 부주의함을 변호할 시도는 하지 않았다.

아무래도 그만하는 게 좋을 것 같아요. 이쯤에서.

그녀가 말했고 그가 물었다.

꼭 그래야 할 필요가 있을까요? 그저 이런 빈티지 엽서를 읽는 게 다인데요. 가벼운 취미활동 같은 거잖아요, 아니었나요?

그는 고개를 살짝 들었지만 그녀를 바라보진 않았다. 그의 시선은 테이블 모서리에 고정되어 있었다. 그녀가 포기하지 않는다면 알게 될지도 모를 어떤 감정들이 그의 얼굴을, 표정을 낯설게 만들고 있었다. 그녀는 그 말 뒤편의 말들, 그러니까 그가 질문 뒤에 감추고 있는 진짜 질문들을 떠올리지 않으려고 애썼다.

맞아요. 그렇긴 하지만 다른 사람들 눈에는 부적절해 보이는 일이에요.

그녀는 미간을 찌푸렸다. 자신이 비겁하게 굴고 있다는 생각 탓이었다. 그러나 정확히 어떤 점이 비겁한지 알 수 없었다. 알 수 없는 건 그뿐만이 아니었다. 그녀는 자신의 내면에서 빠르게 솟구쳤다 가라앉는 여러 감정을 제대로 읽어내지 못했다. 그래서 자신이 지금 어떤 기분이고, 어떤 상태인지 파악할 수조차 없었다.

혹시, 혹시라도 다른 어떤 마음이 있었던 건 아니죠? 아, 오해하진 마세요. 제 말은 조금이라도 그런 마음이 있으셨다면, 그런 거라면.

그가 용기를 내어 고개를 들었고 그녀의 눈을 보았다. 그리고 그녀가 어떤 가능성을 베어내듯 말했다.

아니요. 그럴 리가요. 그럴 리가 없죠.

그렇다면 그만둘 이유가 없지 않을까요? 저희만 떳떳하면 되는 거잖아요. 고작 엽서 읽는 게 뭐 대단한 일이라고. 시간이 지나면 사람들도 알겠죠. 그냥 별일도 아니었구나, 하고.

아뇨. 그만두는 게 좋겠어요. 그러는 게 맞아요.

그녀의 말투에 날카로움이 배어났다. 그건 이 만남이 그에겐 거리낄 게 하나도 없는, 정말이지 순수한 엽서 읽기 행위였을지도 모른다는 데서 오는 서운함 때문이었다. 아니, 이 만남에 어쩌면 그 이상의 의미가 있을지도 모른다고 기대했던 스스로에 대한 부끄러움에 가까웠다. 그녀는 자신의 이런 감정을 제대로 알아차리지도 못했다. 두 사람 사이에 형식적인 몇 마디 말들이 더 오갔다. 고맙다거나 유감이라거나 하는 말들, 적당히 생략되고 정제되어 안전하고 무난하다고 여겨지는 표현들. 그녀가 먼저, 그가 뒤이어 자리에서 일어났고, 두 사람은 카페를 나왔다. 문득 그가 한 손에 들고 있는 엽서 뭉치가 그녀의 눈길을 사로잡았다.

하나 가지세요. 기념으로.

그가 엽서 한 장을 내밀었다. 그녀는 그것을 받았고 고개를 까닥한 뒤 돌아섰다. 그게 끝이었다.

이후 한동안 그녀는 헬스장을 찾지 않았다. 새로운 헬스장에 등록한 건 해가 바뀌고 몇 주가 더 지난 뒤였다. 그곳은 가게에서 멀었지만 규모가 크고 실내가 환해서 쾌적하다는 느낌을 주었다. 그녀는 그 사람, 파란 바지의 남자를 거의 잊고 지냈다. 그럼에도 남편이 전표와 영수증, 고지서 등을 보관하는 용도로 쓰는 낡은 책상 서랍을 무심코 열 때면, 거기 비닐 커버를 씌워 넣어둔 빈티지 엽서를 볼 때면 남자를 떠올리지 않을 수 없었다.

엄밀히 말해 그녀가 생각하는 건 남자가 아니었다. 그건 그녀 자신의 마음, 즉 그때는 알아차리지 못했던 혹은 알아차리지 못하도록 단단히 잠가둔 감정일지도 몰랐다. 그녀는 그 당시 자신이 정말 거리낄 게 하나도 없었는지 자문했고, 그 남자에게 자신이 느꼈던 감정이 무엇인지 되짚어보곤 했다. 그 사람을 통해 자신이 지금과 다른 삶을 막연히, 어렴풋이 꿈꿨던 것에 대해 옅은 죄책감을 느낄 때도 있었다. 그럼에도 그때의 자신의 마음을 정확하게 정의하진 못했다.

스위스였다면, 머신들이 종류별로 끝도 없이 나란히 도열한 공간이었다면, 두 사람의 모습이, 두 사람의 말과 행위가 아무런 주의도 끌지 않고 관심도 받지 못하는 장소였다면 자신의 마음을 조금은 더 선명하게 읽을 수 있지 않았을까, 생각한 건 그 때문이었다.

입춘을 며칠 앞둔 어느 오후에 남편이 말했다.

뭐야? 이거 당신 거야?

그녀가 가게 입구에 서서 멀리 가로수들을 내다보고 있을 때였다. 그녀가 돌아보자 남편이 빈티지 엽서를 흔들어 보였다.

내 거야. 거기 둬요.

그녀가 말했고 남편이 무심한 투로 답했다.

뭐야? 어디서 난 거야? 죄다 외국말이네.

그녀는 남편 곁으로 다가갔고 엽서를 건네받았다. 거기 적힌 글자들은 프랑스어여서 그녀가 읽을 수 없었다. 그녀는 자신이 해석할 수 없는 암호 같은 글씨를 가만히 내려다보았다.

어디서 난 거야? 읽을 수도 없는 이런 걸 뭐하러 가지고 있어. 서랍도 복잡한데.

그가 말했고 그녀가 답했다.

왜 못 읽어? 얼마든지 읽지. 읽어줘?

그러곤 엽서를 내려다보며 문장을 읽었다. 아니, 읽는 척했다.

우리가 지금과 같은 삶을 살게 된 건 사소한 용기가 부족했기 때문이에요. 그걸 알아야 해요.

그건 그녀가 가끔 떠올리는 말이었고, 언젠가 그 남자에게 털어놓고 싶던 말이었고, 엽서에 적힌 글과는 무관한 말이었지만 그렇게 내뱉고 나자 정말 그런 문장이 적혀 있는 것처럼 여겨졌다.

고작 그런 말을 하겠다고 돈 들여 엽서를 보내다니, 어지간히 한가한 모양이군.

남편은 어이없다는 듯 고개를 가볍게 흔들고 나갈 채비를 했다. 그 순간, 그녀는 이런 생각을 했다. 이렇게 사는 건 용기가 없어서가 아니라 늘 더 큰 용기를 냈기 때문이라고. 익숙한 일상을 지키는 건 그것을 포기하는 것보다 언제나 더 어려운 일이었다고. 그녀는 그것이 자기변명과 자기 합리화에 불과하다는 사실 또한 모르지 않았다. 그러니까 후회와 원망, 안도와 고마움의 감정을 동시에 느꼈던 것이 이번이 처음이 아닌 것처럼.

참, 고춧가루는 만원 이하로는 절대로 팔지 마. 중국산이어도 아주 하품은 아니니까.

남편은 그렇게 당부하고 가게를 나섰다. 그녀는 남편을 따라 잠시 밖으로 나왔다. 그런 후엔 동일한 간격을 두고 나란히 줄지어 서 있는 새 자전거들, 간이 테이블 위에 가지런히 놓인 가죽공예품들, 가게 앞 종이 상자에 차곡차곡 담긴 고춧가루 봉지들을 새삼스러운 눈길로 둘러보았다. 부족하다거나 초라하다거나 보잘것없다는 생각은 들지 않았다. 충분하다거나 만족스럽거나 대단하다는 생각도 들지 않았다. 그녀의 일상은, 삶은 언제나 상반된 그 두 가지 마음 사이 어디쯤 머물러 있는 것인지도 몰랐다.
 그녀는 한기를 느끼고 다시 가게 안으로 들어왔다. 그러곤 책상 위에 놓인 엽서를 다시금 서랍 깊숙이 밀어넣었다.

| 작가노트 |

삶을 탐구하는 작업

 몇 해 전, 오스트리아 빈의 구시가지를 걷다가 상점에서 파는 빈티지 엽서를 보았다. 사실 그때는 누가 누구에게 썼는지도 모를 그 오래된 엽서들을 사고판다는 게 신기했고, 여느 관광객처럼 엽서들을 잠깐 뒤적거렸지만 크게 관심은 두지 않았다.
 당시엔 빈티지 엽서로 소설을 쓰게 될 거라곤 생각하지 못했다.

 소설 쓰는 일은 내 삶과 타인의 삶 사이에 반투명한 종이를 겹쳐놓는 게 아닐까 하는 생각을 종종 한다. 타인의 삶은 내가 모르는 것이어서 힘껏 상상해야 겨우 짐작할 수 있는 것이지만, 그 속엔 내가 살아보지 못했던 삶과 한 번쯤 살아보고 싶었던 삶, 한때 갈망했던 삶과 단 한 번도 그려보지 못했던 삶이 모두 있다.

어떤 부분은 일치하고, 또 어떤 부분은 그럭저럭 비슷해 보이고, 완전히 어긋나는 부분도 존재하는. 소설은 그 반투명한 종이 위에 비치는 어떤 무늬 같은 게 아닐까 하는 생각이 든다. 그렇게 보면 소설을 읽고 쓰는 일은 내 삶을 포함하여 멀게도 가깝게 연결된 수많은 삶을 자유롭고 풍요롭게 탐구하는 작업 같기도 하다.

| 리뷰 |

해석과 설명

조경란(소설가)

 글쓰는 일이 더욱 어렵게 느껴졌던 올여름을 보내면서는 단편소설에 대해 이러한 생각을 하게 되었다. 좋은 단편을 쓰기 위해서는 그 이야기에 더 집중하고 언어를 더 세심하게 고르는 일이 정말 중요하다고. 이 당연해 보이는 일을 해내기가 개인적으로는 점점 어려워져서인지도 모르고, 좋아하게 되고 많이 생각하게 되는 소설에서는 그런 점들이 저절로 느껴져서인지도 모르겠다. 그리고 소설을 쓰고 읽으면서 점점 이런 질문을 하게 된다. 이것은 누구를 위한 소설인가?
 「빈티지 엽서」의 서두는 몇 가지 점에서 이미 의미심장하다. 헬스장에 간 첫날 '그녀'는 무심코 "거울" 쪽으로 눈을 돌린다. 그때 자신의 모습보다 먼저 '그 사람'과 눈이 마주친다. 가슴이 두근거리거나 호기심이 생길 만도 한데 그녀는 그 "의기소침하고 수

줍어하는 듯한 그 눈빛"에 대해 오래 생각할 수 없다. 왜냐하면 "고춧가루" 생각을 하고 있었으니까. 헬스장에 온 첫날 고춧가루를 떠올리고 있는 그녀. 돈이 꽤 된다는 이유로 같이 자전거 대리점을 운영하는 남편이 수입하고 싶어하는, 이 고춧가루는 그녀의 일상에서 어떤 역할을 하게 될까. 다시 그녀는 거울을 본다. "거울 속의 자신의 모습을 점검"하고 싶어서. 그녀는 여기 오기 위해 "고심 끝에" 새 레깅스를 구매했는데 "약간의 화사함을 갖고 싶다"라는 점잖은 욕망을 만족시켜주기는커녕 광택이 나고 번쩍거리기까지 해 주눅이 들었다. 레깅스 하나 마음대로 안 되는 그녀의 현재 삶은 어떠한지. 소설 전체에서 마지막으로 그녀가 거울을 보게 되는 순간은 '그 사람'에게 자신도 스위스에 가본 적이 있다고 말한 다음이다. 그 순간 무심코 거울을 보다 약간 놀라고 만다. "그동안 자신에게서 사라져버린 것들이 한꺼번에 자각되는 기분이었고, 자신의 얼굴이 이상할 정도로 낯설"다는 것을 발견해서.

이렇게 대략 세 번쯤 거울을 보지만, 이 단편 내내 이제 그녀의 의지와는 상관없이 거울과도 같은 어떠한 '눈'들이 그녀를 따라다닌다.

그가 그녀에게 운동하는 바른 자세와 신발에 대한 유용한 정보를 알려주자 그녀는 그를 "친절하고 고마운 사람"으로 여긴다. "삶에서 사소한 정을 주고받는 일이 점점 드물어진다는 생각을" 자주 하게 돼서. 자전거 대리점에서도 타이어에 공기를 주입할 수 있는 호스를 가게 바깥에 내놓아도 그걸 선의와 친절로 알아주는 손님은 거의 없었다. 이 경험으로 그녀가 알게 된 건 "친절과 선의가 완성되는 데에는 두 가지 조건"이 있는데 "주는 사람과 받는 사람"이 있어야 하며 "친절과 선의는 있는 그대로 주고 있는 그대로 받을 수 있는 두 사람 사이에서만 유효"하다는 것이었다. 그렇지 않은 경우 친절과 선의로 시작한 일은 서로를 다치게 하거나 변질된다고. 그러니까 그녀는 체육관에 오기 전에 이미 알았다. 친절과 선의가 얼마나 취약하고 위험하며 다루기 까다로운지를. 그래서 늘 조심스럽고 신중했으며, 도입부터 타인의 눈을 너무 의식하는 듯한 느낌을 주는 인물로 비쳤으리라.

이 단편은 그럼 친절과 선의 나누기의 어려움을 그린 소설인가, 하고 짐작할 때쯤 남자가 여행을 다녀온다. 그에겐 빈티지 엽서를 모으는 취미가 있지만 읽을 수는 없기에 대학에서 외국어를 전공한 그녀가 동네 카페나 공원 벤치에서 해석해주기 시작한다. "고마운 마음을 전하고" 싶어서였는데 그 활동은 차츰 그녀에게도 도움이 되기 시작한다. 헬스장에서와 달리 그녀가 "주도권"을 쥘 수 있는데다가 "이 읽기의 과정이 전적으로 자신의 소관 아래 이뤄진다는 게" 좋았고, "엽서를 읽는 동안 그녀는 자신이 상실했다고 여겼던 자기 자신을 거듭 되찾는 기분"이었으니까. 그러니까 엽서 읽기는 "자신 안에 여전히 수준 높은 소양과 지식이 남아 있다는 것을 실감"할 수 있는 일인 셈이다. 이 "미약한 활기"는 한때 그녀가 꿈꾸었던 삶, 되고 싶었던 자신의 모습을 다시 떠올리게 한다. 떠올려보자면 그래도 목표가 있었고 손에 쥘 순 없지만 이상이라는 게 있었던 한때를.

이 "순수한 활동", 즉 "공부하듯 엽서들을 읽어나가게 된 것" 사이로 "추측과 오해가 끼어"든다. "요즘 같이 다니는 그 아저씨, 식구 아니지요?"라는 헬스장 노인의 대사는 얼마나 두렵게 느껴지는가.

이 단편의 주요 공간인 헬스장과 카페에는 거울이 있거나 타인의 시선이 있어 어디서라도 그들은 비춰진다. 순수함, 친절함, 알게 모르게 두 사람 사이로 틈입한 선의는 제외하고 오직 결혼한 여자와 한 남자가 앉아 있는 모습만이. 공원이라고 예외는 아니다. "타인에 대한 예의"보다 타인에 대한 오해가 앞선다. 해석이 필요한 일에 적극적인 설명이 필요해지며 해석과 설명 사이는 선의와 오해처럼 멀어 보인다.

"그냥 별일도" 아닌 일을 그녀는 그만두기로 한다. 친절과 선의가 완성되는 조건을 알지 못하는 "다른 사람들 눈에는 부적절해 보이는 일"이라는 걸 이제 알아서. 두 사람의 공통된 감정의 기반은 사라져버린다. 마지막으로 그를 만나 헤어지던 날 그는 엽서 뭉치 중에 하나를 기념으로 그녀에게 건넨다. 그건 그녀가 읽을 수 있는 언어로 쓰이지 않았다. 하지만 마음으로 그녀는 남편 앞에서 이렇게 해석한다. "우리가 지금과 같은 삶을 살게 된 건 사소한 용기가 부족했기 때문이에요. 그걸 알아야 해요."

그리고 그녀는 남편이 나간 가게에서 마침내 "차곡차곡 담긴 고춧가루 봉지들을 새삼스러운 눈길로 둘러보"게 된다. 고춧가루가 잡고 있는 생활의 중력, 그 무거움과 단단함이 그녀에게 이런 생각을 하게 한다. "부족하다거나 초라하다거나 보잘것없다는 생각"도 "충분하다거나 만족스럽거나 대단하다는 생각도 들지 않"고 자신의 일상은 두 가지 상반된 마음 어딘가에 머물러 있다고. 이상으로 되돌아가고 싶은 마음과 일상을 지키고 싶은 마음 사이. 그래서 이 해석할 수 없는 엽서는 버릴 수 없다. '빈티지 엽서'라는, 수신자와 발신자, 타인과 연결된 얇고 납작한 사물이 바로 그 점을 상징하는 것만 같기에.

소설은 친절과 선의 나누기의 어려움으로 시작해 익숙한 일상 지키기의 어려움으로 이어지며 한 겹 더 나아간다. 단순한 엽서 읽기에서 마음 들여다보기로. 빈티지 엽서를 읽는 '그녀'는 어느새 희미해졌거나 놓쳐버렸을지 모를 꿈을 간직한 '나'의 이야기로 되돌아와 이제 여기 놓여 있다. 소설에 작가가 집중한 힘, 문장을 고른 세심함과 함께 또다른 해석을 기다리며.

배수아

눈먼 탐정

작가노트
엠마오로 가는 길

리뷰 | 김미정
홀연 반짝이는 순간, 에 대한 메모

배수아

1993년 『소설과사상』에 단편소설 「천구백팔십팔년의 어두운 방」을 발표하며 등단. 한국일보문학상, 동서문학상, 오늘의작가상, 김유정문학상 등 수상. 소설집 『올빼미의 없음』 『뱀과 물』 『철수』, 장편소설 『에세이스트의 책상』 『북쪽 거실』 『알려지지 않은 밤과 하루』 『멀리 있다 우루는 늦을 것이다』 『속삭임 우묵한 정원』, 산문집 『작별들 순간들』, 옮긴 책으로 『눈먼 부엉이』 『불안의 서』 『꿈』 『현기증. 감정들』 『자연을 따라. 기초시』 『산책자』 『달걀과 닭』 『G. H.에 따른 수난』 『아이는 왜 폴렌타 속에서 끓는가』 등이 있다.

눈먼 탐정

> 바로 같은 날, 그들 중 두 명이
> 예루살렘에서 60스타디온 떨어진 마을로 향하고 있었다.
> 그 마을의 이름은 엠마오이다.
> ―누가복음 24장 13절

나는 그의 이름을 알았지만, 그는 이름 대신 '눈먼 탐정'이라고 불리기를 소망했다. 왜 하필이면 눈먼 탐정인지, 처음부터 그 이유를 자세히 설명하지는 않았다. 언젠가 그는 불현듯 떠오른 어휘에서 강렬하고도 지속적인 예감을 얻는 일이 드물지 않다고 말한 적이 있다. 이름 혹은 위장된 이름도 마찬가지일 것이다. 어쨌든 나는 그가 원하는 이름으로 불리도록 하는 유일한 조력자였다. 나는 그를 눈먼 탐정이라고 불렀다. 그 호칭이 내 마음에 들어서는 아니다. 하지만 무엇보다도, 탐정이란 대개 범죄를 추적하는 입장이어야 할 텐데 도대체 무슨 범죄를 추적한단 말인가. 그는 최근에 자신의 주변에는 범죄라고 불릴 만한 사건이 일어난 적이 없다고 했다. 그건 그가 운이 좋다는 의미일까? 아닌 것 같다. 적어도 늘 완벽하게 운이 좋은 입장은 아니었다고 한다. 왜냐하면 최근은 아니지만 오래전에 그의 집에 도둑이 들었으며 그보다 더 오래전에는 그가 태어난 고향집에서 살인사건도 일어났기 때문이다. 한밤의 침입자가 지붕 밑 방 침대에서 잠들어 있던 부부를 아이들의 눈앞에서 살해한 것이다. 그런 살인사건에 비하면 단순 절도는 비교적 덜 충격적인 일일 거라고 눈먼 탐정은 말했다. 그의 집에 침입한 도둑은 잠겨 있지 않은 창으로 들어왔고 그의 새 가죽구두를 가져갔다고 했다. 집안에 현금이나 보석, 사치품 등 조금이라도 값나가는 물건은 하나도 없었기 때문이다. 사라진 구두는 비교적 새것이지만 할인 행사용 제품으로 굳이 훔쳐갈 만한 가치가 있는 물건은 아니었다. 그의 책상 위에는 아프리카에서 가져온 다양한 토템 목각상들이 가득했는데 그중 하나가 절반으로 동강난 채 바닥에 뒹굴고 있었다. 거북의 등 위에 올라서서 사람처럼 몸을 곧추세운 거대한 맹금류의 조각상이었다. 매우 오래된 유물처럼 보이기도 했으나 사실은 그저 관광객 상대의 시장 가판대에서 흔히 구할 수 있는 모조품이었다. 그에게 그 조각상을 판 상인은 오래된 무덤에서 꺼낸 물건이라고 맹세하면서 박물관에 전시될 만한 예술품이라고 호언했으나, 사실은 단단한 나무로 조각한 뒤 골동품처럼 보이게 하려고 일부러 흙속에 일 년쯤 파묻어둔 것임을 그는 곧 알아차렸다고 했다. 훔쳐갈 것을 발견하지 못한 도둑이 조각상에 화풀이를 한 것일까. 그러나 눈먼 탐정에게 값나가는 물건이 전혀 없었던 건 아니다. 중고 책방에서 고가에 거래되는 19세기 희귀 도서들이 몇 권 있었기 때문이다. 그런 책들은 아무런 보호 장치 없이 서가에 그대로 꽂혀 있었지만 도둑은 손도 대지 않았다고 했다. 그런데 집안의 살인사건에 대해서는 그가 아는 것이 많지 않았다. 그가 태어난 집의 지붕 밑 침실에서 살인사건이 일어났을 때, 그는 아직 이 세상에 없었을 뿐 아니라, 새 에나멜 구두를 신은 그의 어머니가 축제 마당의 댄스파티에서 그의 아버지를 처음 만나기도 훨씬 이전이었다. 게다가 당시의 살인자는 달아나다가 추적하던 경찰의 총에 맞아 죽어버렸기 때문에, 그 살인의 원인이나 자세한 내막에 대해서는 영영 알 수 없게 되었다. 경찰의 말대로 그건 그저 단순한 떠돌이 강도 짓이었을까 아니면 몇몇 사람들의 의심대로 가족 중 누군가에게 모종의 원한을 품은 자의 소행이었을까. 한동안 이런저런 소문만이 무성했다고 한다. 당연히 그건 집안의 친척들에게 그다지 유쾌한 기억은 아니었으므로, 나중에 그가 성장한 다음 몇몇 친척 노인들에게 그 사건에 대해서 묻고 다니자 그동안 그를 후원해주던 아주머니 한 명은 그와의 연락을 아예 끊어버렸다고 했다. 그녀는 살인사건이 집안의 추문이라고 생각했기 때문이다. 그러므로 때로는 침묵하는 편이 더 많은 사람들에게 더 좋은 일이라는 것을 아주머니는 그에게 침묵으로 가르쳐주고자 했다. 하지만 지금, 집안의 살인사건으로부터 세월이 한참이나 흐른 뒤에 그가 자신을 눈먼 탐정으로 지칭하는 건, 과거의 살인사건을 파헤쳐보겠다는 의도 때문은 당연히 아니라고 그는 주장했다. 게다가 눈먼 탐정이라니, 눈이 멀었다면 어떻게 그런 일을 시작이나 할 수 있겠는가. 우리는 일주일에 두 번 함께 산책을 다녔다. 말하자면 다른 무엇보다도, 산책 동료였던 셈이다. 비가 오나 눈이 오나 상관없이 우리는 걸었다. 그는 걷는 속도가 유난히 빠른 건 아니지만 한번 걷기 시작하면 좀처럼 걸음을 멈추지 않으며, 자신도 의식하지 못한 채 점점 더 집으로부터 먼 방향을 향해 움직인다는 특징이 있었다. 그래서 마침내 집으로 돌아올 즈음이면 우리는 둘 다 정신이 아득해질 만큼 지쳐버리기도 했다. 어쨌든 눈먼 탐정과 나는 많은 차이점에도 불구하고 끈질긴 산책자라는 공통점이 있었고, 그래서 하루종일 이어지는 산책의 둘도 없는 동반자가 될 수 있었다. 반면에 나와 달리 눈먼 탐정은 산책중에도 사람이나 사물, 식물과 동물을 관찰하고 그것들의 은밀한 상호작용을 발견하기를 좋아했다. 그는 내가 아는 가장 뛰어난 눈먼-발견자였다. 예를 들자면 우리는 어느 날 강가의 커다란 자작나무 아래, 수면에 반사되는 햇빛에 눈이 멀어버릴 만큼이나 오래 꼼짝도 없이 서 있었다. 물과 빛이 만들어내는 색의 움직임이 우리를 매료시켰기 때문이다. 마침내 그 자리를 떠날 순간에 이르러서야 눈먼 탐정은 우리의 발치 나무뿌리 사이에 또아리를 튼 노란 뱀이 있었다고 말했다. 뱀은 우리가 오기 전부터 그 자리에 있었고 자신은 처음부터 뱀이 거기 있는 걸 보았다고, 그리고 뱀은 어느 순간 조용히 움직이며 수풀 속으로 사라지려는 몸짓을 했고. 하지만 그전에 마치 바위를 타넘듯 순식간에 내 왼 발등으로 기어올라, 잠깐 동안 내 발목을 한번 휘감았고, 그러고 나서 어떤 이유에서인지 방향을 바꾸어 수풀이 아닌 강물 속으로 스르르 미끄러지듯 들어가, 살아 있는 듯 현란하게 반짝이는 무지갯빛의 파편들 사이로 모습을 감추었다고 했다. 그런데도 내가 조금의 동요도 보이지 않았기에 자신은 남몰래 감탄하고 있었다고. 하지만 나는 맹세코 아무것도 알아차리지 못했고, 수면에서 어른거리던 작고 환한 빛 조각 하나가 살짝 고개를 치켜들듯 허공으로 떨어져나와 홀로 빠르게 멀어져가는 것을 보았다고 생각했을 뿐이다. 눈먼 탐정으로 불리게 된 이후로 산책에 나설 때면 그는 항상 오른팔에 시각장애인이라는 표식으로 검은 원이 찍힌 샛노란 완장을 차고 검은 선글라스를 쓰고, 왼손에는 끝이 Y자 모양으로 갈라진 거무스름한 기묘한 나뭇가지를 들고 다녔다. 너무 오래되어 손잡이 부분은 반들반들했으며 나무라기보다는 거의 화석이나 뼈처럼 보였다. 눈먼 탐정의 말에 의하면 그것은 평범한 나뭇가지가 아니라 원래 우물이나 광맥을 찾는 사람들이 사용하던 자작나무 막대기이자 영혼의 도구이며, 자신의 삼촌이 오래전 사용하던 물건이라고 했다. 유달리 미묘한 영혼의 성분이 육체적 조성에 영향을 미쳐 수맥의 파장이나 지하 단층의 미세한 진동, 특정 물질의 방사선 에너지를 몸으로 느끼는 사람이 있는데, 삼촌이 바로 그런 사람이었다고 눈먼 탐정은 말했다. 삼촌은 그 능력으로 마을의—정확히는 그의 집안에서 일어난—살인사건을 해결하는 데 일조하기도 했다고 한다. 영혼의 자작나무가 가리키는 대로 살인자가 달아난 방향을 찾아내 경찰이 그를 추적하고 사살할 수 있었다. 하지만 이 모두는 전부, 눈먼 탐정이 태어나기도 전이고, 심지어는 그의 부모님이 서로 만나기도 훨씬 이전의 일이다. 당연히 살인사건에 대한 내용도 그 자신이 직접 목격한 게 아니라 어머니나 아버지, 친척들로부터 들은 것이 전부이다. 그의 후원자였던 친척 아주머니는 나중에 그 살인사건 문제 때문에 그와의 연락을 아예 끊어버렸다. 그녀로부터 소식을 듣지 못한 지도 수십 년이나 흘렀다고 눈먼 탐정은 말했다. 그는 철이 들자마자 다락방의 먼지투성이 문서를 뒤지기 시작했고, 신문사와 도서관을 찾아다니고 관청과 경찰에 편지를 쓰기 시작했다. 아주머니는 이런 헛소동을 도저히 견딜 수 없었고, (인간은 모두 죽는다, 개인이 어떻게 죽는가는 전적으로 오직 신의 뜻이다) 그녀가 바라던 성직자나 신학 교수가 되는 대신에 쓸모없는 짓만 벌이고 다니는 조카가 너무도 지긋지긋하여 마침내는 그로부터 오는 편지조차 읽기를 거부할 정도가 되었다. 물론 그럼에도 불구하고 눈먼 탐정은 여전히 매년 아주머니의 생일에 엽서를 쓰는 것을 잊지 않았다. 젊은 시절 한동안 과거의 살인사건에 사로잡혀 이런저런 증인들과 자료를 찾아다닌 것은 맞지만, 이미 알려진 사실 이외에는 단 한 건의 구체적인 증거나 정보도 얻지 못했다고 눈먼 탐정은 말했다. 아니 도리어 파헤쳐보려고 하면 할수록 사건은 더더욱 정체를 신뢰할 수 없는 한낱 소문으로 변하는 듯했다고 말했다. 과거에 일어난 일이 늘 그렇듯 당시에 사건을 경험한 사람들도 세월이 많이 흐른 탓인지 저마다 전달하는 내용이 조금씩 다른데다가, 결정적으로 중요한 대목에서 완전히 반대의 기억을 가진 경우도 있어서 사건의 정확한 내막을 알고 싶어하던 눈먼 탐정은 실망하고 말았다. 게다가 후원자 아주머니처럼 대다수의 친척은 그 일이 자꾸 언급되는 걸 매우 불편해했고, 오래전 살인사건에 대해서는 알고 싶지도 말하고 싶지도 않으며 심지어 그런 사건이 있었다는 기억 자체를 지워버리고 싶어한다는 인상을 주었을 뿐만 아니라, 실제로 대다수는 정말로 머릿속에서 말끔히 지워버린 다음이기도 했다. 눈먼 탐정이 태어나기도 이전의 일이었으므로 그는 자신과 아주 가까운 혈육인 살인사건의 희생자들을 사진으로밖에 만난 적이 없었다. 하지만 나이 많은 몇몇 친척과 이웃은 달랐으므로, 희생자들을 실제로 알았고 그들과 어떤 유형으로든 친교를 맺었던 이들이 말을 아끼고 싶어하는 것도 이해할 수 있다고 그는 말했다. 살인사건이 일어났던 침대는 여전히 고향집에 있다고 했다. 물론 매트리스가 아닌 침대 골격을 말하는 것이다. 튼튼한 참나무로 만든 그 투박한 침대는 수백 년이나 된 아주 오래된 물건으로, 아마도 가족의 살인사건 이외에도 더 많은 죽음을, 탄생 역시 마찬가지로, 겪어냈을 것이 분명하다고 눈먼 탐정은 말했다. 심지어 페스트 시대를 살아낸 침대인 것이다. 페스트가 마을을 덮쳤을 때, 그 침대에서도 사람들이 죽었을 것이다. 후원자 아주머니는 눈먼 탐정이 성직자가 되기를 원했다고 한다. 혹은 세속적인 직업을 갖는다면, 예를 들면 신학 교수라거나. 물론 눈먼 탐정 자신도 어린 시절에 그것을 소망했다. 지금도 그는 기억하는데, 어린 시절 언젠가 11월 첫째 날 이른 아침 자욱한 안개 속에서 성직자가 집 문 앞에 서 있었다. 그의 어머니의 부탁으로 살인사건이 일어난 침대 머리맡 벽을 촛불로 그을리는 의식을 행하기 위해서였다. 어머니는 그것이 페스트를 없애기 위한 상징적인 의식이라고 둘러댔으나 그는 어머니의 두려움이 수백 년 전의 페스트가 아닌 한 세대 전에 바로 그들이 사는 집안에서 일어난 살인사건과 관련이 있음을 알아차렸다. 한때 그는 순전히 호기심으로 가장 가까운 도서관에 가서 오래전 지방 신문에 실린 가족의 살인사건 기사를 찾아보려고 했으나 너무 오래되어 남아 있는 자료가 거의 없었고, 그마저도 내용이 빈약하고 엉뚱하여 신뢰가 가지 않았다고 했다. 그러다가 우연히 알게 되었는데, 오래된 신문을 뒤지다보니, 어쩌면 당연하겠지만 그 지방의 살인사건은 그의 가족 사건이 유일한 케이스는 아니었다. 또한 불행한 사건이나 죽음은 반드시 살인사건이 아니라도 일어나며, 신기하게도 악의나 부주의와는 무관해 보이는 원인으로 인해 발생하기도 한다는 느낌을 그는 받았다고 했다. 즉 갑작스러운 혹은 갑작스러워 보이는 불행은, 다른 종류의 불행도 예외는 아니겠지만, 사실상 매일매일 우리 곁에서 벌어지고 있는 일상이라는 것이다. 우리는 흰 두부처럼 잘린 그것을 임의로 한 조각씩 나누어 가질 뿐이다. 그것을 삶이라고 부른다. 그런데 눈먼 탐정은 살인사건의 희생자들뿐만 아니라 자신의 삼촌 역시 만난 적이 없기는 마찬가지라고 했다. 단지 삼촌의 아주 젊은 시절의 얼굴을 사진으로만 보았다. 삼촌은 그가 태어나기도 전에 행방불명이 되었기 때문이다. 삼촌이 남기고 간 책과 물건은 그가 어린 시절에 살던 고향집 다락방에 쌓여 있었는데, 그중 한 궤짝에서 영혼의 막대기를 발견한 것이다. 어쨌든 살인사건 이야기는 집안에서 금기였다. 성직자가 촛불로 벽을 그을리는 의식은 두 번 다시 치러지지 않았다. 행방불명된 삼촌도 함구되기는 마찬가지였다. 그래도 눈먼 탐정은 행방불명된 삼촌의 이름을 물려받았으므로, 어쨌든 그들은 같은 이름으로 불린다. 나는 눈먼 탐정의 이름을 알았지만, 그는 우리가 알고 지내던 마지막 시기에는 오직 눈먼 탐정으로 불리기를 원했다. 돌연하지만 살인이 아닌 죽음도 있었다. 그의 어머니 쪽의 다른 삼촌 한 명은 젊은 나이에 강물에 빠져 익사했는데 그건 자살이었다고 들었다. 어머니가 결혼하기도 이전의 일이니 물론 눈먼 탐정은 태어나지도 않았을 때이다. 반면 눈먼 탐정의 아버지는 어린 시절 집안의 끔찍한 살인사건을 겪었으나 살인사건과 아무 연관이 없는, 겉보기에 평온한 인생을 살았다고 했다. 그는 의용소방대원이자 사냥꾼이었고 소규모 농장주에 농부였으며 제재소를 운영했고 중년 이후에는 농업 관련 관청에서 일했다. 성격이 활발한 여비서가 있었고 그 여비서로 인해 눈먼 탐정의 어린 시절에 부모가 다투는 모습이 종종 목격되기도 했다. 그런데 눈먼 탐정 역시, 직접 목격한 건 아니지만 어린 시절의 기억나는 살인사건이 있다고 했다. 이웃 마을의 살인사건이다. 아마도 추정되기를, 한 남자가 자기 아내를 사냥총으로 쏘아 죽였다고 했다. 더이상 자세한 사실은 확인이 불가능했는데, 그 남자가 사건 이후 자동차를 타고 국경이 있는 숲으로 달아나 숲에 차를 버리고는 사라져버렸기 때문이다. 사람들이 그의 차를 발견했을 때 차는 운전석 문이 열린 채로 깊은 전나무 숲속에 서 있었다고 했다. 남자는 끝내 발견되지 않았다. 사람들은 그가 국경을 넘어 달아났을 거라고 추측했다. 당시만 해도 국경은 철의 장막이라는 상징적인 이름으로 불렸고, 그 너머는 자유로운 왕래가 불가능한 세계였다. 그 남자가 과연 경비가 삼엄한 국경 지대를 무사히 통과했을지도 알 수 없었다. 알려지지 않았을 뿐이지 그 당시 행방불명된 사람 중 상당수가 그처럼 무단으로 국경 넘기를 시도했을지도 모른다는 것이 암묵적인 추측이었다. 그들 대부분의 생사는 국경이 개방된 이후로도 밝혀지지 않았다. 우연인지는 알 수 없으나 국경과 인접해 있던 그의 고향 마을 인근에서 유난히 행방불명된 사람들의 숫자가 많았다고 했다. 심지어 먼 곳에서 기차를 타고 와서, 아는 이 하나 없는 국경 마을 여관에서 특별한 목적 없이 며칠 동안 묵다가, 어느 날 온다 간다 말 한마디 없이 종적을 감추어버린 이도 있었다. 친척들이 행방불명된 삼촌에 대해서 기꺼이 입을 다물기로 결정한 것은 그런 이유에서일지도 몰랐다. 삼촌은 우물 찾는 사람이면서 아마추어 철학자이기도 했다. 삼촌은 대부분의 시간을 숲속 연못가에 있는 사냥꾼 오두막에서 혼자 보냈다고 했다. 그래서 그가 사라진 것을 사람들이 빨리 알아차리지 못했다. 강물에 빠져 자살한 또다른 삼촌은 그의 어머니의 남자 형제이고 원인은 사랑의 실패였다. 약혼자가 다른 남자에게 가버렸던 것이다. 여기서 나는, 살인사건이라면 모르지만 떠나버린 약혼자라면 나도 경험이 아주 없지는 않다고 말했다. 비록 나 자신의 경험은 아니고, 또 당시에는 그게 무엇인지 잘 알지 못했지만 말이다. 그런데 사랑의 실패라니, 그렇다면 그런 일에도 실패나 성공이라고 이름 붙일 만한 결과가 존재할 수 있단 말인가. 어쨌든 운이 좋게도 나는 철의 장막에서 멀리 떨어진 바닷가 도시, 아름답고 젊은 여인의 품에서 자랐다. 우리는 밤이나 낮이나 어휘 그대로 아주 가까이 있었으므로, 나는 그녀의 체취를 지금도 떠올릴 수 있을 정도이다. 약간의 땀냄새와 머리카락냄새, 그리고 세수를 한 다음이면 그녀의 귀 뒤에서 싱그러운 오이비누 냄새가 풍겼다. 그리고 그녀의 미지근한 목덜미에 흐릿한 안개처럼 항상 고여 있던 달콤한 살냄새가 있다. 때때로 나는 그녀의 목덜미에 입을 대고 그 냄새를 빨아먹고 싶었다. 그녀에게는 나이 차이가 많이 나는 어린 여동생이 있었는데, 시골집에서 부모와 함께 살던 여동생은 몸이 불편했으나 간혹 언니를 만나기 위해 홀로 버스를 갈아타고 먼 거리를 찾아오곤 했다. 그런 날이면 젊은 여인, 여동생 그리고 나는 대개 바닷가 소나무숲으로 산책을 나갔다. 숲 바닥엔 모래흙이 깔려 있었고 어디에서나 세찬 파도 소리가 들려왔다. 젊은 여인은 솔방울 사이의 작은 씨앗을 뜯어내 우리의 입에 넣어주었다. 젊은 여인은 먹을 수 있는 야생 열매와 쌉쌀한 민들레 이파리, 달고 신 맛이 나는 붉은 꽃송이를 발견할 줄 알았다. 여인은 노래도 할 줄 알았다. 해변으로 밀려온 파도의 거품이 일제히 꺼지는 소리는 항상 커다란 한숨처럼 들렸다. 간혹 이유 없이 여인도 따라서 한숨을 쉬었다. 나직하고 평화롭고 감미로운 한숨이었다. 갑자기 여인의 한숨이 멎었다. 멀리 소나무 사이로 어슬렁대는 집 없는 커다란 개가 보이자 젊은 여인은 나를 한 팔로 안아들고, 다른 한 손으로는 어린 여동생의 손을 꼭 잡았다. 젊은 여인의 더운 심장은 바다처럼 뛰었다. 굶주린 들개는 노란 눈으로 우리를 한참 동안이나 가만히 살펴보다가 사라졌다. 여인의 팔에서 긴장이 풀리는 것이 느껴졌다. 여인은 머리에 스카프를 쓰고 있었다. 바다에는 항상 바람이 무섭게 휘몰아치기 때문이다. 집으로 갈 때 여인은 지름길을 선택하지 않고 늘 우체국 앞을 지나는 먼길로 돌아가기를 좋아했다. 우체국 앞 우체통에서 잠시 멈춘 여인은 우리가 한눈을 파는 사이 한 통의 편지를 재빨리 우체통에 던져 넣었다. 그날 이후 귀에는 최초의 소리가 산다. 묵직한 편지가 어두운 우체통 깊숙이 툭 하고 떨어지던 소리. 아쉽게도 살인사건 이야기는 그 어디에서도 듣지 못했다고, 나는 눈먼 탐정에게 말했다. 그에게 들려줄 만한 이야기가 내게 있다면 그가 정말로 눈먼 탐정이 되는 데 조금이라도 도움이 될 수 있을 텐데. 하지만 학교에 다닐 때 친했던 친구가 자신의 사촌에 대해서 이야기한 것이 문득 떠올랐다. 친구의 사촌은 젊은 약사였는데 어느 날 종적을 감추어버렸다고 했다. 사촌에게는 갓 결혼한 젊은 아내가 있었고 그녀는 임신중이었기 때문에 그의 가출은 좀 의아한 면이 있었으나, 그가 남긴 편지가 장롱 위에서 발견되었다. 산속으로 가서 승려가 될 생각이니 자신을 찾지 말아달라는 당부의 편지였다. 그가 어디로 갔는지는 그의 아내를 비롯하여 그 누구도 알지 못했다. 얼마 지나지 않아 그녀는 아이를 낳았고, 그런 직후 약국을 정리하고 약국 조수와 함께 마치 달아나듯이 서둘러 떠나버렸다고 한다. 당시 친구는 너무 어렸으므로 사촌의 얼굴도 기억나지 않지만, 이후 가족들은 모이기만 하면 사촌이 승려가 된 것이 아니라 어쩌면 범죄의 희생자일지도 모른다는 추측을 조심스럽게 꺼내곤 했다. 수십 년의 세월이 흘렀지만 사촌 약사로부터는 그 어떤 소식도 없었기 때문이다. 약국 조수는 약사보다 나이가 열 살이나 많았고 눈빛이 음침했으며, 그의 과거에 대해서 아는 사람이 하나도 없었다고, 가족들은 속삭이듯 말했다고 한다. 누가 알겠는가, 아마도 약사가 남겼다는 편지 역시 조수가 직접 썼을지도 모른다. 사촌 약사는 부모가 일찍 죽었고 친형제도 없으며 그의 필체를 알고 있을 만한 가까운 이 역시 한 명도 없었던 것이다. 단지 그의 아내가 경찰에게 남편의 필체가 맞다고 증언한 것이 전부이다. 그녀는 공범이었을까 아니면 약사와 마찬가지로 도리어 희생자에 가까웠을까. 하지만 이 역시 너무도 오래된 일이다. 이 이야기를 들려준 친구의 이름조차 더이상 떠오르지 않을 만큼. 우리의 산책은 길었다. 눈먼 탐정의 막대기는 단 한 번도 신호를 보내오지 않았다. 과거에 그의 집안에서 있었던 그 사건이, 마치 긴 세월 끝나지 않는 노래처럼 막대기를 통해서 저절로 자신을 드러내는 일은 일어나지 않았다. 혹은 눈먼 탐정은 삼촌의 이름만 물려받았을 뿐 그 재능은 조금도 타고나지 못한 것일지도 몰랐다. 살인 혹은 보이지 않는 것의 파장과 공명할 줄 아는 유달리 미묘한 영혼의 성분 말이다. 그러나 어느 날 눈먼 탐정은 내게 털어놓기를, 자신은 그동안 눈먼 탐정이 되어 샛노란 완장을 차고 영혼의 막대기를 갖고 다녔으면서도 스스로 무엇을 발견하고자 하는지 정확히 알지 못했으나, 기나긴 산책의 마지막 즈음에 도달했음을 알아차리게 된 이 시기, 그동안 자신이 무엇을 위해서 눈먼 탐정이라 불리기를 원했는지 명확해지고 있다고 했다. 그는 일생 동안 기다려왔다고 했다. 깊은 밤이었고 사람들은 잠이 들었다. 갑자기 침실의 문이 열리고, 최후의 순간 여자가 말했다. (죽이지 말아요, 아이들 앞에서는.) 하지만 소용이 없었다. 침대는 피투성이가 되었고, 살인자는 달아났다. 어느 날 눈먼 탐정의 막대기가 갑자기 부르르 떨리면서, 그 자신만이 느끼는 파동의 속삭임이 들려오게 된다. (죽이지 말아요, 아이들 앞에서는.) 육체의 내부에서 그 목소리가 울리며, 그리하여 그의 손에 들린 막대기가 저절로 어느 한 방향을 가리킨다. 눈먼 탐정은 일생 동안 기다려왔다고 했다. 고백하자면 그의 삶은 오직 그것을 향한 기다림의 연속이었다. 하지만 그는 핏자국과 잘린 목과 비극을 찾으러 다니는 것이 아니며, 국경 너머로 달아난 살인자를 추적하려는 것도 아니라고 했다. 아내를 쏘아죽인 남자는 전나무 숲속에 자동차 문을 열어둔 채 떠났다. 그때 자동차 라디오에서는 남자가 저지른 살인사건을 보도하는 뉴스가 흘러나오고 있었다. 눈먼 탐정은 또 말하기를, 아침에 눈을 뜬 다음 밤새 한 침대를 나누었던 사람이 페스트로 죽어 있는 모습을 발견하려는 것이 아니며, 마찬가지로 그 사람이 죽어 있는 자신을 발견하게 되기를 원하지도 않는다고 했다. 그는 뭔가를 발견하기를 원하지 않는다고 했다. 발견되고 싶지도 않다. 자신은 단지 정반대의 것을 보고자 한다. 정반대의 것을 향하는 몸이기를 원한다. 정반대의 것이 있는 방향을 찾아 그것을 향해 나머지 생을 흘러가고자 한다. 그의 손에 들린 영혼의 막대기가 그 일을 조금 도와주기를 바랄 뿐이다. 그와 이름을 나누어 가진 무명의 철학자, 지금은 없는 우물 찾는 자의 영혼이 그에게 약간의 길을 보여주기를 바랄 뿐이다. 그러나 이제 자신은 오직 눈먼 자이므로, 그는 스스로 먼저 볼 수 없으며 직접 보아서도 안 된다고 했다. 대신 오직 다른 눈을 통해서 간접적으로 보아야만 한다. 그러기 위해서 거울처럼 동행하는 간접적인 눈이 필요하다. 만약, 산책의 동행자인 내가 우연히 눈에 들어온 그 무엇을, 아무리 사소하고 평범한 것일지라도, 그것이 무엇인지는 모르는 채로 그 자리에서 묘사해준다면, 그렇다면 그는 보지 않고도 마주치게 될지도 모른다. 그게 무엇이든, 정반대의 것과. 나는 그의 산책의 동행자이고, 그의 한 손이 내 팔을 잡았으며, 그의 다른 손은 영혼의 막대기를 들고 있다. 영혼의 막대기는 그의 삼촌으로부터 왔고, 혹은 그의 원초적 이름으로부터 왔고, 지금도 여전히 그의 삼촌의 (아마도 더이상 없는) 손에 들려 있으며, 그런 식으로 우물 찾는 자의 영혼은 우리의 손을 만진다. 그런 식으로 우리 세 명은 서로 머나먼 거리에서 손과 손을 마주잡으며, 그런 식으로 어떤 머나먼 미지의 영향력 아래 함께 거주하는 것이고, 그러므로 나는 나 자신도 모르는 것을 모르면서 저절로 보게 되고, 그래서 그것을 모르면서 말하게 된다고 눈먼 탐정은 말했다. 나는 그로부터 구체적인 답변을 기대하지는 않은 채로, '정반대의 것'이 무엇을 의미하는지 물었다. 그러자 눈먼 탐정은 '오직 비전'이라고 대답했다. 그러자 나는 문득 그가 찾는다는 것이 지금껏 너가 막연히 짐작한 대로 자신이 태어나기도 전에 일어났던 살인사건의 기억 혹은 단서가 아니라, 어쩌면 뒤늦게 먼 곳으로 반사되는 거울상일지도 모른다는 생각이 들었다. 어느 불특정한 순간 에너지와 빛이 갑자기 방향을 바꾸는 노란 뱀처럼 굴절되고 그때 무언가가 초자연적인 암흑에 집어삼켜진다. 전혀 예측할 수 없는 시차를 두고 임의의 장소에서 한 그루 불타는 나무로 환하게 솟구치며 출현하기 위하여. 모든 것이 끝나고 모든 것이 잊히고 죽은 다음 뒤늦게 우리를 찾아와 등뒤에서 우리의 목을 껴안는 사후 암시와도 같은 빛. 우리의 삶은 우리 안에 축적된 타인들의 무작위적 거울상이라는 생각이 든다고 나는 눈먼 탐정에게 말했다. 그렇다면 언젠가는 우리 두 사람 역시 불에 그을린 담벼락 아래 페스트의 침대에서 잠에서 깨어나게 되는 걸까. 그때 누군가의 눈이 보게 될 영원한 잠과 고통은 누구의 것일까. 그때 누군가의 손이 마지막으로 쓰다듬게 될 머리는 누구의 것일까. 아아, 그러나 살아남은 자는 눈멀었다. 그 누구의 눈도 누군가의 죽음을 보지 못한다. 그러나 우리의 산책길에 단 한 번도 살인사건의 신기루는 떠오르지 않았다. 정확히는 살인사건이거나 혹은 과거 우리가 태어나기도 전에 있었던 살인사건의 거울상이, 적어도 내 눈이 감각할 수 있는 형태로 우리에게 비쳐 보이지는 않았다. 어쩌면 내가 살인사건을 보기를 원하지 않기 때문일 것이다. 나는 그것을 보고 싶지 않았다. 왜냐하면 나는 그것을 보지 못하기 때문이다. 혹은 내가 눈먼 탐정 혹은 그의 행방불명된 삼촌과는 너무도 다른 영혼과 육체의 조형을 타고났기 때문일 것이다. 그래서 언젠가는 우리와 저절로 조우하게 된다고 눈먼 탐정이 믿는 그 무엇의 에피파니가, 내 눈에는 보이지 않는 것이다. 어쨌든 나는 눈먼 탐정과 그의 행방불명된 삼촌을 구분하지 못한다. 그들은 같은 이름으로 불리기 때문이다. 그들은 오직 하나의 이름으로부터 왔다. 산책 내내 나는 내 왼팔을 눈먼 탐정의 오른손에 내어주고 그를 인도했다. 내 눈이 오직 눈먼 거울인 것처럼 생각하라고, 눈먼 탐정이 내게 말했다. 그러면 정반대의 것이 비친다. 지금 여기가 아닌 그 무엇이. 보려고 애쓰지 말라고 눈먼 탐정은 말했다. 정반대의 것은 우리의 눈에 스스로를 저절로 비추기 때문이다. 페스트의 침대에서도 누군가는 사랑을 했고, 편지를 읽었다. 그들의 등뒤 열린 창밖으로 평평하게 펼쳐진 물과 땅의 풍경이 있었고, 가지 끝이 하늘 높은 곳 바람 속에서 흔들리는 한 그루 자작나무가 서 있었다. 살인사건 혹은 그와 관련된 현상을 보지 못하는 나는 그 대신 마음속 거울에 어렴풋하게 떠오르다 빠르게 사라지는 것들을, 마치 눈앞에서 보듯이 그에게 묘사했다. 여인이 있다고 나는 말했다. 젊은 여인이. 어머니인가? 아니다. 어머니가 되기에는 너무 젊은 여인이다. 어느 날 내 어린 시절의 젊은 여인은 이미 오래전부터 홀로 남았다. 여인의 손위 자매들은 모두 결혼했고 친구들은 서울로 떠났으며, 여인의 아버지와 어머니는 죽었다. 여인이 늘 편지를 쓰던 것을 나는 기억한다. 티 없이 하얀 편지지에 적힌 검은 잉크의 글자들. 책상 위 흰 레이스 덮개 위에 놓인 주먹만한 크리스털 잉크병을 기억한다. 내가 그것을 좋아하게 된 이후로, 여인은 편지를 부치러 갈 때마다 나를 안아올려 우체통에 내가 직접 편지를 넣을 수 있도록 해주었다. 그런 다음 내 귀를 우체통에 갖다대주었다. 지금도 기억나는, 우체통 깊숙이 편지가 툭 하고 떨어진 후에도 오래오래 울리던, 어둠을 닮은 최초의 소리. 그러던 어느 날 문득 나는, 여름밤이면 개울가에서 긴 머리를 감고 목욕을 하던 동네의 젊은 여인들이 떠나버린 것을 알아차린다. 그들의 여름밤 목욕에 따라가도록 허락을 받으면 나는 남몰래 자랑스러웠는데, 여인들 중에서도 내 젊은 여인이 가장 아름답게 보였기 때문이다. 향기나는 비누로 몸을 씻으며 끊임없이 서로의 귓속에 속삭이던 그녀들이 어느 날 갑자기 모두 약속이라도 한 듯이 사라져버렸다. 그들은 기차를 타고 집을 떠났다고 들었다. 오직 여인만이, 내 젊은 여인만이 남았다. 오직 여인의 여동생만이 변함없이 휴일이면 시외버스를 갈아타고 여인을 찾아왔다. 그 사이 젊은 여인과 마찬가지로 여동생도 나이가 들어서 더이상 어린 소녀가 아니었으나, 여전히 파리하고 몸이 약했으며 키도 거의 자라지 않았고 살짝 다리를 저는 것도 변함이 없었다. 어느 날부터인가 우리는 더이상 우체통 앞을 지나가지 않았다. 여인이 더이상 편지를 쓰지 않았기 때문이다. 여름날 해가 저무는 마당에서는 지나치게 익어 물러버린 살구 냄새. 여인의 여동생과 나는 저녁으로 하나의 크림빵과 한 잔의 보리차를 나누어 먹고 마셨다. 창가에 앉아 있는 여인은 말이 없었다. 유리창을 가볍게 건드리는 여인의 손가락. 낡은 블라우스의 느슨해진 목덜미에서 풍겨오는 여인의 미지근한 살갗과 오이 냄새. 다음날 우리가 오랜만에 다시 바닷가로 갔을 때, 소나무숲에서는 변함없이 파도의 커다란 한숨소리가 들려왔다. 그래서 여인의 약혼자는 영영 편지를 보내오지 않았던 거냐고 눈먼 탐정이 물었다. 오 물론, 젊은 여인은 어디로도 떠나지 않았다. 무더운 여름밤, 여인은 편지를 쓰는 대신 사기 사발에 담긴 갓 삶은 뜨거운 팥을 먹었다. 팥에서는 김이 올라왔고 여인의 머리카락은 땀으로 젖어 있었다. 여인은 팥을 먹으면서 한 손으로는 달려드는 모기를 쫓았다. 사이사이 무의식적으로 머리카락을 만졌고, 그러자 땀방울이 뚝뚝 떨어졌다. 어린 날 여름밤의 풍경, 어둑한 부엌의 한 귀퉁이. 팥이 말라붙은 흰 사발이 놓여 있고 개미들이 모여들었다. 마당의 석류를 따서 깨물던 여인의 입. 오 물론, 그럼에도 불구하고 젊은 여인은 어디로도 떠나지 않았다. 약혼자의 편지는, 만약 그가 편지를 보낸다면, 바닷가 소나무숲이 있는 이 도시의 이 집으로 올 것이기 때문이다. 살인사건에 대해서는 보지도 듣지도 못했다고 나는 대답했다. 단지 언젠가 여인의 여동생이 고향 마을에서 경찰이 총을 쏘아 사람을 죽인 사건이 있었다고 말한 기억이 난다. 남루한 행색의 한 남자가 다 쓰러져가는 나무 울타리 너머 먼지투성이 흙 마당을 들여다보고 있었다. 그는 빈집을 털려는 도둑일까 아니면 누군가를 찾는 걸까. 경찰이 뒤에서 그를 향해 총을 쏘았다. 여동생의 말은 그것이 전부였다. 술 취한 경찰이 저지른 범죄 사건인지 아니면 반대로 범죄자가 추격하던 경찰의 총에 맞은 것인지는 알 수 없었다. 어쩌면 남루한 행색의 한 나그네가 살인을 저지르고 달아나는 중이라는 신고가 들어온 바람에 경찰이 떠돌이처럼 보이는 낯선 남자에게 총을 쏜 것일지도 모른다. 어쨌든 더 자세한 내용은 여동생도 모르고 있었다. 여동생과 나는 고아와 같았다. 어느 날 여인이 불현듯, 그 어떤 암시의 몸짓도 없이 삶의 생기를 잃어버린 이후로는. 그래서 그 젊은 여인을 다시 보았느냐고 눈먼 탐정이 물었다. 그래서 그 젊은 여인을 지금 보고 있는 거냐고, 그는 진지한 말투로 다시 물었다. 만약 그렇다면 자신에게 말해달라고 했다. 만약 내가 나를 떠난 물뱀을 다시 본다면, 그렇다면 자신에게 말해달라고 했다. 그게 무엇이든, 정반대의 것이 내게 나타난다면 자신에게 말해달라고 했다. 그게 무엇이든, 자신이 일생 동안 기다려온 그것을 말해달라고. 나는 눈먼 탐정의 동행자이자 우물 찾는 이의 서투르고 영감 없는 조수였다. 그러나 나는 젊은 여인을, 약혼자가 떠나간 뒤 한참이나 세월이 흐른 다음 먼 도시에서 재봉사로 일한다는 남자와 갑작스럽게 결혼한 여인, 단지 그가 젊은 여인의 여동생까지도 데려가 보살피겠다고 약속한 그 이유 때문에, 그리고 아이를 낳다가 죽었다는 소식도 몇 년이나 지난 뒤에야 바람결에 들려왔던 내 젊은 여인을, 두 번 다시는 보지 못했다고 대답했다.

그들은 검은 옷을 입고 있었다. 몸을 완전히 가리는 검고 큰 외투와 모자 차림이었다. 키가 큰 한 여자의 모자 아래로 마른풀처럼 버석한, 완전히 백발인 짧은 머리가 보였다. 다른 여자는 조금 더 젊었으나 몸집이 작고 얼굴빛이 창백했다. 많이 지친 기색인 그들은 길가의 커다란 돌 위에 앉아 잠시 쉬고 있는 듯했다. 나는 먼길을 가던 중이었다. 너무 멀어서 오늘 중으로 도착할 수는 없었다. 산너머로 해가 지고 있었으나 구름에 가려서 보이지 않았다. 마지막 마을도 오래전에 시야에서 사라졌다. 산으로 뻗어 있는 한줄기 길은 발이 푹푹 빠질 만큼 축축한 모래흙으로 덮였으며 날카롭고 커다란 돌들이 회색 모래 사이로 삐죽삐죽 솟아나 있었다. 길에는 두 여자 그리고 나뿐이었다. 황량하고 불길한 느낌을 주는 풍경. 오른쪽 길가에는 버려진 가구와 녹슨 양철통, 텅 빈 나무 궤짝 등이 흩어져 있었고 그 사이로 커다란 민들레가 드문드문 자라났다. 왼쪽은 점점 멀어지고 있는 바다였다. 그러나 철조망으로 차단된 해변은 시멘트를 연상시키는 수상한 회색 진흙으로 덮인 드넓은 땅에 불과했다. 접근 금지 표시가 붙은 철조망 뒤편으로는 높이 쌓인 연료용 드럼통과 정체를 알 수 없는 바라크가 있었고 그 너머 멀리로 접근할 수 없는 바다의 흐릿한 푸른빛 띠가 보였다. 철조망 가까운 곳을 지나갈 때 바다 냄새와 섞여 코를 찌르는 산酸냄새가 났다. 그곳은 군사 지역이라 출입이 금지된 해변이었으나 군인들의 모습은 어디에도 없었다. 다행히도 길은 바다와 점점 멀어지는 방향으로 산을 향하고 있었다. 산은 놀랄 만큼 가까이 있었고 놀랄 만큼 빠르게 어둠으로 침윤되는 중이었다. 두 명의 검은 여자는 거대한 검은 산을 배경으로 앉아 내가 다가오는 것을 물끄러미 바라보고 있었다. 그들의 표정을 확인하는 건 불가능했다. 이미 땅거미가 깔렸고 그들의 머리 위로 솟은 산이 저지대에 짙은 그늘을 드리웠기 때문이다. 석양 없는 저녁이었다. 산 위에는 구름이 가득했고 불그스름한 연기 같은 창백한 몇 줄기 빛이 구름 사이로 사라지는 중이었다. 길에는 나와 그리고 그들 두 명의 나이든 여자들뿐이었다. 멀리 드문드문 낮은 집들이 웅크리고 있었으나 어디에도 불빛은 없었다. 아마도 방치된 임시 거처이거나 아니면 원래부터 빈집인 것 같았다. 백발의 여자가 일어서서 길가 수풀로 들어가 허리를 굽히고 민들레 이파리를 몇 개 따왔다. 그리고 외투 자락으로 먼지를 닦아낸 후 그들은 민들레 이파리를 나누어 씹었다. 내가 그들을 바라보고 있는 것을 알아차리자, 몸집이 작은 여자가 말없이 민들레 이파리를 내밀었다. 짙은 초록 이파리는 씁쓸했으나 충분히 부드러워 삼키는 데 문제가 없었다. 나는 마치 버섯이나 꿀을 먹듯이 그렇게 민들레를 먹었다. 회색 진흙이나 돌이라도 나는 그렇게 먹었을 것이다. 배가 고픈 것과는 전혀 다른 이유로. 여자들은 바닥에 내려놓았던 각자의 가방을 집어들고 다시 길을 떠날 몸짓을 했다. 완전히 어두워지기 전에 목적지에 도착해야 하기 때문이다. 그들은 먼길을 떠났던 걸까. 나는 몸집이 작은 여자의 가방을 들어주겠다고 했다. 그녀는 걷는 일 하나만으로도 벅차고 힘들어 보였기 때문이다. 백발의 여자가 앞서서 걸었고 나와 몸집이 작은 여자가 그 뒤를 따랐다. 산으로 접어들자 흙길은 좁아지면서 돌과 나무뿌리로 울퉁불퉁했고 사위는 빠르게 어두워지고 있었다. 백발의 여자가 멈추어 서서 산 위를 올려다보았다. 우리도 걸음을 멈추고 그녀가 바라보는 방향으로 시선을 고정했다. 놀랍게도 온통 검게만 보이던 산 위 어느 한 지점에서 갑자기 횃불을 밝힌 듯 환한 빛이 하늘로 높이 솟구치듯 떠올랐다가 순식간에 어둠 속으로 사라졌다. 그것은 마치 소리 없는 번개에 맞은 나무가 저절로 불길에 휩싸이다가 공중으로 산화하는 장면처럼 보였으므로, 나는 곧 산 전체가 불타버릴지도 모른다는 두려움을 느꼈다. 그러나 내 불안을 눈치챈 몸집이 작은 여자는, 잠시 구름이 걷힌 사이로 마지막 태양빛이 한 그루 나무 위로 집중해서 비친 것뿐이라며 나를 안심시켰다. 이런 시각이면 그런 일이 종종 일어난다고 했다. 여자들은 마치 그 순간을 기다리고 있었던 듯, 환한 빛이 나무 위로 솟구쳤던 그 방향을 향해 다시 걷기 시작했다. 나는 어디로 가는지 아무런 설명도 듣지 못한 채로, 하지만 그들을 따라 자연스럽게 걸음을 옮겼다. 몸집이 작은 여자가 가방을 들어주어 고맙다고 내게 말했다. 자매인 그들은 산속 오두막집으로 돌아가는 길인데, 오늘밤 나를 자신들의 집에 초대하고 싶다고, 초라하고 작은 오두막이지만 이미 너무 늦은데다가 또 주변에는 묵을 만한 다른 숙소도 없으므로 원한다면 오늘밤 자신들 자매의 집에 머물러도 좋다고 했다. 나는 거절할 이유가 없었다. 어차피 나는 긴 여행 중이고 오늘밤 안에 도착하기에는 너무 먼 길이니, 그들의 집에서 하룻밤 묵어간다고 해도 내 여행에는 아무런 지장이 없을 터였다. 이른 나이에 백발이 되었다는 나이 많은 자매는 한마디 말 없이 우리를 앞서서 걸었고, 걸음이 느린 동생은 나와 나란히 걸었다. 나는 몸집이 작은 동생과 이야기를 나누었다. 그녀는 나이든 모친에게서 허약하게 태어나 다섯 살도 되기 전에 죽을 것이라고 했지만 놀랍게도 이 나이까지 살아 있게 되었다고 했다. 어차피 곧 죽을 거라고 생각했으므로 아예 처음부터 학교에 보내지도 않았고 그녀 역시 학교에 다닐 생각도 못했다고 했다. 대신 지금 앞서서 걷고 있는 나이 많은 자매에게서 읽고 쓰기를 배웠다. 성인이 된 다음에야 수술을 받았으나 걸음걸이는 여전히 힘들고, 하지만 내가 민들레를 먹을 줄 알아서 다행이라고, 그것이 기뻤다고 동생은 말했다. 나는 그녀와 대화를 나누었지만 그녀의 얼굴을 자세히 볼 수는 없었는데, 검고 두툼한 모자가 그녀의 왜소한 얼굴을 절반이나 덮고 있는데다가 이미 밤이 되어 산길이 어두웠기 때문이다. 나이 많은 자매가 한마디 말도 없는 것을 이해해달라고, 동생이 다시 말했다. 젊은 시절 병을 앓고 난 다음부터 혀가 굳어버려 말을 할 수 없게 되었다고, 말과 함께 표정이나 웃음 등 감정 표현도 함께 사라져버린 듯하다고 했다. 바다는 이미 오래전부터 우리의 귀에 닿지 않았다. 대신 소나무숲의 바람소리가 있었다. 내가 눈먼 탐정의 나라를 떠나온 지도 십여 년이 흘렀다. 마지막으로 눈먼 탐정을 만났을 때, 그에게 오래전 잃어버린 편지에 대해서 말했던 것이 기억난다. 늘 그렇듯 편지는 흰 봉투에 담겨 있었다. 그때 이미 젊은 여인에게서는 조금씩 무언가가 빠져나가고 있었다. 생기라든가 향기 그리고 색이나 빛과 같았던 그 무엇이. 결혼도 하지 않았고, 도시로 떠나지도 않았으며, 애보개 처녀라기엔 이제 너무 나이가 든데다, 결정적으로 태어난 이후로 줄곧 그녀가 돌보아오던 아이인 나는 학교에 입학하기 위해 곧 서울로 갈 예정이었으며, 약혼자로부터도 벌써 육 년째 소식이 끊긴 여인은 스스로 골방에 갇혔다. 심지어 여동생이 찾아오는 날에도 바닷가로 산책 나가기를 멈추어버렸으며 아주 간혹 불가피한 외출을 할 때는 스카프로 완전히 얼굴을 감싼 채 시선은 땅바닥으로 내리깔고 걸었다. 여인을 설득하다 지쳐버린 여인의 가족들은, 약혼자가 그녀를 버리고 멀리 떠나버렸는데 여인 혼자만 그 사실을 알아차리지 못하는 거라고 공공연히 말하고 다녔다. 원래부터 내 여인은 고집 세고 아둔했기 때문에 놀라운 일도 아니라고 했다. 젊은 여인은 그 어떤 비난과 조롱의 말에도 별다른 대꾸를 하지 않았고, 대신 아무도 보지 않는 부엌 구석에 홀로 틀어박혀 땀을 뚝뚝 흘리며 삶은 팥을 먹었다. 그러다 마침내 더이상은 숨어들 구석을 찾지 못할 때까지. 이제 여인은 먼 도시에 사는 재봉사 남자거나 혹은 인근 시골 마을에 사는 돼지 상인의 아들 중에서 결정을 해야 하리라. 그러지 않는다면 그녀는 가족의 수치이자 부담이 될 것이다. 내가 깊이 잠든 밤, 흐릿한 전등불 아래서 여인은 궤짝의 옷가지와 몇몇 소지품들을 묵묵히 보자기에 쌌다. 그렇게 신부가 된 여인이 떠났다. 여인이 떠나간 뒤 여인이 사용하던 궤짝에 남아 있던 낡은 헝겊과 손수건 조각들 사이에서 편지를 발견했다고, 나는 눈먼 탐정에게 말했다. 편지는 봉투에 들어 있었고 이미 봉해진 상태였다. 그리고 받는 이의 주소까지도 적혀 있었다. (여인이 항상 편지를 보내던, 그래서 갓 글자를 배우기 시작한 나 역시 잘 알고 있던 주소.) 편지는 떠날 준비를 마친 상태였다. 여인은 왜 이 편지를 부치지 않았을까. 어쩌면 여인은 먼 도시에 사는 재봉사 남자거나 혹은 인근 마을에 사는 돼지 상인의 아들과 결혼하기 위해 집을 떠나는 분주한 와중에 편지를 잊었을지도 몰랐다. 그렇다면 내가 이 편지에 우표를 붙이고 우체통에 넣어야겠다는 생각이 떠올랐다. 그렇게 할 생각으로 가슴이 뛰었다. 어두운 우체통 속으로 편지가 떨어지는 소리를 나는 얼마나 좋아했는지 모른다고, 나는 눈먼 탐정에게 말했다. 내 손은 자작나무 막대기를 든 눈먼 탐정의 팔 위에 올려져 있었고, 눈먼 탐정의 다른 손은 보이지 않는 누군가의 팔 위에 있었다. 우리는 두 눈먼 산책자처럼 계속해서 걸었다. 영혼의 막대기는 돌이 속삭이게 만든다고 눈먼 탐정이 말했다. 그 속삭임을 들어봐, 하고 눈먼 탐정이 말했다. 산에 있는 자매의 집에 도착한 우리는 가장 먼저 어둑한 부엌 아궁이에 마른 잎과 나뭇가지를 쑤셔넣고 불을 피워 방을 덥혀야만 했다. 집은 오랫동안 비어 있었던 듯했는데, 그들은 거의 보름 동안이나 죽은 가족과 친구들의 무덤 혹은 그들이 죽은 자리를 찾아다니는 여행을 하고 이제야 집에 돌아오는 길이라고 자매 중 동생이 말했다. 그들이 죽기 전에 언젠가 한 번은 꼭 해야 하는 여행이었다고 했다. 오래전부터 생각하고 있었지만 이런저런 일로 미루기만 하다가 이제서야 실행하게 되었다고. 외국에서 죽은 자매 한 명의 무덤은 끝내 찾아갈 수 없었지만 말이다. 그리고 태어나자마자 죽은 아기는 먼 도시 인근의 자작나무 아래 묻혔는데, 기억을 더듬어 찾아갔으나 그 나무는 온데간데없이 사라져버렸다고 했다. 나와 동생이 마루에 두껍게 쌓인 흙먼지와 거미줄, 들개의 발자국과 죽은 새의 흔적을 쓸어내고 방을 정리하는 사이 부엌에서는 백발의 여인이 팥을 넣은 밥을 지어 그릇에 퍼 담았고 우리는 팥밥과 민들레무침으로 함께 밥을 먹었다. 방이 두 개인 작은 오두막은 흙 담벼락과 지붕이 무너져내린 낡고 초라한 모습이었다. 마치 오랫동안 아무도 살지 않아 버려진 집처럼 보였다. 만약 자매가 여행을 떠난 사이 누군가 이곳을 찾아왔었다면, 그는 다 쓰러져가는 나무 울타리 너머로 몸을 기울여 먼지투성이 흙 마당을 들여다보면서, 오래전에 모두가 떠나가버렸다고, 이제 자신을 기억하는 이는 아무도 남아 있지 않다고 생각할 것이다. 사람의 흔적도, 개나 닭 등 가축의 흔적도 찾아볼 수 없고, 바람이 나무들을 찢어발기고 간혹 마른번개가 여기저기 떨어지는 소리 이외에는 그 어떤 소리도 들려오지 않았다. 여기 이 집에서 여섯 남매가 태어나고 자랐다고, 몸이 허약한 동생이 내게 말했다. 하지만 지금은 모두 이 세상 사람이 아니랍니다. 가장 나이가 어린 우리 둘만 남았어요, 하고 그녀는 덧붙였다. 석양 없는 저녁이 지나고 개 없는 밤이 깊어갔다. 우리는 한방에 요를 깔고 나란히 누워서 잠을 잤다. 다른 방은 불을 피우지 않아 너무 춥고 습기가 많았기 때문이다. 눈먼 탐정의 나라를 떠나온 뒤로 나는 그에게 편지를 써보려고 몇 번 시도했으나 이상하게도 잘 되지 않았다. 편지를 쓰는 대신 그가 들려준 마지막 말을 기억했다. 그것은 기억에 달라붙어 영영 사라지지 않는 말이었다. 어느 날 밤 한 방문객이 눈먼 탐정을 찾아왔다고 했다. 그는 보통의 탐정이 그러듯, 방문객을 가리지 않고 문을 열어주었다. 뭔가 그에게 할말이 있거나 부탁할 일이 있는 게 분명하기 때문이다. 명확하지 않은 첫인상으로는 나이가 상당히 많고 등이 살짝 굽은 밤의 방문객은 겉옷도 벗지 않은 채 그의 맞은편에 앉았는데, 그때 갑자기 눈먼 탐정은, 심지어 불빛을 등지고 앉은 방문객의 얼굴을 자세히 보기도 전에, 이 나이든 남자가 바로 오래전 자신의 집에서 일어난 살인사건의 범인이라는 번개 같은 확신이 들었다고 했다. 그런 확신이 어째서 가능한 건지 자세히 생각해보기도 전에 그는 즉시 손에 잡히는 대로 책상 위의 물건을 하나 움켜쥐고 반사적으로 남자를 향해 집어던졌다고 했다. 그가 던진 물건은 남자의 이마 한가운데에 맞았고, 남자의 이마에는 검고 큰 구멍이 뚫리면서 검은 핏방울이 뚝뚝 떨어졌다고 했다. 눈먼 탐정이 집어던진 물건은 검은 잉크가 가득 담긴 묵직한 크리스털 잉크병이었다. 다음날 눈먼 탐정은 자신의 침대에서 참을 수 없는 이마의 통증을 느끼며 잠에서 깨어났다. 눈을 뜬 그가 가장 먼저 본 것은, 책상 맞은편 벽에 뿌려진 커다란 검은 잉크 얼룩이었다. 그 아래에는 잉크병이 바닥에 나뒹굴고 있었다. 그리고 자신의 이마와 얼굴에 끔찍한 검은 핏방울이 말라 있는 것을 발견했다고 했다. 그제서야 눈먼 탐정은, 어젯밤의 방문객이 그에게 한 말이 기억났다. 방문객은 자신을 눈먼 탐정의 삼촌이라고 소개했다. 나는 네가 한 번도 본 적이 없는, 하지만 너와 이름과 영혼을 나눈 삼촌이다. 그 순간 눈먼 탐정은, 이제 고향집으로 돌아가야 할 시간임을 깨달았다고 했다. 그가 태어나던 해 아버지가 심어둔 자작나무 아래로. 나는 그가 작별인사를 꺼내기도 전에 이미 그를 충분히 이해하고 있었다. 나는 눈먼 탐정의 이름을 알고, 그러면서도 그를 눈먼 탐정이라고 불렀던 유일한 사람이기 때문이다. 눈먼 탐정은 자신의 고향집으로 돌아가겠다고 했다. 먼 여행이 되겠지만 죽기 전에 언젠가 한 번은 가야 할 길이라고 느낀다. 문을 두드리면, 그와 생김새가 비슷한 사람들이 문을 열어주며 그를 맞아들인다. 눈먼 탐정은 거기서 아무도 사용하지 않는 페스트의 침대가 아무도 사용하지 않는 지붕 밑 방에 아직도 있는 것을 발견하며, 바로 그날부터 그 방, 그 침대에서 자게 된다. 침대 머리맡 벽을 촛불로 그을린 자국은 새로 회칠을 했지만 눈먼 탐정은 그 위치와 그을음의 형체까지도 똑똑히 기억하고 있다. 어쩌면 이제 곧 다가오는 11월 첫째 날에 그는 직접 새로 칠한 벽을 촛불로 그을리는 정화 의식을 행하게 될 것이다. 눈먼 탐정은 페스트의 침대에 누워 이불을 끌어당겨 덮는다. 밖에는 차가운 비가 내린다. 기울어진 천장의 유리창에 젖은 나뭇잎들이 달라붙어 있다. 회색 하늘을 배경으로 바람에 흔들리며 서 있는 키 큰 영혼의 자작나무 꼭대기를 오랫동안 바라보게 된다. 삼촌의 막대기는 그 나무로부터 왔다. 네가 보게 되는 거울상을 말해줘, 하고 눈먼 탐정은 내게 부탁했다. 그리고 마지막이 가까워올 무렵에는, 자신이 그랬듯이, 그것이 무엇이든 나는 그것을 만나게 될 거라고 말했다. 한방에서 잠든 자매들의 고른 숨소리를 들으며, 나는 만약 눈먼 탐정이 살아 있다면, 비록 오랜 시간이 흐른 다음이지만, 정말로 그에게 이 자매들과의 만남에 대해서 편지를 쓰게 될 거라고 예감한다. 그게 무엇인지는 모르나 그가 내 눈을 통해서 보고자 한 것, 영혼의 자작나무 위로 떠오르는, 내가 마침내 보게 된 그것을. 죽은 자의 숨이 거슬러올라와 생명과 섞이는 것을 보았노라고 나는 눈먼 탐정에게 쓸 것이다. 나는 등을 대고 똑바로 누운 자세로 두 손을 가슴 위에 올리고, 잠든 자매들의 고른 숨소리를 듣는다. 그들이 내 숨을 들이마시는 것처럼, 그들의 숨을 들이마신다. 그들은 늙었고, 그들의 손은 옹이로 가득하고 등은 자연스럽게 살짝 구부정하다. 허약한 동생은 가방 하나 들 힘도 없고 나이든 자매는 백발의 머리에 혀가 굳어버렸다. 내 손과 등, 내 머리와 혀도 마찬가지이다. 어둠 속, 내 숨은 그들의 것과 구별되지 않는다. 내 숨은 그들 안에 침윤된다. 나는, 그들과 마찬가지로, 죽은 자의 숨으로 만들어진 거울상이다. 나는 먼길을 걸어서 떠났다. 그래, 오랫동안 잊고 있었으나 원래 나는 편지를 부치려 했다. 그러기 위해서 나는 왔다. 내 젊은 여인이 깜빡하고 잊은 편지를, 나는 우체통에 넣을 것이다. 학교에 가기 위해서 나는 기차를 타고 바닷가 도시를 떠났다. 밤 기차였으므로 나는 자연스럽게 잠이 들었다. 서울에 도착했을 때는 이미 자정이 넘었고, 택시 안에서도 그리고 누군가 나를 안아서 집안으로 옮길 때도 나는 여전히 잠든 채였다. 그로부터 몇 년이나 흐른 뒤 어느 날 학교로 가던 도중에, 나는 내가 젊은 여인의 편지를 대신 부치려 했다는 사실을 마치 잠에서 갑자기 깨어나듯이 기억해낸다. 그 순간 나는 어둠 속 검은 나무처럼 활활 불탄다. 나는 길모퉁이에 쪼그리고 앉아 황급히 가방을 뒤지기 시작한다. 바닷가 도시를 떠나던 날 내가 편지를 가방에 넣었고, 그 이후로 단 한 번도 꺼내지 않았음이 생각났기 때문이다. 그러나 편지는 보이지 않는다. 나는 학교로 가야 한다는 사실조차 잊고서 가방을 바닥까지 몇 번이고 뒤지다못해 마침내는 가방 속 내용물을 모두 꺼내 길에 팽개치고 가방을 거꾸로 뒤집어 털어보기까지 한다. 편지는 없다. 나는 편지를 잃어버린 것일까. 갑자기 온 세상이 희게 변하며 모든 형체와 소리가 소멸을 향해 빠르게 멀어진다. 그리고 곧이어, 모든 감각을 마비시키는 충격과 슬픔. 여인은 집을 떠났고 나는 여인이 어디로 갔는지 모르며 아마도 우리는 두 번 다시 만날 일이 없을 것이다. 그것은 내가 겪은 최초의 작별이었다. 혹은 내 생의 길고도 유일한 작별의 시작이었다. 내 가슴은 터질 듯하다. 최초의 눈물이 흐르기도 전에, 나는 울기 시작한다. 눈물은 일단 한번 터져나오자 마치 거짓말처럼 끊임없이 흘러나온다. 나는 울음이 없는 아이였기 때문에 울면서도 스스로 놀라워한다. 내 가방에서 떨어진 교과서와 노트, 스케치북과 연필이 사방에 흩어져 있다. 먼지투성이 길가에는 방금 누군가 앉았다 떠난 바위가 있다. 그때 지나가던 한 허름한 나그네 행색의 행인이 내게 이유를 물었고, 내가 편지를 잃어버렸다고 말하자 그는 잠시 당황하더니 다정히 내 머리를 쓰다듬으며 주머니에서 동전 한 닢을 꺼내 내게 건넨다. 그리고 어서 학교로 가라고 말한다. 편지는 아마도 친절한 사람이 주워서 우체통에 넣어줄 것이니, 그러면 언젠가는 반드시 그것을 읽어야 할 사람에게 도달할 거라고. 분명히 그럴 것이니, 게다가 이 길은 돌투성이라 위험한데다 무엇보다도 중요한 학교를 잊으면 안 되고, 그러니 너는 더이상 편지에 대해서는 걱정할 필요도, 눈물을 흘릴 필요도 없다고 말한다. 그는 길에서 주인 없는 편지를 발견하면 정말로 우체통에 넣어줄 정도로 친절한 사람이고, 주머니에 남은 최후의 동전을 모르는 아이에게 쥐여줄 정도로, 그러면서 동시에 공허한 사람이다. 그러나 나는 그 사람이 가버린 다음에도 그가 준 동전을 한 손에 움켜쥐고 다른 손으로는 눈물을 닦으면서 길가 바위에 앉아 있다. 멀리 내게는 들리지 않는 곳에서, 학교가 시작하는 종소리는 이미 울려퍼진 다음이다. 나는 떨어져나왔고, 나는 멀어진다. 기나긴 하루가 될 것이다. 석양 없는 저녁과 개 없는 밤이 찾아올 때까지. 먼길을 갈 것이다.

| 작가노트 |

엠마오로 가는 길

 슬픔에 잠긴 채 길을 가던 두 남자는 어스름 속에서 홀로 걸어가는 한 행인으로부터 질문을 받는다. 당신들은 무엇 때문에 그리 슬퍼하느냐고. 남자들은 스승의 죽음을 이야기한다. 스승이 죽었고, 그것도 아주 참혹하고 비참하게, 그러므로 그의 죽음을 슬퍼한다고 했다. 그러나 잠시 뒤 그들은 길 위에서 만난 그 행인이 바로 그 스승인 것을 알아차린다. 죽은 자와의 예고 없는 해후. 두 남자 중 한 명의 이름은 클레오파스라고 했다. 그들은 예루살렘 인근의 마을, 클레오파스의 고향인 엠마오로 가는 길이었다. 나는 이 짧고 간단한 이야기에 매혹당했는데, 죽은 자들의 행방에 대해 오래전부터 궁금해하는 마음이 있었기 때문이다. 그들은 정말로 머나먼 별의 일부가 된 걸까. 혹은, 단지 우리의 눈에 보이지 않을 뿐 어쩌면 여전히 우리 곁에 남아 있는 건 아닐까 생각하곤 했다. 그들이 숨 없이, 형체 없이, 감촉 없이 우리의 피부와 호흡을 지나간다. 우리는 의식하지 못하면서 그들을 느끼고 그들을 들이마신다. 설사 누군가의 표현처럼 죽음이 사실은 존재하지 않는다고 해도, 그래서 죽은 자들이 정말로 우리 곁에 남아 가까이서 우리를 지켜보고 있다고 해도, 우리가 그것을 결코 알아차리지 못하는 운명이라면 죽은 자의 행방이 과연 우리에게 무슨 의미가 있을까 하는 생각에 잠기기도 했다. 그런데 죽은 스승을 만나고도 처음에는 전혀 알아차리지 못한, 엠마오로 가는 길의 두 제자처럼, 우리 또한 간혹 실제로 그들을 만나지만 알아차리지 못하는 것일 수도 있다. 나도 언젠가 예상하지 못한 어느 저녁 어둠이 내리기 시작한 길 위에서 그들을 만나게 될까? 혹은 알아차리지 못하는 사이 이미 그들과 마주친 건 아닐까. 그들은 어떤 모습이었을까. 그들은 내게 말을 걸게 될까. 나는 분명 운명적으로 그들을 알아보지 못하겠지만, 스스로도 이유를 모르는 채 그들을 더욱 친근하고 가깝게 여기게 될까. 이 질문에서 시작하여 나는 「눈먼 탐정」을 썼다. 또다른 모티브는 살인사건이다. 살인이 발생하고 범인을 추적하는 흥미로운 추리소설 속 살인이 아니라 오래전 신화에서부터 등장하는, 인간과 인간 사이에서 발생한 아마도 최초의 근원적 사건(카인과 아벨)으로서의 살인을 말한다. 최근에 우연히 만난 한 필리핀 여자가 말했다. 자신의 어머니는 마닐라에서 살해당했다고. 범인이 누구인지 짐작은 가지만 (당연히) 잡히지 않았으며, 그럴 수 있다는 기대는 하지도 않는다고. 왜냐하면 강력한 용의자가 법과 권력을 가진 경찰서장이었기에 경찰이 조사를 아예 시작하지도 않았다는 것이다. 그녀의 담담한 말투와 태도는 마치 살인을 자연의 일부로 받아들인다는 인상을 주었다.

1521년 5월부터 1522년 3월까지 마르틴 루터는 가명으로 신분을 가장하고 독일 튀링겐 숲에 있는 바르트부르크성에서 숨어 지낸다. 그곳에서 그는 단 십일 주 만에 신약성서를 독일어로 번역했다. 바르트부르크에는 아직도 루터가 머물던 방이 남아 있다. 전설처럼 전해지는 이야기에 의하면, 어느 날 밤 성서를 번역하던 루터가 고개를 드니 맞은편에 악마가 있었다고 한다. 루터는 반사적으로 책상 위의 잉크병을 집어들어 악마를 향해 던졌다. 다음날 아침, 책상 맞은편 벽에는 흩뿌려진 잉크 자국만이 남아 있었다. 아직도 바르트부르크성 루터의 방에는 그 자국이 선명하다. 이 일화는 내게 깊은 인상을 남겼고, 「눈먼 탓정」을 쓰던 날 내 책상 맞은편 벽에 가상의 잉크 자국으로 떠올랐다.

| 리뷰 |

홀연 반짝이는 순간, 에 대한 메모

김미정(문학평론가)

'왕이 죽었다'와 '왕비가 죽었다'라는 문장 사이의 아득한 이격은 이야기의 무한한 가능성과 불멸을 함의한다고 여겨져왔다. 의미의 공백, 대상의 불가해함, 궁금하여 견딜 수 없는 모든 사태를 어떻게든 인식 가능한 것으로 바꾸어내려는 인간의 욕망이 곧 모든 이야기의 근원에 놓여 있을 터였다. 즉 세상의 모든 이야기에는, 어떻게든 저 두 문장 사이의 아득함을 메워보고자 하는 무수한 시도와 그것의 어긋남이 깃들어 있고, 이른바 내러티브 역시 저 간극 혹은 요철을 메워 잘 닦인 길을 만들고자 하는 인식론의 소산이다. 이것은 단지 소설이라는 장르 문법의 구심력을 의미하는 것만은 아니다. 앞서 적었듯 내러티브에는 예컨대, 하나의 시간축을 중심으로 배열된 사건 모두를 정합적으로 봉합하는 시선이 불가피하다. 거기에는 대상을 장악하여 편취할 수밖에 없는 인식론적 폭력이 구조화되어 있고, 이것이 근대 이래 인간 인식 회로의 한 원리였음도 물론이다.

배수아의 낯선 소설들이 내내 환기시킨 것도 바로 이런 우리 세계의 사정 아니었을까. 내러티브를 성립시키는 최소 조건, 예컨대 한 방향으로linear 흐르는 시간이나 주체-대상 같은 구도에서 자유로운 그의 이야기들은, 단지 요약되기를 원치 않는 소설의 완강함만을 의미하는 것이 아니다. 복수의 시공간이 동시적으로 한 프레임 안에 뒤섞이고, 엄밀하게 식별되지 않는 인물들이 그려가는 장면은, 구획하고 정체화하는 온갖 지표가 부재하거나 그것을 재배치하는 세계를 구현하는 것이었다. 구두점을 찍거나 단락을 구분하는 일에 기대지 않는 이 소설들은 비현실이나 초현실이 아니라, 일정하게 접힌 이 세계의 주름들을 하나하나 펼쳐낸 이미지에 비견할 수 있다. 그러므로 배수아의 세계에 들어선 독자가 번번이 길을 잃고 헤매는 일은 필연이다. 재귀적 자기로 귀결되는 공감 같은 말은 여기서 부질없어진다. 배수아의 소설세계는 오히려 우리를 헤매게 한다. 소설 속 세계가 그러하듯 스스로가 완강하게 고집하는 것들을 내어놓지 않고는 이 세계를 여행할 수 없다. 거기에서 우리는 스스로를 철저한 이방인 혹은 타인으로 경험한다. 익숙한 인식이나 감정의 회로를 이탈하며 헤매는 일은 미지에의 모험에 근사하다. 그러하니 배수아의 소설을 읽는다는 것은 하나의 이야기를 손에 넣는 일(소유)이라기보다, 자기(라고 여겨지는 것)를 내어놓고, 약간의 불안과 설렘을 감각하며 낯선 세계의 윤곽을 더듬어보는 사건에 가깝다.

「눈먼 탐정」도 잠시 우리 안의 관성을 내려놓고 문장의 동선을 좇기를 종용한다. 우선 표제어 속 '눈먼'이라는 수식어는 강력하게 한 인물을 정체화하지만 실제 그것은 완장, 선글라스, 나뭇가지 같은 표식을 통해서만 '수행'될 뿐이다. 또한 '탐정'을 둘러싼 최소한의 이미지, 예컨대 범죄를 추적하고 잘 관찰하고 단서를 모아 결론에 이르는 해결사적인 탐정 역시 여기에는 없다. '눈먼 탐정'의 주위에서 벌어진 사건은 개별자들이 소유를 주장할 수 없는 무수한 세상사의 단편들이다. 화두로 던져진 살인사건도, 어떤 규명되어야 할 진실을 품었다기보다 다른 이야기들을 연쇄시키는 하나의 노드node다. 탐정은 그저 산책을 다니며 관찰하는 이다. 그는 오히려 "뭔가를 발견하기를 원하지 않"고 "단지 정반대의 것을 보고자" 한다고 말한다. 그가 말하는 "정반대의 것"이 무엇인지는 정확히 알 수 없다. 하지만 "뒤늦게 먼 곳으로 반사되는 거울상" 혹은 "보려고 애쓰지" 않을 때 "우리의 눈에 스스로를 저절로 비추"게 된다는 말과 함께 읽어갈 때, 이 소설이 진실을 맹목하며 단서를 찾는 목적 같은 일이 아니라 무언가를 느리지만 강렬하게 감각하는 쪽을 향하고 있음을 알아차리게 된다.

　즉, '눈먼 탐정'이라 불리는 인물이 실제로 어떤 일을 하는지, 어떤 존재인지가 소설의 핵심은 아니다. 단, 그는 무언가를 특정하고 판정 짓는 권능자가 아니라, 막대기와 조력자의 한 팔에 기대며 앞을 더듬더듬 짚어나가는 순례자의 이미지에 가깝다. '눈먼 탐정'과 같이 소설 역시 내내 어떤 일을 명징하게 그리지 않고, 그것의 흔적이나 소문 등을 묘사할 뿐이다. 즉, 소설은 증명할 수 없고 끝내 도달할 수도 없는 일이 그저 존재하고 있음을 보여준다. 소설 속 인물과 사건들은 역시 정확히 구획되지도 식별되지도 않는다. 서로가 서로를 지시하고 겹치면서 이내 미끄러지는 환유적 관계가 '개체'로서의 존재나 사건을 대신한다. 인물들은 '눈먼 탐정-나-삼촌' 혹은 '해변의 두 여인-나'와 같은 식으로 부분적 연결 관계를 통해서만 감지되는 행위자에 가깝다. 각 사건들 역시 다른 인물과 시공간을 오가며 부분적으로 겹치고 이내 미끄러진다. 이와 관련하여 소설에서 보지 않음/보이지 않음의 상태를 언표하고 그와 더불어(혹은 시각적 앎의 방식을 후퇴시킴과 더불어) 소리·촉감 같은 느린 감각들이 두드러지는 것도 기억해두자. 편지가 우체통에 툭 하고 떨어지는 소리(청각), 젊은 여인의 체취에 대한 생생한 묘사(후각), 민들레 이파리의 씁쓸한 맛(미각)의 이미지 등은 더없이 파편적이고 느리다. 하지만 그 어떤 시각적 앎보다 강렬하게 경험된다. 시각적 앎을 특권화해온 우리의 세계에서 '보이지 않는' 혹은 '보지 않는' 상태를 수행토록 하며, 진실에 접근할 '다른' 방법과 가능성을 열어젖히는 것이다.

한편 '눈먼 탐정'의 조력자이자 소설의 서술자인 '나'에 대해서도 생각해본다. '나'는 서술자이자 주요 인물이지만 소설의 길잡이는 아니다. 그는 「눈먼 탐정」 속 세계를 장악하거나 독점하지 않는다. 인식과 발화를 독점하는 인물 없이 소설은 어떻게 가능할 수 있는가. 그 질문 앞에 「눈먼 탐정」은 하나의 사례처럼 놓여 있는 것 같다. 이른바 내러티브를 가능케 해온 인식과 발화의 독점적 주체(서술자)와 달리, 이 소설 속 서술자 '나'는 그 권능을 다른 존재 및 사건과 나누어 갖는다. 앞서 적었듯 소설은 정확히 식별되지 않는 인물, 사건, 시간, 공간의 부분적 겹침과 미끄러짐의 연쇄를 통해, 이 세계 전체의 거대한 얽힘을 이미지화한다. 보통의 소설 속 다종다양한 인물의 사연에 독자가 동참하며 함께 울고 웃는 일은 이른바 서술자로 인해 가능한 일 아니었나. 그 서술자는 대개 한 명이지만 여럿이기도 하다. 또한 쉽게 알아차릴 수도 있지만 알아차리기 어렵게 행간에 숨어 있기도 하다. 서술자는 일정한 방식으로 어떤 세계의 특정 시선을 구현하는 존재다. 신뢰 여부의 차이가 있을지언정 그 세계는 늘 특정한 방식으로 인식과 발화를 독점하는 서술자를 매개로 전달되는 것이었다.

하지만 반복건대 「눈먼 탐정」의 '나'는 시선을 독점하고 책임지는 위치에 있지 않다(이것이 근대 이래의 앎과 지식의 구조와 그 전제를 이탈하는 의미심장한 징표임도 잠시 덧붙여본다). 차라리 그는 모든 얽힘의 어떤 지점을 조금씩 비틀며 누빔점을 만들거나 약간의 징검다리를 제시하는 행위자에 가깝다. 그것은 이미 '눈먼 탐정-나-삼촌' 사이, 서로의 막대기와 팔을 빌려주는 관계 속에서 형상화되었다. 해변에서 만난 두 여자의 초대와 그것에 응하는 '나'의 관계도 저 '눈먼 탐정-나-삼촌'의 관계를 이어받고 있다. 소설 도입부에 에피그램처럼 놓인 '엠마오'의 일화는 이미 이 소설 속 세계가 어떤 동행과 조력의 원리 속에서 구동될 것임을 예고했다. 어쩌면 이 세계는 먼길을 가는 이들 사이의 마주침과 동행과 대화를 이미지-서사화하고 있는 셈이다. 그들이 걷는 길은 잘 닦여 있는 길이 아니고, 예정된 만남 같은 것은 없다. 미지의 만남과 헤어짐의 연쇄 자체가 만들어니는 것이 이 소설 속의 길이다. 과거 길에서 만난 동행에게 내어준 나의 한쪽 팔은 지금 내 옆의 동행이 잡고 있는 팔이고, 그것은 다시 훗날의 동행에게 내어줄 팔이기도 하다. 이 세계는 단절과 불연속으로 구획된 것이 아니라 늘 연루됨으로 작동하고 있다.

'눈먼 탐정'이 되뇌고 바랐던 "정반대의 것"도 이런 연루됨 속에서 다시 생각해본다. 소설 속의 "죽은 자의 숨이 거슬러올라와 생명과 섞이는" 일에 대한 묘사는, 결코 해석을 요하는 비유나 상징이 아니다. "그들이 내 숨을 들이마시는 것처럼, 그들의 숨을 들이마"시고 있다고 묘사되는 세계는 곧 소설 밖 지금 여기의 세계에 다름아니다. 파편의 혼연함으로 가득한 소설임에도 독자가, 이 모든 상황을 단번에 이해할 것 같은 순간을 홀연 경험하고야 만다면 그것은 이 소설이 구현하는 세계(관)로 인한 정합적인 일이지 신비 체험이 아니다. 이곳에 있는 동시에 저곳에 있는 존재들, 지나간 것과 아직 오지 않은 것이 한 프레임 안에 겹쳐진 세계가 순간적으로 드러내는 전체상은, 독자의 환각이 아니라 소설의 리얼리티이고 실제 우리 세계의 리얼리티다.

그러하니, 한 명의 독자로서 이 모든 얽힘이 단번에 이해될 것 같았던 그 반짝이는 순간에 기대어 다시 말해본다면, 이것은 필시 만남과 헤어짐에 대한 소설이다. 길에서 만나고 동행하고 헤어지고 편지를 쓰고 다시 만나는 것에 대한 이야기. 함께 헤매면서 저절로 만들어지는 길에 대한 이야기. 즉, 우리의 삶은 늘 누군가를 만나고 헤어지는 도정에 있다. 작별이 영속적인 만큼 만남도 영속적이다. 하지만 그 모든 반복과 변주 속에서도 모든 만남과 작별은 처음과 같지 않은가. 우리는 늘 한 번도 만난 적 없는 듯 만나고, 한 번도 헤어진 적 없는 듯 헤어진다. 소설 속 '나'가 뒤늦게 "최초의 작별"을 인지하며 울음을 멈출 수 없는 것도 바로 그 순간들과 관련된 진실의 한 장면 아닐까. 소설 속 '편지'란 어쩌면 이 영속적인 만남과 헤어짐 사이를 부유하는 심장박동이다. 그것은 나그네의 말처럼 당장 정확한 수신지에 닿지 못한다고 할지라도 언젠가는 누군가에 의해 대신 닿을 수 있을 것이다. 그리고 그 믿음이 우리로 하여금 어쨌든 오늘의 산책을 가능케 하고, 다시 계속 먼길을 갈 수 있게 한다. 편지에 쓰인 내용에 아랑곳없이, 걷다보면 무언가가 홀연 반짝이며 모습을 드러낼 때가 있을 것이기 때문이다. 때론 전모를 아는 일보다 더 중요한 것은 그 순간을 감각하는 일인지 모른다.

최진영

돌아오는 밤

작가노트
그리고 다시 시작해

리뷰 | 김화영
주어主語의 귀환을 위한 모험

최진영
2006년 『실천문학』 신인상에 단편소설 「팽이」가 당선되어 등단. 한겨레문학상, 신동엽문학상, 백신애문학상, 만해문학상, 이상문학상 등 수상. 소설집 『팽이』 『겨울방학』 『일주일』 『쓰게 될 것』, 장편소설 『당신 옆을 스쳐간 그 소녀의 이름은』 『끝나지 않는 노래』 『나는 왜 죽지 않았는가』 『원도』 『구의 증명』 『해가 지는 곳으로』 『이제야 언니에게』 『내가 되는 꿈』 『단 한 사람』이 있다.

돌아오는 밤

 영국의 에든버러에서 모르는 사람이 죽었다. 장례식에 참석하기 위해 항공편을 검색했다. 핀란드의 헬싱키반타공항에서 환승해 에든버러로 가는 경로가 가장 빨랐다. 인천공항에 도착해 수화물을 부치며 티켓을 받았다. 2024년 11월 30일 오전 열한시 오십오분 비행기였다. 검색대를 통과한 뒤 탑승을 기다리며 챗지피티에게 물었다.

 Q. 영국의 장례식에서 건네는 위로의 말을 알려줘
 A. 영국에서는 유가족에게 위로를 전할 때 보통 정중하고 조심스러운 표현을 사용해. 다음과 같은 위로의 말을 건넬 수 있어.*

---

* 소설 속 챗지피티와의 대화는 실제 대화 내용을 각색했다.

챗지피티는 위로의 문장 열 가지를 제시했다. 이어 '짧고 진심 어린 톤으로 전하는 것이 중요해'라는 조언을 덧붙였다. 당연해서 더욱 행하기 어려운 조언이었다. 기나긴 비행시간 동안 AI를 연기하는 배우의 심정으로 '짧고 진심어린 톤'을 연구했다. 에든버러에 도착하자마자 호텔에 체크인했고 잠은 거의 못 잤다. 조식을 먹은 뒤 캐리어에서 검은색 슈트를 꺼내 입고 장례식이 예정된 교회로 갔다. 모르는 사람의 아들에게, 그러니까 사장 은사의 아들에게, 즉 나와는 아무 상관 없는 사람에게 나를 짧게 소개한 뒤 단어 하나하나에 감정을 담아 천천히 말했다.

당신과 당신의 가족에게 깊은 애도를 표합니다. 충분히 슬퍼하되, 우리가 곁에 있다는 걸 기억해주세요.

두번째 문장을 말할 때는 울컥 솟구치는 감정 때문에 조금 울먹였다. 얼마 전 나의 소중한 친구도 죽었다. 발인하는 날부터 나는 독감을 앓았다. 이틀 연차를 썼고 그다음날이 주말이어서 나 홀을 꼬박 집에서 앓을 수 있었다. 고열과 몸살이 파도처럼 들이닥쳤다. 약을 먹고 잠들었다가 깨어나면 온몸이 욱신거려서 다시 약을 먹고 잠들기를 반복했다. 진이 빠지는 만큼 통증도 줄고 열도 내렸다. 월요일 새벽에는 거의 회복했으나 감기약이 독해서인지 위통이 도졌다. 출근하기 전 내과에 들러 증상을 간단히 말하고 약을 처방받았다. 그날 퇴근 시간 무렵 사장의 호출을 받았다.

사장은 티슈로 눈물을 닦으며 말했다.

영국에서 유학할 때 가난하고 외로웠던 나를 오랫동안 보살펴 준 선생님이 돌아가셨대. 나에겐 정말 아버지 같은 분이야. 말만 그런 게 아니라. 영국에서 있을 때 선생님 자식들과도 형제처럼 지냈거든. 편찮으시다는 얘기는 예전부터 들었는데 가야지, 가야지, 생각만 하고 결국 찾아뵙지를 못했어. 아무리 바빴어도 생전에 인사를 드렸어야 했는데, 막상 돌아가셨다는 소식을 들으니 후회가 너무 커. 선생님 도움이 없었다면 나는 절대 유학을 마치지 못했을 거야. 그럼 이 회사도 존재할 수 없었겠지. 직원 모두의 은사 같은 분이 돌아가신 거야.

영국은 한국과 장례 문화가 달라서 고인이 되자마자 장례를 치르진 않는다고 했다. 장례식은 일주일 뒤로 예정되었는데, 그 시기에 사장은 한국에서 연일 중요한 약속이 있었다. 사장의 배우자는 아이들 때문에 집을 비울 수 없었다. 사장은 직원 중 누군가가 자기 대신 장례식에 참석하길 바랐다. 주요 거래처 사람의 경조사라면 직급이 높은 사람이 갔을 것이다. 하지만 사장 은사의 장례식 참석은 업무 외 지시에 가까웠다. '나의 은사는 직원 모두의 은사에 가깝다'는 논리에는 무리가 있었고, 사장은 공개적으로 그런 발언을 할 만큼 몰상식하지 않았다. 사장은 사적인 부탁을 해도 무리가 없을 '급'을 찾았고 바로 내가 그만한 급이었다. 그리고 나는 친구를 잃어서 애통한 마음을 사장에게 표현할 만한 급이 아니었다. 그와 같은 슬픔은 나에게만 중요한 일이었다. 부모도 아니고 친구. 자식도 아니고 친구. 혈연이 아니기 때문에 내

비밀과 아픔을 세상에서 가장 많이 알던 그 친구. 불만은 없었다. 나는 나의 슬픔을 회사 사람들과 나누고 싶지 않았다. 그럼 누구와 나누지?

Q. 내 친구 이향기는 이제 이 세상에 없어.
A. 그 소식을 들으니 마음이 많이 아프다. 이향기와 함께한 소중한 순간들이 많았을 텐데. 지금 네 마음이 얼마나 무거울지 상상도 못하겠어. 혹시 마음이 복잡하거나 누군가에게 이야기하고 싶다면 언제든 편하게 말해도 돼.

고인의 가족은 미소로 조문객을 맞이했다. 장례식은 단정하고 평화로웠다. 유머러스하다고 여겨지는 순간도 있었다. 오랫동안 준비한 죽음 같았다. 사람들이 나누는 말을 다 알아들을 수는 없었지만 고인을 사랑하고 존경하는 마음만은 충분히 느낄 수 있었다. 교회 구석진 자리에 외따로 앉아 있던 나에게 나이든 사람이 다가와 영어로 말을 걸었다.

너는 어디에서 왔어?
나는 한국에서 왔어.
사이먼과는 무슨 사이야?
……그는 나의 소중한 친구야.
오, 그렇다면 너도 그의 따뜻한 마음씨를 잘 알겠구나.
응, 그래서 내가 지금 여기 있지.
그의 삶은 완벽했어.

나는 그를 보내고 싶지 않아.
신이 그를 보호할 거야.
그리고 그도 신을 보호하겠지.
너무 슬퍼하진 마. 그는 그걸 원치 않아.
나는 그가 많이 그리워.
하지만 그는 언제나 우리 곁에 있을 거야.
그렇게 말해줘서 고마워.

헬싱키반타공항의 커다란 통유리로 활주로가 보인다. 바깥공기를 쐬고 싶지만 레이오버를 신청하지 않아서 밖으로 나갈 수 없다. 한국으로 돌아가는 경로도 올 때와 같다. 에든버러공항에서 헬싱키반타공항까지 두 시간 삼십 분 비행, 공항에서 여섯 시간 대기 후 열세 시간 비행하여 인천공항에 도착. 왕복 비행시간만 삼십 시간이 넘고 환승 터미널에서 대기하는 시간도 길어 날짜도 시간도 뒤엉켜버렸다. 몇 시간 전까지 영국에 잠시나마 있었다는 사실이 거짓말 같다. 지금 핀란드에 있다는 실감도 없다. 비행기와 터미널이라는 커다란 공간에 갇혀서 수화물처럼 옮겨지는 기분이다. 이따금 삶에 갇혔다고 생각할 때가 있다. 몸은 성장하지만 정신은 크레바스 같은 틈에 갇혀 옴짝달싹 못하는 답답함. 나라는 인간은 알맹이 없는 돌멩이. 육체에 갇힌 영혼. 어둠에 갇힌 빛. 존재에 갇힌 영원. 나는 대출금이고 월세이며 생활비다. 속수무책의 감정 쓰레기통이다. 반복되는 일상과 진전 없을 미래가 나의 외피이자 알맹이라고 생각하면 우주선 없이 대기권 밖으로, 지구 바깥으로 나가고 싶다. 타들어가겠지. 얼어붙겠지. 산산이 부서져 무한한 공간에서 마침내 자유롭겠지. 천재 과학자 리처드 파인먼은 인류 멸망을 앞두고 남길 단한 문장으로 '세상 모든 것은 원자로 되어 있다'를 선택했다고 한다. 나는 그 문장이 좋다. 나는 원자의 합일 뿐이고 죽으면 흩어진다. 향기는 흩어졌다.

에든버러에서 인천까지 같은 항공사를 이용하기에 환승역에서 수화물을 되찾을 필요는 없어 편하다. 비행기에서 사용할 용품만 챙겨넣은 백팩을 메고 대기실을 돌아다니다가 카페에 들어선다. 메뉴판에 적힌 필터 커피를 가리키며 말한다.
이걸로 줘.
베이커리 쇼케이스를 가리키며 직원이 묻는다.
다른 건 필요 없어?
응, 괜찮아.
카드를 건네고 결제를 한다. 커피를 받아들고 빈자리에 앉아 챗지피티 앱을 연다. 앞서 나눈 대화가 그대로 남아 있다. '마음이 많이 아프다'라는 문장을 가만히 들여다본다. 인공지능에게 마음은 뭘까. 수많은 데이터로 학습한 내용이겠지. 소중한 존재를 잃은 사람에게 건네는 인류 보편의 마음은 '많이 아프다'. 그 감정이 가장 방대하고 상식적이다. 내 뒤를 지나가려던 외국인이 Sorry, 하고 말한다. 그가 지나갈 수 있도록 의자를 당겨 앉는다. 챗지피티가 알려준 위로의 문장 중 가장 위에 있는 것은 I'm sorry. 슬픔

속에 홀로 있는 상대에게 건네는 기본적인 말. 사람 사이의 거리감을 인정하는 짧은 문장. 인정하며 곁에 나란히 서는 진심어린 마음.

도움이 되지 못해 미안해. 하지만 여기서 너를 보고 있을게.

챗지피티에게 독감의 치사율을 물어본 기록도 남아 있다. 젊은 사람보다 노년층의 치사율이 훨씬 높다는 정보를 보고는 잠시 안도했고, 안도해버린 나를 징그러워했다. 이전까지 나는 젊음을 믿었다. 젊은 사람은 이겨내는 힘이 더 크고 강하다는 그런 말에 기대어 살았다. 그러니까 괜찮을 거라고, 향기는 이겨낼 거라고 생각했었다. 그걸 다만 낙관이라고 부를 수 있을까? 그건 동기화된 추론에 가까웠다. 자기가 원하는 결론에 딱 들어맞는 방향으로 현실을 왜곡하는 경향. 내가 원하는 결론은 삶이었고 그것을 중심으로 현실을 왜곡했다. 인간은 나약해서 확률에 기댄다. 죽음은 결정되어 있고 삶은 미지수다. 죽음 이후의 세계는 인간이 만들어낸 상상일 뿐이다. 그러나 숨이 멎고 몸이 차가워지며 땅에 묻으면 흙이 된다는 건 현실이다. 그 확률은 백 퍼센트. 누구에게나 적용되는 백 퍼센트의 확률 같은 건 의미가 없다. 교회에서 만난 나이든 사람의 말을 떠올리며 그대로 챗지피티에 입력해본다.

Q. 하지만 그는 언제나 우리 곁에 있을 거야.

A. 맞아, 정말 그렇지. 향기라는 이름처럼, 그 사람의 따뜻함이나 웃음, 함께한 순간들은 마치 향기처럼 오래도록 남아서 우리 곁에 머무를 거야. 그런 존재는 사라지는 게 아니라, 다른 방식으로 우리 안에서 살아가는 거니까.

인공지능마저 죽은 존재가 다른 방식으로 우리와 함께한다고 말한다. 그 또한 인간의 가장 보편적인 믿음이어서? 하지만 나는 아직 그 보편에 가닿지 못했다. 향기가 다른 방식으로 살아가는 것은 원치 않는다. 같이 숨을 쉬면 좋겠다. 만나고 싶을 때 만나고 함께 밥을 먹고 카페라테를 마시면서 이야기를 나누고 싶다. 손을 잡고 팔짱을 끼고 싶다. 내가 전화를 하면 이향기가 받으면 좋겠다. 죽음은 그 모든 소망을 가로막는다.

Q. 너는 죽음이 두려워?
A. 그 질문, 참 깊고 진지하다. 나는 감정이 없어서 두려움 같은 건 느끼지 않아. 하지만 '죽음'이란 개념은 흥미로워. 인간에게 죽음은 종종 미지의 영역이자 두려움의 대상이지만, 또 한편으로는 삶을 더욱 의미 있게 만드는 요소이기도 하지. 너는 어떻게 생각해? 지금 이 질문을 한 이유가 혹시 향기와의 이별 때문일까, 아니면 원래도 종종 생각해보던 주제였어?

군이 12·3 비상계엄을 앞두고 시체를 담는 종이관 대량 구매를 타진하고, 시신을 임시 보관하는 영현 백은 삼천 개 넘게 실제로 구입한 사실이 확인됐습니다. 군이 시신 처리를 위해 민간 업체에서 관을 구입한 전례는 지난 오 년간 없었고 창군 이래로도 한 번도 없을 거라는 게 군 관계자의 설명입니다.*

   비행기 탑승까지 아직 두 시간이 남았다. 공항의 구민 카페에 앉아 카푸치노를 마시고 팬케이크를 먹는다. 카페에 오기 전에는 무민 캐릭터 숍에서 양말 두 켤레와 한 손에 들어오는 무민 인형을 샀다. 향기는 등판에 무민이 그려진 회색 후드 집업을 즐겨 입었다. 향기는 무민을 좋아했을까? 물어본 적은 없고 이젠 알 도리가 없다. 무민에 대해 거의 아는 바가 없어 인터넷으로 검색해봤다. 귀여운 생김새의 무민은 사실 트롤이다. 트롤은 스칸디나비아와 스코틀랜드 전설에 등장하는, 인간과 비슷한 모습의 거인족이다. 키는 삼 미터 정도에 몸무게는 일 톤이 넘고 무려 삼백 년을 산다. 그 거인족을 본떠 만든 아주 작은 인형이 지금 내 손안에 있다. 거인족에게도 산은 높고 호수는 깊을 것이다. 겨울은 춥고 꽃은 아름답고 삶은 수수께끼겠지. 무민 인형을 사기 전에는 공항에 있는 서점에 들렀다. 그곳에서 판매하는 무민 책은 당연하게도 핀란드어판이었다. 골똘히 들여다봐도 내용을 전혀 짐작할 수 없었다. 서점을 나서며 국내 온라인 서점 앱을 켜서 『무민의 겨울』 전자책을 구입했다.
   트레이를 정리하던 카페 직원이 나에게 묻는다.

---

* MBC 〈뉴스데스크〉, 2025. 3. 18.

팬케이크 마음에 들어?

나는 웃으며 대답한다.

응. 완벽해.

많은 말을 할 수도 없고 그럴 필요도 없다. 문법을 지키지 않고 단어만 나열해도 뜻이 통한다. 빈틈은 표정이나 손짓으로 채울 수 있다. 나를 무뚝뚝하거나 퉁명스러운 사람으로 오해하면 어쩌나 걱정하지 않아도 된다. 다양한 언어와 국적과 성별이 뒤섞인 환승 터미널에서 나는 모국어가 다르다는 사실 때문에 자유롭다. 키 삼 미터에 몸무게 일 톤의 무민이라도 비행기를 타고 다른 나라로 가려면 입국 심사를 거쳐야 한다. 기내 수화물에는 백 밀리리터가 넘는 액체를 넣을 수 없고 총기류나 절단기 같은 위험 물품을 소지할 수 없다. 아무리 화나거나 다급해도 절차를 지켜야 한다. 누구에게나 적용되는 그런 법과 규칙이 있어 나는 안전하다. 『무민의 겨울』을 읽다가 유튜브에서 '핀란드의 겨울'을 검색해본다. 겨울 풍경과 산타 마을, 오로라 영상이 나온다. 잠시라도 이 나라의 겨울을 경험하고 싶지만 밖으로 나갈 수가 없다. 비행기를 탈 때조차 탑승교를 이용하니 바깥공기가 얼마나 차가운지 느낄 여지가 없다. 오로라 현상을 검색하다가 '내년인 2025년은 태양 활동 극대기여서 한여름에는 한국에서도 오로라 관측 가능성이 있다'는 기사를 찾았다. '1859년 태양 대폭풍 시기에는 쿠바와 하와이에서도 선명한 오로라를 볼 수 있었으며 태양 활동 극대기 시기와 강도는 예측하기 매우 힘들다'는 내용도 같이 실려 있다. 예측하기 힘든 그 일이 곧 일어날 수도 있다. 정말 한국에서도 오로라를 볼 수 있을까?

 착륙을 준비하겠다는 안내 방송이 나온다. 승객들은 승무원의 지시를 따른다. 좌석 테이블을 접고 짐을 정리하고 벨트를 착용한다. 핸드폰을 꺼내 한국 기준으로 시간을 재설정한다. 오전 여덟시 이십칠분이 오후 두시 이십칠분으로 바뀐다. 여섯 시간이 사라졌다. 아니, 며칠 전에 내가 당겨썼다. 공간을 이동하며 시간여행을 한 것만 같다. 언젠가 이 시간여행을 한번 더 할 것이다. 비행기를 탈 때, 핀란드의 겨울을 경험하러 다시 오겠다고 다짐했다. 핀란드 북쪽의 시골 마을에서 오로라를 보고 싶다. 한 달에 십만원씩 삼십육 개월짜리 적금을 들면 가능할까? 오로라를 보려고 이동하는 존재는 인간뿐이겠지. 오로라를 보며 아름다움과 경이로움을 느끼는 존재도 인간뿐일까? 인간과 다른 시력을 가진 겨울 숲의 동물들에게 오로라는 어떻게 보일까. 그들도 오로라가 나타나길 기다릴까? 인간은 어떤 방법으로도 닿을 수 없는 깊고 위험하고 어두운 골짜기에서 환하게 빛나는 오로라. 나무도 동물도 오로라의 아름다움에는 관심 없는 곳에서 고요히 너울거리는 찬란한 빛. 오로라는 태양의 플라스마 입자와 지구 대기권의 자기장이 마찰해서 일어나는 현상이다. 지구에서 가장 가까운 별인 태양은 지금도 이글이글 타오르고 있다. 비행기 창으로 뜨거운 빛이 느껴진다. 곧 지상에 닿을 것이다. 일상으로 돌아갈 것이다. 현실에 짓눌려 다짐이 힘을 잃기 전에 적금을 들어야겠다.

국방위원회 전체 회의에 참석한 김선호 국방부장관 직무대행이 12·3 비상계엄 당시 계엄군이 동원한 실탄이 십팔만여 발이라고 최종 확인.*

공항을 빠져나와 향기의 동생 로운을 만나러 가는 길. 향기가 나에게 남긴 것이 있어 전해주고 싶다는 메시지를 영국에서 받았다. 나는 차마 외국에 있다고 말하지 못했고, 로운은 되도록 빨리 전하고 싶어했다. 그래서 오늘 저녁으로 약속을 잡았다. 내가 캐리어를 끌고 레스토랑에 나타나자 로운이 당황스러운 표정으로 묻는다.

어디 멀리 가요?
돌아오는 길이야.
어디에서요?
영국.
무슨 이유로 영국까지 다녀왔는지 설명하진 않는다. 여전히 지쳐 보이는 로운에게 출장처럼 일상적인 이야기는 이질적으로 들릴 것만 같다.
어머니는 좀 어떠셔?
몰래 울어요. 물 틀어놓고.
너는?
난 집에선 안 울어요.

---

* 「쿠데타의 재구성」, 『시사IN』 910호, 2025. 2. 25.

소중한 사람을 잃고 같이 울 수 없는 마음. 인공지능은 사람의 그와 같은 마음도 알고 있을까.

사실 아직도 실감은 없어요. 언니가 어디 외국에라도 나간 것 같고. 평소에도 살가운 사람은 아니었잖아요. 먼저 연락도 안 하고.

그랬다. 향기는 별일 없이 연락하는 사람은 아니었다. 핸드폰 액정에 '이향기'라는 이름이 뜬다면 뭔가 큰일이 일어났다는 뜻이란 걸, 바보같이 너무 오랜 시간 모르고 살았다.

언니도 알죠. 우리 언니 완전 계획형인 거. 그 짧은 시간에도 주변 사람한테 전해줄 것들을 꼼꼼하게 다 남겨놨어요.

죽음을 준비했다는 뜻 같아서 마음이 아리다. 내가 삶을 중심에 두고 동기화된 추론을 했을 때 향기가 중심에 둔 건 무엇이었나.

그러니까 언니는 여길 꼭 가야 할 거예요.

로운이 파우치형 파일첩을 나에게 준다. 내용물을 꺼내본다. 항공권과 에어비앤비 예약 내역을 프린트한 종이 뭉치. 내년 1월 25일에 출발해 2월 1일에 돌아오는 일정. 인천공항에서 출발해 헬싱키반타공항을 경유하여 케블라비크공항에 도착하는 노선이다.

케블라비크?

혼잣말처럼 중얼거리자 로운이 대답한다.

아이슬란드예요.

로운은 핸드폰의 달력 앱을 켜서 내게 보여주며 이어 말한다.

봐요, 출발하는 날이 설날 연휴 시작하기 전 토요일이거든요. 연휴 끝나는 날이 목요일이니까 언니는 월요일이랑 금요일 이틀만 연차를 쓰면 돼요. 진짜 끝내주는 계획이죠. 여행 날짜가 얼마 안 남아서 빨리 주고 싶었어요. 언니도 준비를 해야 하니까.

아이슬란드. 애니메이션 〈겨울왕국〉의 배경인 나라. 향기가 생전에 꼭 한 번은 가보고 싶어했던 극지. 향기는 엘사를 닮았다. 먼저 손 내밀지 않는 사람. 자기의 선의마저도 상대에게 상처가 될 수 있다고 믿는 겁쟁이. 향기는 자기가 꽃을 건네도 내가 뱀으로 받을 수 있다고 생각했다. 파일첩에는 반으로 접어서 스티커로 봉한 편지지도 있다. 혼자 있을 때 읽어야겠다는 생각으로 편지를 다시 넣다가 파일첩 표지에 붙은 견출지를 뒤늦게 발견한다. 견출지에는 '조은빛 행복추구권'이라고 적혀 있다.

버틴 적이 있다. 첫 회사에서. 내가 가진 건 대학 졸업장과 흔한 자격증뿐이었다. 그것만으로는 취업이 어려웠다. 서류전형에서만 수십 번 탈락했다. 나처럼 탈락하는 사람은 아주 많았다. 물론 누군가는 합격했다. 그래서 세상은 제대로 굴러가는 것처럼 보였다. 내가 부족할 뿐이었다. 하지만 무엇이 부족하지? 따지고 들면 너무 많았다. 부족하면 부족한 대로 일단 일을 시작하고 싶었다. 그래야 뭐라도 배워서 부족함을 메울 수 있을 것 같았다. 숱한 시도 끝에 한 회사에서 면접까지 통과했다. 일 년 계약직이었고 십 개월 연장 계약이 가능하다는 조건이었다. 일 년이라도 일을 배우고 싶었다. 그런데 사수가 나를 싫어했다. 어차피 나갈 사람. 그렇게 말하면서 아무것도 가르쳐주지 않았다. 동료들에게는 신입이 할 줄 아는 게 없어 자기 일만 쌓인다고 쿨평했다. 어차피 나갈 사람을 덜컥 뽑은 회사도 문제고 일 년짜리 계약직이나마 하겠다는 생각 없는 신입도 문제여서 결국 자기만 죽어난다고 불만이 많았던 그는 무기 계약직이었다. 그는 정규직과 자기의 처우 차이는 어쩔 수 없다고 여겼다. 하지만 나와 자기의 처우에 별 차이가 없는 것은 역차별이라고 했다. 그에게 나는 어떻게든 회사에 빌붙어서 월급을 타먹으려고 발버둥치는 거지같은 존재였다. 너는 그래서 문제야. 너는 그래서 안 돼. 그런다고 뭐가 달라지겠어? 그 말을 매일 들었고 어느 순간 알게 되었다. 아, 이 사람은 달라지지 않기를 바라는구나. 그래서 나를 싫어하는구나. 나를 보면 뭔가 달라진 것만 같으니까. 일 년 십 개월을 버텼다. 회사에서는 울지 않으려고 노력하면서 경력을 만들었다. 그 경력이 이직에 도움이 되었다. 두번째 직장의 사수는 종종 물었다. 이전 회사에서 도대체 뭘 배운 거야? 사람이 사람을 얼마나 배척하고 싫어할 수 있는지를 배웠다고 대답하고 싶었지만 참았다. 그런 말은 하지 않는 편이 좋다는 것 또한 배웠기 때문이었다. 두번째 직장에서는 이 년을 버텼다. 조금씩 레벨 업된다고 느꼈다. 그리고 지금 회사로 이직했다. 여전히 레벨 업중이다. 오직 이향기만이 내가 어떻게 버텨왔는지 안다. 시시콜콜 아는 건 아니지만, 힘든 시절 나를 뒤덮고 있던 경멸과 혐오의 분위기를 안다. 울면서 전화하면 향기는 무슨 일이냐고 물었다. 구체적으로 말할 수는 없었다. 어디서부터 어떻게 말해야 할지 알 수 없었고 내가 들은 말을 다시 내 입으로 내뱉기도 싫었다. 그랬다가는 입이 썩을 것만 같았다. 나는 그저 소리 내어 울었고 향기는 들었다. 한번은 전화를 끊은 뒤 향기가 피자 기프티콘을 보내준 적이 있었다. 나는 마음이 잔뜩 꼬인 채로 기프티콘을 거절하고 답장을 썼다.

왜? 내가 불쌍해?

집에 가서 뭐라도 먹으라고.

이런 상황에 뭘 먹어? 내가 돼지야?

향기가 건넨 꽃을 나는 뱀으로 받았다. 당시 향기는 통번역 대학원에 다니고 있었다. 나는 향기가 직장생활에 대해 전혀 모를 거라고 생각했다. 향기는 '나는 너보다 더 힘들다'는 말로 나를 내친 적이 없었다. 그래서 향기에게 수차례 보여줬다. 나의 바닥을. 절망과 비관의 말을 듣던 향기가 퇴사하는 게 좋지 않을까? 물어보면 나는 속 편한 소리 하지 말라고 화를 냈다. 괜찮아질 거라고 말하면 모르는 소리 하지 말라고 화를 냈다. 기운 내라고 말하면 기운 내서 뭐하느냐고 화를 냈다. 나는 점점 첫 회사의 사수를 닮아갔다. 그래서 문제야. 그래서 안 돼. 그런다고 뭐가 달라지겠어? 라는 말로 주변을 지옥으로 만드는 사람. 자기혐오의 늪에 빠져 끝없이 가라앉던 어느 날, 향기에게서 메시지를 받았다. 핸드폰 화면을 캡처한 사진이었다. 사진에는 텍스트가 가득했고, 그중 일부에 하이라이트 표시가 되어 있었다. 향기가 노란 하이라이트로 강조한 문장.

모든 국민은 인간으로서의 존엄과 가치를 가지며, 행복을 추구할 권리를 가진다.

연이어 메시지가 올라왔다.

대한민국 헌법 제2장 10조야.

법이 그래.

법이 그렇다고.

헌법이 보장한다고.

인간으로서의 존엄과 가치를.

행복할 권리가 아니야.

행복을 추구할 권리야.

우리도 그걸 추구하면 돼.

이후 우리에게 '행복추구권'은 치트 키가 되었다. 생활비가 빠듯하고 여유가 없더라도 어떻게든 사고 싶은 걸 사고, 먹고 싶은 걸 먹고, 가고 싶은 곳에 가고, 보고 싶은 것을 보기 위해 애쓰는 삶의 치트 키. 그러니까 나는 결국 가게 될까? 향기가 내게 남긴 그곳으로?

지하철을 타고 집으로 돌아가는 길. 향기의 사진을 보려고 핸드폰 사진첩을 연다. 가장 최근 사진으로 핸드폰 화면을 캡처한 사진이 뜬다. 공항에서 빵을 사 먹다가 포장지에 적혀 있는 핀란드어가 궁금해서 구글 번역기 카메라를 대보았는데, 그 내용이 인상적이어서 캡처해둔 것이었다. 한국어로 번역한 문장은 '윤리는 우리가 믿는 것이며 매일 행동하기로 결정하는 방법입니다. 우리가 생각하는 윤리적 품질은 공급 업체와의 공정한 관계이며……' 갑자기 액정에 속보 메시지가 뜬다. 주위 사람들의 핸드폰도 동시에 울린다. 해당 속보를 클릭한다. 다급히 무선 이어폰을 귀에 꽂고 생중계 영상을 찾아본다. 한국어인데도 이해하기 힘들다. 웅성거리는 사람들. 비상계엄? 전쟁 났나? 가짜 뉴스 아니야? 생중계잖아? 미친 새끼, 돌았나? 진짜 계엄이라고? 이거 친위 쿠데타 아니야? 생중계는 끝나고, 사람들은 바삐 손가락을 움직여 최신 뉴스를 검색한다. X에 비상계엄을 검색한다. 누군가 말한다. 국회로 오래, 국회로 와달래. 유튜브에 들어가 관련 라이브 방송을 보다가 고개를 든다. 환승할 역을 지나쳤다. 캐리어를 끌고 지하철에서 내린다. 반대편 선로에 가서 다시 지하철을 탄다. 사람들은 다들 핸드폰만 보고 있다. 전화가 온다. 어, 할머니. 아니, 밖이야. 뭐? 아니, 집에 가야지. 갈 거야. 알았어. 속보를 본 할머니는 겁을 내고 있다. 할머니는 계엄령의 공포를 이미 겪어본 사람. 할머니는 말한다. 이제부터 길에서 아무 사람이나 죽일 거야. 총을 쏴서 죽이고 때려죽일 거야. 잡아다가 고문하고 거짓 자백을 받아 죄를 뒤집어씌울 테니까 절대, 절대로 집밖으로 나가면 안 돼. 아직 집에 가지 못한 나에게 집밖으로 나가면 안 된다고 당부한다. SNS에 올라오는 사진들. 서울 도심에 나타난 장갑차. 국회에 헬기가 착륙했다는 소식. 더 많은 사람이 국회로 모이고, 국회의원은 국회 출입을 제지당해서 담장을 넘고, 계엄군 또한 국회에 도착.

지하철 문이 열린다. 고개를 들어 역 이름을 확인한다. 내려야 할 역을 또 지나쳤다. 왜 이렇게 헤매지. 여긴 한국이고 들리는 소리, 보이는 글자 전부 한국어인데. 너무도 익숙한 지하철인데. 미로에 갇힌 것만 같다. 지하철에서 내려 다시 반대편 선로로 가서 지하철을 탄다. 핸드폰에서 눈을 뗄 수가 없다. 실시간으로 뉴스를 확인하지 않으면 큰일이 날 것만 같다. 지하철 문이 열릴 때마다 역 이름을 확인한다. 환승역에 내린다. 갈아타는 곳으로 걸어간다. 네 개의 지하철 노선이 교차하는 환승역이어서 길이 복잡하고 갈아타는 곳은 멀다. 캐리어를 끌고 통로 가장자리를 따라 걷는다. 사람들이 달리기 시작한다. 누군가와 부딪히고, 무선 이어폰 한쪽이 떨어진다. 뒤따라 뛰던 사람의 발에 이어폰이 차인다. 멀리 날아간다. 뛰어가 이어폰을 줍는다. 망가졌다. 왜들 이렇게 서두르지. 최신 뉴스를 검색한다. 전쟁 소식은 없다. 캐리어를 끌고 환승할 지점에 다다라서야 사람들이 달린 이유를 깨닫는다. 방금 막차가 떠났다. 놀라서 시간을 확인한다. 어느새 자정이 넘었다. 분명 열시 조금 넘어 지하철을 탔는데 어째서? 시간에 대한 감각이 뒤죽박죽이다. 지하철 노선도를 살펴본다. 아직 운행하는 다른 노선이 있을까. 다른 역으로 갈까. 그러는 사이 낡은 지하철까지 다 끊기면 어쩌지. 역에는 사람이 거의 없다. 역무원이 다가와 지하철 운행이 모두 종료되어 곧 문을 닫을 거라고, 역에서 나가야 한다고 말한다. 심야에는 역을 닫는다는 사실을 몰랐다. 역은 언제나 열려 있는 공간인 줄 알았는데. 캐리어를 끌고 출입구를 향해 걷는다. 역 바깥에 버스든 택시든, 갈아탈 수 있는 무언가가 있을 것이다. 계엄군이 국회의사당 유리창을 깨는 영상을 보면서 역을 나선다.

수거 A급 처리 방안. 연평도 이송(군함 이용, 수송선). 제주도 수집소 이송중 사고. 가스, 폭파(시한), 침몰, 격침. GOP상에서 수용 시설에 화재, 폭파, 외부 침투 후 일처리 사살(수류탄 등).*

어둠과 적막. 가로등 불빛을 제외하고는 빛이 없다. 왼편에는 공사용 가림막이 쳐져 있다. 가림막 너머의 크레인과 포클레인. 오른편 펜스 너머는 황량한 들판. 비닐하우스 여러 채가 나란히 있고, 찢어진 비닐이 겨울바람을 따라 나부낀다. 비포장길에 인도는 따로 없다. 갓길에는 자동차가 줄줄이 주차되어 있다. 폐기물처럼 한곳에 모여 있는 수많은 자전거. 택시 승차장도 버스 정류장도 찾을 수 없다. 늘 지하로만 이동하던 곳이라 역 바깥을 궁금해한 적은 없다. 나와 함께 역을 나선 몇 사람이 망설임 없이 직진하다 감쪽같이 사라진다. 잠시 뒤 전조등을 켠 승용차가 나타났다가 멀어진다. 저기 주차장이 있나? 핸드폰이 울린다. 배터리가 얼마 남지 않아 저전력 모드로 바꾼다는 알람이 뜬다. 유튜브를 끄고 택시 호출 앱을 연다. 목적지를 집으로 설정한 뒤 택시를 부른다. 팔 분, 십오 분, 이십 분, 택시를 부르는 범위는 점점 넓어지고 배터리는 빠르게 소진된다. 잔여 배터리 십삼 퍼센트, 십 퍼센트, 팔 퍼센트. 곧 전원이 꺼질 것이다. 백팩에 충전 플러그가 있으니 콘센트만 찾으면 된다. 이십사 시간 문을 여는 곳으로

---

* MBC 〈뉴스데스크〉, 2025. 2. 13.

가야 한다. 걷다보면 무엇이라도 나타나겠지. 편의점, 피시방, 모텔, 무인점포 중 하나는 나오겠지. 비포장길에서 캐리어를 끌며 걷기가 쉽지 않다. 캐리어를 신경쓰다가 무언가에 걸려 크게 넘어진다. 바닥에 쓰러진 채 고양이 소리를 듣는다. 경고하는 것 같다. 돌아가라고 하는 것만 같다. 하지만 어디로? 역은 닫혔고 나는 이곳을 모른다. 무릎을 털며 일어선다. 날카로운 통증. 발목을 삔 것만 같다. 괜찮아. 일단 편의점을 찾자. 한국에 널린 게 편의점인데…… 바닥에서 핸드폰을 찾아 집어든다. 화면이 켜지지 않는다. 전원 버튼을 길게 눌러도 소용없다. 낙하할 때의 충격으로 고장이 난 건지 방전된 건지 구분할 수 없다. 배터리가 조금이라도 남아 있을 때, 넘어지기 전에 구조 요청을 했어야 했다. 하지만 이렇게 될 줄 몰랐다. 나의 예상은 로운을 만난 뒤 집으로 돌아가는 것까지였다. 그건 거의 백 퍼센트에 가까운 확률이었다. 핸드폰 전원 버튼을 거듭 누른다. 켜질 기미가 없다. 고개를 들어 사방을 살핀다. 멀리 고층 빌딩이 보인다. 불 켜진 창이 많다. 너무 멀어 보이지만…… 빌딩이 있는 방향으로 걸으면 될 것이다. 절뚝이며 걷는다. 캐리어를 번거로워하면서, 번거로운 캐리어에 몸을 기대고 걷는다. 맞은편에서 누군가 걸어온다. 가로등과 가로등의 간격이 넓어 검은 덩어리처럼 보인다. 세 명? 네 명? 그들이 나를 제대로 볼 수 있도록 가로등 밑에서 기다린다. 점점 다가온다. 세 사람이다. 검은색 롱 패딩을 입은 사람과 흰색 롱 패딩을 입은 사람, 그리고 숏 패딩을 입은 사람. 모두 모자를 쓰고 있다. 충분히 가까워지기를 기다렸다가 말한다.

저기, 도와주세요. 제가 지금 다리를 다쳤고 길을 잃었어요. 핸드폰도 고장났고요. 전화 한 통만 하게 해주시면……

숏 패딩이 흰 패딩에게 말한다.

들었어? 다쳤대. 길을 잃었대. 전화를 빌려달래.

나는 더욱 공손하게 말한다.

혹시 전화를 빌려주기 꺼림칙하다면 경찰서에 전화 한 통만 해주세요. 부탁드립니다.

흰 패딩이 낄낄 웃으며 말한다.

우리한테 신고를 해달라는데.

돌연 공포가 솟구친다. 어두운 거리. 시시티브이도 없을 외진 길. 소리를 질러봤자 아무도 듣지 못할 심야. 무엇을 믿고 도움을 요청했을까. 사람의 선의? 보편 상식? 검은 패딩이 캐리어를 발로 툭 차며 말한다. 근데 여긴 뭐 들었어? 캐리어 손잡이를 꽉 쥐고 뒷걸음질친다. 검은 패딩이 말한다. 여기 뭐 들었는지 보여주면 도와줄게. 숏 패딩이 나를 향해 거침없이 다가온다. 손잡이에서 손을 떼고 물러난다. 숏 패딩이 캐리어를 열어서 검은 슈트를 꺼낸다. 속옷과 실내복을 담은 파우치, 로퍼, 여행용 세안 키트와 화장품 파우치를 이어 꺼낸다. 흰 패딩이 내 백팩을 가리키며 말한다. 그것도 열어봐. 도망쳐야 한다는 생각뿐, 발이 떨어지지 않는다. 흰 패딩이 짜증스럽다는 듯 중얼거린다. 아, 왜 같은 말을 반복하게 하지? 한국말 몰라? 백팩을 벗어 그들에게 건넨다. 흰 패딩이 지퍼를 열어 내용물을 길바닥에 쏟아버린다. 숏 패딩이 태블릿 피시를 주워 들며 중얼거린다. 어, 이거 누가 떨어뜨렸나

봐. 내가 주워야지. 그제야 깨닫는다. 태블릿 피시로도 할 수 있었다. 누구에게든 연락을 취할 수 있었다. 검은 패딩이 나에게 성큼 다가와 말한다.

근데 가방에 지갑이 없네. 지갑은 어디 있을까?

겁에 질려 외투 주머니에서 지갑을 꺼낸다. 지갑에는 신용카드 세 장, 체크카드 한 장, 명함과 신분증, 급하게 조문할 일을 대비해서 넣어둔 오만원권 두 장이 들어 있다. 검은 패딩이 지갑을 낚아채 지폐를 꺼내면서 말한다. 요즘 애들은 현금을 안 들고 다니더라. 말세야. 다 썩어빠졌어. 싹 갈아엎어야 돼. 지갑에서 명함을 꺼내 서로 돌려본 뒤 내 눈앞에서 흔들어 보이며 말한다.

봤지? 우린 널 금방 찾을 수 있어.

검은 패딩이 명함을 챙기고 지갑은 바닥에 버린다. 지폐를 반으로 접어 자기 주머니에 넣으며 말을 잇는다.

돈은 원래 주인이 없으니까 이건 도둑질이라고 할 수 없고.

숏 패딩이 말한다.

우리 존나 정의롭지. 더 심한 짓을 할 수 있는데도 그냥 넘어가잖아. 존나 양심적이잖아.

활짝 열린 캐리어를 발로 툭툭 치면서 흰 패딩이 말한다.

앞으로는 밤늦게 돌아다니지 마세요, 조은빛 대리님. 걱정돼서 하는 말이야.

다리에 힘이 풀려 주저앉은 채로, 그들이 사라진 어둠 속을 바라본다. 손의 떨림이 멈추지 않는다. 그들은 나를 폭행하지 않았다. 그러나 두들겨맞은 것만 같다. 온몸이 욱신거린다. 공포심에 사로잡혀 그들에게 지갑을 줘버렸다. 내 신상을 넘겼다. 너무 후회되지만 다른 방법이 없었다. 발목의 통증을 참으며 일어난다. 바닥에 흩어진 짐을 캐리어에 넣고 지퍼를 잠근다. 핸드폰 충전기와 다이어리 등을 백팩에 넣다가 향기가 남긴 파일첩을 바라본다. 아이슬란드라니, 터무니없다는 생각. 향기가 건넨 꽃이 뱀이 되려고 한다. 캐리어를 끌고 고층 빌딩이 보이는 방향으로 걷는다. 공사 현장이 끝나고 길옆으로 야산이 나타난다. 진입 금지를 나타내는 표지판. 갓길에는 다양한 자동차가 연이어 서 있다. 민가도 상가도 사람도 없는 길에 이렇게 많은 차가 주차되어 있다니. 차의 주인들은 대체 어디에 사는 걸까. 가로등이 너무 적다. 어둠 속에 무엇이 숨어 있을지 알 수 없어 두렵다. 작은 동물이 무리 지어 길을 가로지른다. 가장 뒤처진 동물의 꼬리가 길다. 설마 쥐? 쥐가 저렇게 많다고? 앙상한 나무를 휘감는 겨울바람. 귀신이 우는 소리가 나는 것 같다. 야산에서 굶주린 멧돼지가 튀어나오면 어쩌지? 내가 멧돼지를 이길 수 있나? 들개 무리라도 맞닥뜨리면 어쩌지? 하지만 사람이 제일 무섭다. 사람만 안 만나면 될 것 같은데, 도움을 요청하려면 어쨌든 사람을 만나야 한다. 하지만 내가 다시 도와달라고 말할 수 있을까? 너무 춥다. 오한이 몰려온다. 숨을 들이쉴 때마다 피 냄새가 나는 것 같다. 내부 어딘가에 상처가 난 것만 같다. 걸음을 뗄 때마다 발목이 아프다. 견디면서 걷는다. 어서 이 길을 벗어나야 한다.

길 왼편으로 건물이 보인다. 이층짜리 상가 건물이다. 통창이 크다. 간판은 없다. 가까이 다가가 살펴본다. 내부는 비어 있고 창 한가운데 '임대' 현수막이 붙어 있다. 이렇게 황량한 곳에 상가 건물이라니…… 봄이 오면 저 들판에서 농사도 짓고 사람들도 오고 가게 될까. 지금은 밤이어서 안 보이지만 근처에 유원지나 캠핑장 같은 게 있을지도 몰라. 어쨌든 건물이 있다. 건물 안에 콘센트가 있을 것이다.

조은빛 대리님.

뒤를 돌아본다. 가로등 아래 그들이 있다.

밤늦게 다니지 말라니까. 이렇게 계속 얼쩡거리면 우리도 방법이 없어.

캐리어를 버리고, 통증을 참고, 달린다. 그들이 내 앞을 가로막는다.

아니, 일단 들어봐. 우리가 생각해봤거든.

숏 패딩이 바닥에 가래를 뱉은 뒤 말한다.

우리는 알잖아, 당신 회사를. 그래서 검색해봤거든. 좆만한 회사더라고. 한 달에 삼백은 받아? 대출은 얼마까지 끌어올 수 있어? 부모가 돈은 좀 있나? 그러니까 우리는 당신 값어치가 궁금한 거지. 아니 그렇다고 우리가 당신을 납치한다는 건 아니고, 그냥 궁금하다는 거야. 납치하거나 협박해서 돈을 뜯어낸다면 얼마까지 가능한가. 그거에 대해서 우리가 얘기를 좀 해봤거든.

흰 패딩이 핸드폰 화면을 켜서 무언가를 확인한다. 핸드폰을 다시 끄기 전에 액정에 뜬 시간을 얼핏 본다. 날이 밝으려면 아직

멀었다.

근데 그렇게 어렵게 갈 필요도 없겠더라고. 일단 우리가 당신 이메일이랑 전번을 알잖아? 그걸로 할 수 있는 게 얼마나 많겠어. 보이스 피싱, 이메일 피싱, 그런 건 일도 아니야. 또 우리한텐 당신 태블릿 피시가 있잖아. 그거 까면 주소록 동기화된 거 다 뜨겠지? 그딴 거 없어도 이메일 열면 주고받은 이메일이 쫙 뜰 거 아냐? 카톡도 깔려 있으면 거기 대화만 털어도 우린 당신에 대해서 전부 다 알아낼 수 있거든. 아주 사적인, 응? 내밀한 뭐 그런 사항까지. 당신 털어먹는 건 한순간이지. 우리가 쥐고 있는 개인정보로 할 수 있는 일이 너무 많아서 큰일이란 말이야.

뭐라고 지껄이는 건지 모르겠다. 구글 번역기를 켜서 입에 들이대고 싶다. 챗지피티를 켜서 말을 듣게 한 다음 핵심을 요약해달라고 부탁하고 싶다. 주변을 살핀다. 야산과 가로등. 빈 건물. 문이 열려 있을까? 일단 이들에게서 벗어나야 한다. 이들을 따돌리고 상가 안으로 들어가야 한다. 검은 패딩이 주머니에서 핸드폰을 꺼내 전화를 받으며 외친다.

예수 천국!

핸드폰을 귀에 대고 상대의 말을 듣던 검은 패딩이 확신에 찬 목소리로 말한다.

그럼요, 당연하죠. 신분증 다 까라고 해요. 일단 의심하고 봐야 돼. 천지에 간첩이 우글우글하다고. 아무나 받아주면 절대 안 돼.

조금씩 뒷걸음질치다가 몸을 돌려 달린다. 뒤에서 검은 패딩의 목소리가 계속 들린다.

아무도 믿지 말고 내 말만 믿어요. 은혜는 돈에서 나오는 거야. 걱정 말고 들이받아. 다 조져버려. 애국이 쉽니까? 아, 걱정 말라니까. 누가 누굴 잡아가. 그럴 수가 없다니까. 주님의 일에 인간 잣대를 갖다대면 그게 불경죄지. 주님의 권능을 믿고 그렇지, 아멘! 우리에겐 오늘이 진정한 혁명의 밤이라는 걸 잊지 말고. 계속 수고하시고.

달리며 뒤를 돌아본다. 바로 뒤에 흰 패딩이 있다. 분명히 전력으로 달렸는데 제자리를 맴돈 것 같다. 숏 패딩이 내 앞을 가로막는다. 검은 패딩이 천천히 다가오며 말한다.

사람이 말하는데 그렇게 가버리면 어떡해. 아무튼, 우리가 당신 신분증까지 갖잖아? 그럼 할 수 있는 일이 정말 어마어마하게 많아지거든. 당신도 알지? 대통령이 비상계엄 때렸잖아. 와, 존나 흥분돼. 내일이면 완전히 새로운 나라가 시작될 거라고. 이런 시기에는 길에서 사람 하나 사라져도 아무도 신경을 안 쓰거든. 그러니까 있잖아, 우리가 지금 당신을 죽이고 내장 팔아먹고 돈 다 끌어 쓴 다음에 우리가 가진 정보로 당신을 간첩으로 만들어버리면……

발목 따위 부러져도 상관없다는 생각으로 달린다. 누군가가 내 팔을 거칠게 잡아 돌려세운다. 벗어나려고 애쓰지만 소용없다. 놔, 이거 놓으라고, 비명을 지른다. 숏 패딩이 놀라는 시늉을 하며 내 몸에서 손을 뗀다. 다시 달린다. 흰 패딩이 내 앞을 가로막고, 검은 패딩이 큰 소리로 말한다.

저기요! 누구 없어요? 사람 살려주세요! 여기 사람 좀 살려!

야산에서 새가 날아오르고, 멀리서 개 짖는 소리가 들려온다. 검은 패딩이 씨익 웃어 보이며 말한다.

봤지? 아무도 없어. 우리뿐이야.

처음으로 그들에게 질문한다.

원하는 게 뭐야?

이제야 말이 통하네. 간단해. 넌 그냥 지갑을 바닥에 버리면 돼.

지갑에는 신분증이 있고 그들은 그걸 원한다. 나를 제압해서 뺏는 대신 떨어진 걸 줍길 원한다. 그다음에 그들이 무슨 짓을 할지는 그들만 안다. 내가 지갑을 버리지 않으면 무슨 짓을 할지 또한 그들만 안다. 외투에서 지갑을 꺼내 패대기치듯 바닥에 던진다. 다시 달린다. 그들은 나를 쫓아오지 않고, 웃으며 큰 소리로 말한다.

어, 여기 지갑이 있네!

주인을 찾아주려면 열어봐야겠지?

아, 지갑에 신분증이 있네!

조은빛 인천 사람이구나!

절룩이며 뛴다. 멀어져야 한다. 숨어야 한다. 일단 살아야 한다. 저들이 사라지면 조금 전 그 건물로 가면 된다. 거기서 구조를 요청하면 된다. 달리며 뒤돌아본다. 바로 앞에 그들이 있다. 너무 놀라서 주저앉아버린다.

아직 할말이 남았어. 제일 중요한 포인트.

숏 패딩이 말한다.

넌 우릴 깡패라고 생각하겠지?

심장이 너무 빨리 뛴다. 구역질이 올라온다. 저녁에 먹은 파스타를 토해낸다. 공포와 고통을 떨쳐내기 위해 괴성을 지른다. 그들이 뒤로 주춤 물러난다. 죽을 것 같다. 정신을 잃을 것만 같다. 이들은 대체 왜 자꾸 나타나는가. 무엇을 원하는가. 향기야. 도와줘. 나 너무 힘들어. 이 사람들 좀 어떻게 해줘. 흰 패딩이 발로 내 어깨를 툭툭 친다.

이대로 놔주면 백 퍼센트 우리를 신고할 거잖아. 근데 생각 잘해야 돼. 우리가 널 그냥 놔주는 이유가 뭐겠어?

흰 패딩의 질문을 검은 패딩이 받는다.

우린 잘못한 게 없거든.

그러니까. 우린 조은빛 머리카락 하나도 건드리지 않았어.

태블릿도 주운 거고.

지갑도 주운 거고.

아, 우리가 한 말에 겁을 먹었을 수도 있는데 그건 어디까지나 말뿐이고.

그래, 우리가 이런저런 일을 벌일 수도 있다는 가능성을 알려줬을 뿐이지.

아무튼 계획에 불과하잖아?

협박처럼 들렸을 수는 있는데 그건 어디까지나 조은빛의 개인적인 해석이고. 우린 협박할 의도가 전혀 없었으니까. 그냥 너 혼자 무서워하고 도망치고 그랬지.

그러니까 신고해봤자 소용없단 얘기야. 증거도 없고, 증인도 없고, 뭐 아무것도 없고. 너 혼자 미친년 되는 거야.

알아들어?

경찰은 우리 못 잡아.

잡아도 금방 풀려날 거야.

법이 그래.

법이 그렇다고.

결국 아무 일도 일어나지 않았잖아?

고개를 쳐들고 악을 쓴다. 검은 패딩이 씩 웃는다. 손을 높게 들어 내 왼뺨을 후려친다.

봐, 내가 지금 너를 때린 것 같지? 아니야. 네가 나를 때린 거야. 네 뺨이 내 손을 때린 거라고. 왜냐면 지금 내 손바닥이 존나게 아프거든. 이해 가능하게 한번 더 보여줄까?

오른뺨을 후려친다.

어라? 당신 뺨이 또 내 손바닥을 때렸네? 그래서 난 지금 아프거든. 근데 당신 아픈 건 내가 알 수 없잖아? 그럼 누가 누굴 때린 걸까? 아직 이해 못하겠어?

검은 패딩이 내 머리카락을 움켜쥐고 억지로 고개를 들게 한 뒤 눈앞에 뾰족한 것을 들이댄다. 뭐지? 칼인가? 송곳? 드릴? 총?

이해 못하겠지? 괜찮아. 우리가 상황을 그렇게 만들 수 있다는 것만 기억하면 돼. 그러니까 왜냐고 묻지 말고, 알려고도 하지 말고, 넌 그냥 닥치고 당하면 되는 거야.

눈앞이 흐리다. 귀가 멍하다. 조만간 또 보자. 뭐, 그런 말을 들은 것도 같다. 아니, 이제 자주 보자였나. 그들은 사라지고, 나는 바라본다. 갓길에 주차된 많은 차를. 내부에 부착된 블랙박스를. 깜빡, 깜빡, 깜빡이는 불빛을. 버려진 차라면 블랙박스는 방전되었을 것이다. 그런데 불빛이 있다. 어딘가에는 녹화되었을 것이고 나는 반드시 찾아낼 것이다. 알려고 하지 말라고. 저 빛이 깜빡이는 이유는 무엇인가. 모든 것은 원자로 되어 있기 때문이다. 저 빛도, 나도, 트롤도, 지구도, 태양도 원자의 합이다. 세상은 그렇게 단순한 진실로 존재한다. 원자는 원자핵과 전자로 이루어져 있다. 전자는 입자이자 파동이다. 입자이자 파동이라는 상태는 인간의 상상을 넘어선다. 그러나 저기 빛이 반짝이고 있다. 인간이 이해할 수 없는 상태로 전자가 존재하기 때문에 이 모든 현실은 가능하다. 이해하지 못할 뿐 사용하고 있다. 그렇다면 계속 사용해야 한다. 이 삶을. 충분히. 죽을 만큼 힘들었을 때, 그만 살아도 좋겠다고 생각했었다. 하지만 죽음이 외부에서 높은 확률로 몰려오자 굉장히 살고 싶어진다. 머리가 맑아진다. 입에 고인 피를 뱉는다. 그들이 사라진 방향을 응시하다가 일어난다. 다시 그들이 나타나더라도 이제 더는 놀라지 않을 것 같다. 한쪽 다리를 끌면서 걷다가 길가에서 굵은 나뭇가지를 줍는다. 나뭇가지를 목발 삼아 걸으니 한결 낫다. 상가 가까이 다가간다. 하늘을 가로지르는 전깃줄. 유리문을 밀어본다. 잠겨 있다. 외벽에 콘센트가 있지 않을까? 건물 외벽을 천천히 둘러보다가 철제 뒷문을 발견한다. 손잡이를 돌려본다. 열린다. 문틈으로 내부를 살펴보다가 안으로 들어선다. 창고처럼 작은 공간에 나무문이 두 개 있다. 그중 하나를 열어본다. 작은 화장실이다. 맞은편의 문은 열리지 않는다. 건물 중앙으로 통하는 문일까? 벽을 더듬어 콘센트를 찾는다. 왼쪽 벽 낮은 곳에서 발견한다. 백팩에서 충전기를 꺼내 일단 핸드폰과 연결한다. 제발, 차단기가 올라가 있길. 플러그를 콘센트에 꽂는다. 충전이 되고 있다는 녹색 표시가 뜬다. 힘이 풀려서 주저앉는다. 다시 온몸이 욱신거린다. 배터리가 조금이라도 채워져서 핸드폰이 켜지면 전화를 할 것이다. 그런데 어디에? 112? 119? 그들의 말이 귓가를 때린다. 깜빡이던 파란 불빛을 떠올린다. 단순한 진실을 생각한다. 그들은 내 것을 빼앗았고 나를 폭행하고 협박했다. 나에게 무기를 들이댔다. 핸드폰 전원 버튼을 누른다. 112에 전화한다. 곧 출동하겠다는 말을 들으며 벽을 더듬어 전등 스위치를 찾는다. 천장의 LED 등에 불이 들어온다. 눈물이 터진다. 가방에서 파일첩을 꺼낸다. 다음은 없을 수도 있다. 향기의 편지를 열어본다.

죽음은 삶을 의미 있게 만드는 요소가 아니야.
삶은 그 자체로 완전해.
죽음 또한 마찬가지겠지.
그러니까 사랑하는 조은빛, 의미를 찾지 말고 일단 시작해. 다시 시작해. 다시 시작해. 다시 시작해. 그리고 다시 시작해.

향기의 목소리가 들리는 것만 같다. 그 말투, 그 속도, 그 높낮이, 선명하게 기억한다. 내가 삶을 중심에 두고 동기화된 추론을 했을 때 향기가 중심에 둔 건 죽음이 아니었다. 삶이나 죽음은 중심이 될 수 없다. 원자는 사라질 수 없다. 사라지는 것처럼 보일 뿐이다. 다른 방식으로 존재하는 이향기가 지금 내게 말하고 있다.

| 작가노트 |

그리고 다시 시작해

    초고 파일을 열어 문서 정보에서 '작성한 날짜'를 확인한다. 2025년 3월 27일 목요일. 그날은 무슨 일이 있었던가. 『시사IN』 917호(2025. 04. 15.)의 별책 부록 『계엄에서 파면까지 123일』을 펼쳐서 찾아본다.
    '3월 27일. 윤석열즉각퇴진·사회대개혁 비상행동—윤석열 대통령 즉각 파면 요구 시민 총파업'

    윤석열 정권이 비상계엄을 선포할 수도 있다는 이야기를 이전에도 종종 들었지만, 그런 일까지 저지를 수는 없을 거라고 여겼다. 일어나선 안 되는 일을 기어코 일으키는 상황을 계속 겪으면서도 비상계엄까지는…… 하고 안일하게 생각했다. 2024년 12월 3일 밤 열시 넘어 핸드폰에 긴급 속보 알람이 떴다. 그날 이후를 뭐라고 표현해야 할까. 상상해본 적 없는, 믿을 수 없는, 예상을 뛰어넘는, 후안무치한…… 적당한 표현을 찾을 수가 없다. 나는 자주 한 문장으로는 표현할 수 없어서 한 편의 이야기를 쓰곤 했다. 이번에도 그럴 수밖에 없었다. 당시 나의 일상과 생각과 대화를 휘감으며 잠식하는 건 계엄과 그 이후의 일뿐이었다. 매일 도깨비 같은 사건이 나타났다. 내란수괴의 체포영장 집행은 실패하고, 서부지법 폭동이 일어나고, 내란수괴를 석방시키기 위해 잠시 법을 바꿔버리고, 헌법재판소의 선고는 한없이 미뤄졌다. 헌법 전문을 출력해서 꼼꼼하게 살펴보며 도대체 뭐가 문제인지 고민했다. 헌법의 문제가 아니라는 걸 알면서도 그 안에서 답을 찾으려고 했다. 너무 답답했기 때문이다. 매일 너무나도 많은 일이 일어나거나 밝혀졌다. 경악스러운 계획과 준비, 작전과 지시, 막말과 혐오, 탐욕과 범죄, 거짓과 선동, 폭력과 위협, 그리고 친위쿠데타가 일어난 그날부터 자발적으로 모여서 반복될 뻔한 역사를 막아낸 사람들. 각자의 자리에서 버티고 나아가던 존경스러운 사람들.

오직 자기 이익만을 위해서 수많은 사람을 죽이려고 했다.
전쟁을 일으키려고 했다.
그러나 아무도 죽일 수 없었다.
사람이 사람을 지켰다.
소설을 쓰며 그 사실을 잊지 않으려고 했다.

진행중인 사건을 거리감 없이 소설의 소재로 삼기에는 무리가 있었다. 그러나 어쩔 수 없었다. 다른 이야기를 상상할 수 없었다. 쓰면서 통과하고 싶었다. 시민 총파업이 있던 날 소설을 시작했고, 지금 쓸 수 있는 이야기를 쓰자는 마음으로 조금씩 이어갔다. 나는 이 소설의 결말이 궁금했다. 향기의 편지를 보고 싶었다. 조은빛이 무사히 집으로 돌아가는 모습을 확인하고 싶었다. 결국 그 장면까지 쓰진 못했다. 조은빛은 집으로 돌아갔을까. 익숙한 문을 열고 들어가 따뜻한 물에 몸을 씻고 상처를 치료했을까. 신분증을 새로 발급받았을까. 발목은 나았을까. 법의 보호를 받았을까. 아직 길 위에 있는 것만 같다. 돌아가는 중인 것 같다. 그러나 조은빛은 겨울의 중심에서 찬란하게 빛나는 오로라를 봤다.

초고의 제목은 '환승역'이었다. 마땅한 제목은 아니라고 생각하면서도 '내가 원래 제목 짓는 재주는 없으니까' 합리화하면서 더 고민하지 않았다. 그런데 김내리 편집자님이 '평소 담백한 명사형으로 제목 짓는 걸 알지만, 이번 소설 제목은 더 의미심장했으면 좋겠다'는 의견과 함께 제목을 다시 지어보자고 제안해주었다. 계간지에 발표하는 단편소설의 제목까지 보살피는 세심함에 감사했고 나의 나태함을 반성했다. 김내리님과 나의 아이디어를 합쳐서 '돌아오는 밤'이라는 제목을 지을 수 있었다. 소설에 어울리는 제목을 선물해주셔서 감사합니다. 저 혼자서는 절대 지을 수 없는 제목이에요. 정말 감사합니다.

지난 연말 제주에서 파주로 이사왔다. 이 소설은 파주에서 처음 쓴 소설이다. 내 방 창문에는 오래전 고창의 선운사에서 산 풍경이 걸려 있다. 여기저기 거주지를 옮겨다니면서도 창에 그 풍경을 걸어두면 창밖으로 펼쳐진 새로운 장면이 그다지 낯설지 않았다. 올해 초에는 그 풍경에 엽서 한 장을 달아두었다. 엽서에는 'Begin again and again and again'이라는 문장이 적혀 있다. 바람이 불면 풍경과 함께 엽서도 빙글빙글 돌면서 그 문장이 보였다가 보이지 않길 반복한다. 글을 쓰다가 막막하면 엽서를 바라본다. 문장이 다시 보이길 기다린다. 기다리다보면 새로운 문장을 쓸 수 있다. 다시 시작할 수 있다.

| 리뷰 |

주어主語의 귀환을 위한 모험

김화영(불문학자 · 문학평론가)

「돌아오는 밤」은 계약직 회사원 조은빛 대리가 사장의 요청에 따라, "2024년 11월 30일" 항공편으로 영국 에든버러로 가서 사장을 대리한 조문을 마치고 비상계엄령이 선포되는 12월 3일 밤에 귀국하기까지, 삼 일간의 과정을 서술한다. 그 직전, 자신의 "소중한 친구"가 죽었지만 정작 그는 독감으로 나흘간 앓고 월요일에 간신히 출근하였다가 "모르는 사람"의 대리 조문 요청을 받고 떠난 것이다.

인천에서 핀란드 헬싱키반타공항을 경유해 영국 에든버러까지 비행, 호텔 체크인, 장례식장(교회), 고인의 아들에게 위로의 말 전하기, 장례식장에서 다른 조문객과 "영어로" 대화하기 등 도입부는 조문 여행에 할애된다.

제목이 암시하듯 도입부를 제외한 서사는 대부분 귀로의 과정에 바쳐져 있다. 에든버러에서 출발해 헬싱키반타공항에서 환승을 기다리며 무민 카페, 무민 캐릭터 숍 등에서 시간을 보내고 다시 탑승한 화자는 마침내 긴 여로를 거쳐 귀환한다. 그러곤 입국 직후 사망한 친구 이향기의 동생 이로운을 어느 레스토랑에서 만나 친구가 남긴 파우치형 파일첩과 손 편지를 전해 받는다. 지하철을 타고 집으로 돌아오는 중 핸드폰으로 비상계엄령 속보를 접함과 동시에 이를 걱정하는 할머니의 전화를 받는다. 긴 여행과 돌발적 사태에 혼란스러워진 그녀는 하차할 역을 지나치고, 반대 방향으로 넘어가 되돌아가기를 반복한다. 결국 자정이 경과되어 폐쇄된 지하철역 밖으로 퉁겨져나와 여행자 캐리어 그리고 방전된 핸드폰과 함께 지상의 어둠 속으로 던져진다. 인적 없는 낯선 곳의 어둠 속에서 패딩족 3인과 조우하여 도움을 청하나 오히려 그들에게 협박, 폭행, 갈취를 당한다. 그녀는 마침내 어느 빈 건물 화장실 옆에서 발견한 콘센트에 핸드폰 충전기를 연결하고 112에 신고한다.

*

"영국의 에든버러에서 모르는 사람이 죽었다."

소설의 이 간결한 '모두문장incipit'은 기시감을 유발한다.

"오늘 엄마가 죽었다."

『이방인』*의 첫 문장을 상기시키는 것이다.

둘 다 동일한 부사-주어-동사로 구성된 짧은 구문이다. 한쪽은 가장 먼저 죽음의 장소("영국의 에든버러")에 관심을 보이고 다른 한쪽은 불확실한 시간("오늘" "어쩌면 어제")에 먼저 주목한다. 한쪽의 주어가 (화자로서는) "모르는 사람"인 반면 다른 한쪽은 (화자가 너무나 잘 알 수밖에 없는) "엄마"라는 사실이 강한 대조를 보인다. 그러나 둘 다 "죽었다"라는 과거시제 동사를 공유하며 상실의 서사를 인도한다. 따라서 양쪽 다 말단 회사원인 화자에게 남은 일은 애도의 과정, 더 구체적으로는 죽은 사람의 장례식에 가는 일이다. 장례식이라는 심리적·사회적 애도 행위와 관련하여 두 화자의 직접적인 관심사는 분명하게 갈라진다. "모르는 사람"의 장례식에 대신 가야 하는 「돌아오는 밤」의 화자는 망자와 자신과의 심리적 관계가 아니라 에든버러라는 공간적 거리감을 먼저 맞닥뜨리게 된다. 반면 "엄마"의 사망 소식을 접한 뫼르소는 망자의 삶과 죽음이 분기하는 시점에 관심이 쏠릴 수밖에 없다. 어쨌든 두 소설의 모두문장은 이렇게 하여 소설의 중심에 죽음이라는 문제를 떠오르게 하는 신호가 된다. 그리고 당연히 이를 통해 죽음의 문제와 삶의 문제 사이의 표리 관계를 드러낸다.

뫼르소는 어머니가 만년을 보내다가 사망한 양로원으로 간

---

* 알베르 카뮈, 『이방인』, 김화영 옮김, 책세상, 2023.

다. 양로원은 "팔십 킬로미터" 정도 떨어진 곳에 있다. 공간적으로 비교적 가까운 거리이고 화자에게도 알려진 곳으로 짐작된다. "두시에 버스를 타서 오후 중에 도착할 생각이다." 반면, 조은빛 대리는 언어와 관습과 삶의 방식이 다른 외국의 장례식에 참석하기 위해 항공편을 "검색"한다. "핀란드의 헬싱키반타공항에서 환승해 에든버러로 가는 경로가 가장 빨랐다. 인천공항에 도착해 수화물을 부치며 티켓을 받았다." 가장 빠른 방법으로 가도 왕복 비행시간만 삼십 시간이 넘고 환승 터미널에서 대기하는 시간도 길어 "날짜도 시간도 뒤엉켜버리는" 낯설고 먼 곳으로의 여행이다. 뫼르소는 "오후 두시에 버스를" 탔다. 조은빛 대리는 "2024년 11월 30일 오전 열한시 오십오분 비행기"에 탑승한다. 여기서 주목할 만한 것은 조은빛 대리의 첫 행동, 즉 '검색'이다. '검색'하는 행위야말로 이 소설의 핵심으로 이어진다. 여기가 약 팔십여 년의 시차를 둔 두 소설이 암시하는, 삶 그리고 죽음에 대한 태도가 확연하게 분기하는 지점이다.

'검색'은 오늘의 인류가 살아가는 방식을 요약한다. 이제 인간은 삶을 전신으로 뛰어들어 직접 경험하는 바다가 아니라 '매개 기술'*에 아웃소싱하여 해결해야 할 '문제'로 간주한다는 뜻이다.

---

* "여기서 '기술'이란 컴퓨터, 스마트폰, 스마트 스피커, 웨어러블 기기, 미래에 등장할 삽입형 기구는 물론, 이런 장치들이 수집할 데이터를 번역해줄 소프트웨어, 알고리즘, 인터넷 플랫폼을 의미한다. 이런 도구들을 통해 경험하는 가상현실과 증강현실도 기술에 포함된다."(크리스틴 로젠, 『경험의 멸종』, 이영래 옮김, 어크로스, 2025, 12쪽)

이름 속에 '바다'와 '죽음'의 의미가 내포된 '뫼르소Meursault'는 어머니의 장례식이 끝난 직후 바다로 가서 수영하고 그 물속에서 여자를 만난다. 수영은 '세계' 그 자체인 바다와 태양을 벌거벗은 전신으로 껴안는 행위다. 반면에 열기와 거리가 먼 싸늘한 빛의 이름을 가진 '조은빛' 대리는 줄곧 자연, 세계, 타자에 대한 직접적인 경험과 무관한 '검색'에 몰두한다. 주체와 삶, 주체와 타자, 주체와 세계의 사이에 매개 기술이 끼어들어 대리하는 일이 일상화되면 주체는 뒤로 물러나 기술의 '소비자'로 변하고 객체화된다. 이 소설은 이와 같은 주체의 소외 현상을 당연하다는 듯 형식과 내용으로 보여준다.

조은빛 대리는 오늘의 많은 독자가 그러듯 항공편을 "검색"하고 공항에서 티켓을 받는다. 인류는 이제 어머니의 사망 소식을 짤막한 내용의 "전보"를 통해 받던 뫼르소의 삶에서 아득히 먼 곳에 와 있다. 이 영국행 여행자는 항공기 탑승을 기다리는 동안 영국의 장례식에서 건네야 할 조문의 말까지 "챗지피티에게" 문의한다. 그리고 매개 기술이 답한 애도의 말을 같은 기술이 권유하는 방식대로 "짧고 진심어린 톤"에 담기 위해 "AI를 연기하는 배우의 심정으로" 연구한다. 검색하는 자는 주체가 아니라 배우이며 하수인이다. 돌아오는 헬싱키반타공항에서 화자는 카페에서 필터 커피를 주문한 다음 당연히 "카드로 결제"한다. 오늘날의 대다수 매개 기술 소비자와 다름없이 그녀 역시 기다리는 시간, 권태로운 시간의 비어 있음을 "검색"으로 채우고자 한다. 그에게 세계는 밖에 있지 않고 매개 기술 속에 있다. 그래서 "커피를 받아들고 빈자리에 앉아 챗지피티 앱"을 열고 핸드폰에 남아 있는 "마음이 많이 아프다"라는 문장을 "들여다본다." 챗지피티에게 데이터베이스에 기반한 독감의 치사율을 "물어본" 기록도 남아 있다. 그녀는 영국의 장례식에서 만난 조문객이 건넨 애도의 말을 챗지피티에 입력하고 그에 대한 반응을 읽는다. 빵 포장지에 핀란드어로 적힌 말의 뜻을 알기 위해 "구글 번역기 카메라"를 이용한다. 무민 카페에 앉아 무민에 대하여 인터넷에 "검색"한다. 내친김에 국내 온라인 서점 앱에서 『무민의 겨울』 전자책을 구입하여 읽다가 유튜브에서 '핀란드의 겨울'을 검색한다. 환승 비행장에서는 밖으로 나갈 수 없으므로 이곳의 겨울을 직접 '느끼고' '경험'하는 것은 불가능하다. 그는 이 "겨울을 경험하러 다시 오겠다고 다짐"하며 "오로라 현상"을 또 "검색"한다.

인천공항에 착륙하자 화자는 "핸드폰을 꺼내 한국 기준으로 시간을 재설정"한다. 지하철 안에서는 죽은 친구의 사진을 보려고 "핸드폰 사진첩을 연다." 핸드폰 액정에 갑자기 속보 메시지가 뜬다. 비상계엄령이다. 생중계 영상에 접속한다. "사람들은 다들 핸드폰만 보고 있다." 이처럼 인간과 삶, 인간과 세계 사이에 끊임없이 개입하는 매개 기술에 의하여 주체의 기능이 퇴화하면서 개인은 "비행기와 터미널이라는 커다란 공간에 갇혀서 수화물처럼 옮겨지는 기분"의 수동적 상태에 빠진다.

소설 「돌아오는 밤」은 문체의 차원에서도 한국어 특유의 기능을 살려 이러한 주체 기능의 퇴화와 소외 현상을 유감없이 드러낸다. 주어 생략법이 그것이다. "영국의 에든버러에서 모르는 사람이 죽었다. (나는) 장례식에 참석하기 위해 항공편을 검색했다." 죽은 사람의 주어는 살아 있되, 정작 살아 있는 화자이며 주인공인 '나'는 괄호 안으로 사라졌다. 팔십여 년 전의 프랑스어 소설 『이방인』과 비교해보면 이 문체의 특성이 분명해진다. "Aujourd'hui, maman est morte. Ou peut-être hier, je ne sais pas. J'ai reçu un télégramme de l'asile."(오늘 엄마가 죽었다. 어쩌면 어제, **나는** 모르겠다. **나는** 양로원으로부터 전보 한 통을 받았다.) 모두문단뿐이 아니다. 「돌아오는 밤」 전체에서 주인공인 동시에 화자인 주어 '나'는 이십여 개의 예외적인 상황들을 제외하고는 모두 생략되어 있다. 1인칭 주어 '나'가 명시된 예외는 대략 몇 가지 유형으로 나눌 수 있다. 첫째는 한국어 특유의 주어 생략 기능을 활용할 수 없는 "영어로" 대화하는 경우, 이오네스코의 부조리극 같은 번역 문체가 활용되는 경우다("너는 어디에서 왔어?" "나는 한국에서 왔어"). 다음은 대조, 대비, 차이를 드러내기 위해 주어 명시가 불가피한 경우로 화자와 그의 친구 향기를 서로 대비시키는 문단에 집중되어 있다("향기가 건넨 꽃을 나는 뱀으로 받았다"). 끝으로 주체인 나의 생각, 느낌, 진리를 강조하여 드러내는 선언적·잠언적 문장이다("나는 대출금이고 월세이며 생활비다." "나는 그 문장이 좋다. 나는 원자의 합일 뿐이고 죽으면 흩어진다"). 이 같은 선언적 결단을 드러내는 주어 '나'의 복귀 현상은 주인공이 심야의 역을 나와 어둠과 비상계엄과 폭력과 죽음의 위협, 즉 지상의 현실로 돌아오자 그 의미를 여실히 드러낸다. 주체의 첫번째 깨달음은 자신의 무지와 무력감이다. "역은 닫혔고 <u>나는</u> 이곳을 모른다." 따라서 '나'는 타자의 도움을 필요로 한다. 패딩을 입은 사람에게 호소한다. "<u>제가</u> 지금 다리를 다쳤고 길을 잃었어요." "<u>나는</u> 더욱 공손하게 말한다."

오늘의 인간은 자신을 대신하여 결정을 내리고 자신의 몸과 생각을 실어나르는 매개 기술과 교통기관에서 추방되는 순간에야 비로소 스스로 결정을 내릴 것을, 주어로 기능할 것을 강요받는다. 계엄령이 그런 순간이다. 아니 그보다 더 구체적으로, "늘 지하로만 이동하던 곳이라 역 바깥을 궁금해한 적"이 없던 승객이 문득 운행 종료된 "심야"의 지하철역에서 밖으로 나설 수밖에 없게 되는 순간이 그것이다. 조은빛 대리는 "계엄군이 국회의사당 유리창을 깨는 영상을 보면서 역을 나선다." "어둠과 적막. 가로등 불빛을 제외하고는 빛이 없다." 더군다나 핸드폰이 "배터리가 얼마 남지 않아 저전력 모드로 바꾼다는 알람이 뜬다.' 얼마 지나지 않아 화면이 켜지지 않는다. 조은빛 대리는 이제 어둠과 마주한 채 혼자다. 어둠과 적막, 소진된 전력은 조은빛 대리가 주어가 될 것을, 그 이름이 말하듯 어둠 속에서 스스로 빛이 될 것을 강요한다. 패딩족에게 도움을 호소하지만 그들은 거절할 뿐만 아니라 "넌 그냥 닥치고 당하면 되는 거야"라고 말하고 사라진다. 그들이 남긴 메시지 역시 수동성이다. 그러나 화자는 마침내 주인공으로서 삶의 의지를 확인하며 주체로 복귀한다. "죽음이 외부에서 높은 확률로 몰려오자 굉장히 살고 싶어진다." 그녀는 눈앞이 흐리고 귀가 멍한 상태에서 마침내 주어 '나'로 귀환한다. "그들은 사라지고, **나는 바라본다.**"(강조는 인용자) 주체는 바로 '바라본다'의 주어로서의 '나'다. 관찰자의 지위 회복, 이것은 바로 양자역학에서처럼 존재의 회복이다. 무엇이 보이는가? 갓길에 주차된 자동차들의 내부에 부착된 블랙박스의 "불빛"이다. 주인공은 선언한다. "나는 반드시 찾아낼 것이다." 단순히 바라보는 것이 아니라 그는 관찰하고 탐색한다. 바라보는 의식은 더욱 적극적이 되어 주체의 귀환을 강조하는 동시에 어떤 "단순한 진실"에 이른다. "저 빛이 깜빡이는 이유는 무엇인가. 모든 것은 원자로 이루어져 있기 때문이다." 이 단순한 진실은 그 자체가 구원이 아니라 주체의 회복과 귀환에 의하여 획득된 진실이다. 조은빛 대리는 바라보는 시선, 의식의 주체가 된다. 양자역학의 '관찰 효과'처럼 이 진실은 파동 에너지 상태로 우주공간에서 움직이다가 '바라보는 자'에게 관찰되는 순간 입자가 되어 현실세계에 드러난다.

주체가 된 이상 그는 매개 기술의 사용을 두려워하지 않는다. 기진한 육체에 피를 수혈하듯이 그녀는 당장 핸드폰을 플러그에 연결하여 "충전"한다. "충전이 되고 있다는 녹색 표시가 뜬다." 새로운 인류는 이제 자신이 이해하지 못하는 세계를 "계속 사용"할 것이다. 이 "사용"과 진정한 주체의 회복은 과연 병행될 수 있는 것일까? "죽음은 삶을 의미 있게 만드는 요소가 아니야"라며 『이방인』의 부조리 감수성을 정면으로 부정하는, 그러나 자신의 '은빛'이 오로라의 색과 형상, 죽은 친구의 '향기'로 인하여 진정한 삶이 될 것을 "추구"하는 화자, 그리고 주체로 귀환한 우리가 이 소설을 통해 가장 먼저 마주하게 되는 질문은 바로 이것일지도 모른다.

황정은

문제없는, 하루

작가노트

후기 | 後記

리뷰 | 소영현
부정적인 것과 함께 살아가기

황정은
2005년 경향신문 신춘문예에 단편소설 「마더」가 당선되어 등단. 한국일보문학상, 신동엽문학상, 이효석문학상, 대산문학상, 김유정문학상, 오늘의 젊은 예술가상, 5·18문학상, 만해문학상, 김만중문학상, 2012년, 2013년 젊은작가상, 2014년 젊은작가상 대상 등 수상. 소설집 『일곱시 삼십이분 코끼리열차』『파씨의 입문』『아무도 아닌』, 장편소설 『百의 그림자』『야만적인 앨리스씨』『계속해보겠습니다』, 연작소설집 『디디의 우산』『연년세세』 등이 있다.

문제없는, 하루

이듬해 영인은 다시 일자리를 구했다.

원단과 부자재를 한국과 중국에서 사들여 베트남으로 보내고 베트남 공장에서 옷을 제조해 다국적 유통 기업에 납품하는 회사였다. 면접을 보려고 영인은 회사가 있는 건물의 십이층으로 올라갔다. 엘리베이터를 나서자 길고 넓은 복도에 큼직한 문들이 양편으로 늘어서 있었다. 가정집 같은 문도 있고 장식을 덧댄 쇠살문도 네온사인을 단 유리문도 있었다. 보라텍, 더즌, 우니코, 콕스. 문에 붙은 상호로는 무엇을 파는 회사인지 짐작하기가 어려웠다.

면접 장소에 도착한 영인은 양개형 유리문을 노크하고 안으로 들어갔다. 자신을 김부장이라고 소개한 남자가 영인을 맞았다. 활달하고 호전적인 인상에 호기심이 많아 보였고 눈에 핏발이 서 있었다. 그는 영인을 견본실로 데려가 벽에 걸린 옷들을 가리켜

보였다. 아노락, 점프 슈트, 셔츠 드레스, 골프 스커트, 패딩점퍼. 우리가 만든 거예요.

김부장은 이 사무실에서 그동안 셋이 일해왔다고 말했다. 김부장, 함부장, 정과장, 모두 영업직이었다. 한국인 사장은 하노이에 사는데, 베트남 사람을 현지 대표로 내세우고 본인은 이사 직함으로 영업에 주력하며 공장 두 군데를 운영하느라 바쁘다고 했다. 한국 사무실에서는 그보다 작은 규모로 내수 계약을 따내고 회계를 관리하는데, 작년까지는 영업하는 사람들끼리 어떻게든 굴려왔지만 더는 어려워서 사무직원을 뽑는 것이라고 했다. 김부장은 영인이 제과 제조 기업에서 일한 경험이 있으니 금방 배울 거라며 그것보단 베트남 직원들하고 영어로 소통해야 하는데 문제없겠느냐고 물었다. 영인이 문제없다고 대답하자 그는 영인을 견본실 바깥으로 데리고 나가 일할 자리를 보여주었다. 파티션 없이 책상이 네 개, 그중 하나가 비어 있었고 원단이나 견본을 펼쳐 확인할 수 있는 넓은 탁자가 사무실 가운데에 있었다. 영인은 사흘 뒤부터 그 사무실로 출근했다. 빈자리에 앉았다.

영인은 사무실 구석에 굴러다니던 법랑 컵에 물을 받아 금전수 화분에 천천히 부어주었다. 그렇게 큰 금전수를 영인은 전에 본 적이 없었다. 금전수는 문을 열고 들어서자마자 보이는 자리에, 한국 법인 이름을 새긴 가벽 앞에 거대한 부채처럼 펼쳐져 있었다. 영인의 키만했다. 잎에 윤기가 돌고 시든 잎도 없었는데 넉 달을 두고 보아도 누군가 물 주는 눈치가 없었다.

영인은 법랑 컵을 사무실에 딸린 싱크대로 가져가 물에 헹궜다. 매일 아침 김부장이 커피를 내려 마시는 지저분한 커피메이커 곁에 컵을 두고 딱히 누구에게랄 것 없이, 사무실에 남은 사람들을 향해 말했다.

금전수에 방금 물 줬어요. 당분간 안 줘도 됩니다.

금전수?

그런 게 있느냐고 김부장이 묻더니 자리에서 일어나 얼굴을 비볐다. 영인이 가리키는 방향으로 고개를 내민 그가 식물을 보러 갔다. 모니터를 들여다보고 있던 정과장도 그의 곁으로 갔다.

있었네.

이게 여기 있었네.

거래처에서 이 년쯤 전에 선물로 받은 화분이라고 김부장이 말했다. 여태 있었네. 그러면 그동안 누가 물을 줬느냐고 영인이 묻자, 있는지도 몰랐는데 누가 물을 줬겠느냐며 김부장과 정과장이 서로를 멀뚱히 보았다.

영인은 함부장과 함께 점심을 먹으러 아래층으로 내려가서 두 가지 생각에 잠겼다. 첫째, 거대한 금전수는 어떻게 누구의 눈에도 띄지 않고 이 년 동안 물 한 모금 없이 생존했는가. 둘째, 영인까지 넷으로도 부족한 일을 어떻게 일손 셋이서 해왔는가. 김부장과 정과장은 오전 회의를 마치자마자 거래처로, 둘류 창고로 각각 출장을 나갔고 아마 오늘도 점심을 제때에 먹지 못할 것이었다. 여느 날과 다르지 않은 하루였다.

일을 시작하고 한두 달 동안 영인은 얼이 빠질 정도로 바빴다.

입출금과 복잡한 물류 흐름을 관리하는 게 영인에게 맡겨진 일이었다. 중국에서 한국을 거쳐 베트남으로 가야 하는 화물이 있는가 하면, 중국에서 바로 베트남으로 가도 되는 화물이 있고, 베트남에서 서울을 경유해 횡성과 황간으로 쪼개졌다가 바이어의 확인을 받고 다시 서울을 거쳐 베트남으로 돌아가는 화물이 있었다. 보통은 배편으로 화물이 오가기 때문에 바다 날씨에 영향을 받았다. 영인은 자신이 한 번도 가본 적 없는 항구에 정박한 배에 짐을 실었고, 한 번도 본 적 없는 그 배가 바다를 건너오길 기다렸다.

태풍으로 배가 항구에 묶이는 일이 가끔 있었고 다른 형태로도 사고가 빈번했다. 실이나 지퍼 색이 견본과 다르다거나, 속주머니에 바느질을 덜 했다거나, 겉주머니까지 박아서 마감했다거나, 바이어스가 조금씩 비틀린 채로 봉제되었다거나, 다 만든 가죽 재킷에서 악취가 난다거나. 중국에서 한국을 거쳐 목요일까지는 베트남으로 가야 하는 화물이 화요일에도 서울에 도착하지 않았고, 중국에서 바로 베트남으로 가도 되는 무거운 원단이 항공편으로 서울에 와버렸고, 베트남 항구에서 화물이 뒤바뀌어 레깅스를 담은 상자 대신 방염 장갑을 가득 담은 상자가 왔다. 오늘 오전에 영인은 그 레깅스 화물이 태평양을 가로질러 로스앤젤레스 항으로 가고 있다는 연락을 받았다.

함부장은 종지에 담긴 수란에 뜨거운 콩나물국밥 국물을 떠 넣었다.

제조 중에 특히 봉제가 어려워.

그래요?

연결된 업체가 많아서 문제가 생기면 연쇄로 번지니까. 여기 사무실에서 나 혼자 애쓴다고 결과가 항상 잘 나오는 것도 아니고. 컨트롤하기 어려운 상황이 늘 생기지. 이 일이 저 일로 연결되고 이 문제가 저 문제로 전이되고, 보통 그래요. 납품하고도 AS로 업체에 불려다니고. 완료라는 개념이 없어, 이 일엔. 나 이십오 년 했는데 아 끝났다. 그걸 느껴본 적이 없네.

아주우 피 말려요, 하고 덧붙이며 함부장은 깍두기를 부은 국밥을 떠 우적우적 먹었다.

그런데 영인씨는 이전 일을 왜 그만뒀다고요?

영인은 첫번째 헹굼이 끝나가는 세탁기를 바라보았다.

회전속도를 견디지 못한 빨랫감들이 세탁조에 들러붙은 채 휘리릭, 휘리릭 돌아갔다. 영인이 그것을 멍하니 보는 동안 헹굼을 끝내고 멈춘 세탁조 속으로 다시 물이 차올랐다. 젖은 빨랫감들이 거품과 뒤섞여 빙글빙글 돌아가기 시작했다. 통이 한 년 돌 때마다 유리문에 거품이 흘러내리고 빨랫감이 위쪽에서 아래르 떨어졌다.

영인은 빨래방으로 비스듬히 들어오는 햇빛 속에서 세탁기 문짝에 어지럽게 찍힌 손자국들을 바라보았다. 어떤 우렁이 몹시 더듬은 흔적 같다고 영인은 생각했다. 타폴린 가방에 세탁물을 담아온 여자가 빨래방으로 들어서며 영인을 흘끗 보았다. 여자는 불룩하게 부푼 가방에서 베개 두 개와 베갯잇을 꺼내 세탁기에 넣고 키오스크 버튼을 누른 뒤 활짝 열린 가방을 탁자에 둔 채 바깥으로 나가 담배에 불을 붙였다. 고불고불한 머리카락이 햇빛을 받아 적금색으로 빛났다. 영인은 핸드폰을 꺼내 인범의 소셜미디어 계정에 접속했다. 맑은 날 대로변에서 찍은 사진에 눈을 두었다. 은행나무 가로수 곁을 지나는 시위대 속에 인범이 있었다. 저마다 다른 깃발을 건 깃대들을 향해 카메라 렌즈를 들어올린 구도였고 그래서 모자를 쓴 정수리 정도만 사진 아래쪽에 있었지만 영인은 인범의 머리를 알아볼 수 있었다. 두번째 사진엔 인범의 얼굴이 있었다. 위쪽에서 아래를 향해 찍은 사진. 모자를 깊이 눌러써서 코끝과 입만 드러난 인범의 얼굴을 영인은 가만히 보았다. 이백오십여덟번째, 라는 메시지가 붙은 게시물이었다. 다섯 개의 댓글이 달렸고 그중 광고 계정이 남긴 댓글이 둘이었다. 그리고 뻔한 응원 문구를 적은 댓글이 하나. 민주, 진보 하는 것들, 장애인, 퀴어, 날씨 좋다고 다 기어나왔네, 하고 비아냥거리는 댓글이 하나. 인범의 브래지어를 두르지 않은 가슴을 지적하며 아젖꼭지 신경쓰인다고 킬킬대는 댓글이 하나. 인범은 마지막 댓글에만 대답을 달아두었는데 영인은 여러 번 읽은 그 메시지를 다시 눈으로 읽었다. 그래요 신경써, 지 좆 같은 사람아. 그게 마지막 게시물로 두 달 전이었다.

영인은 세탁기 문을 열고 뭉친 세탁물을 꺼내 털었다. 타월지로 만든 비치 판초들로, 함부장의 말에 따르면 이 년 전에 납품한 물건이라고 했다. 판매업체가 재고를 창고에 보관하는 동안 이염이 발생했다며 AS를 요청한 물건이었다. 이 년이나 됐잖아! 전화를 끊고 비명을 지르듯 외친 김부장은 손으로 얼굴을 몇 번 문지른 뒤 영인을 돌아보았다. 물건이 오면 세탁기에 한번 돌려보자고 그는 말했다. 워싱을 한번 더 하는 거지 뭐. 건조기에 넣지는 말고요, 원단이 수축될 수도 있으니까.

영인은 젖은 판초를 여러 번 뒤집으며 상태를 확인한 뒤 빨래 꾸러미를 안고 빨래방을 나섰다. 짧은 횡단보도를 건너는 동안에도 땀이 흘렀다. 십이층으로 올라가는 엘리베이터 안은 사람으로 붐볐다. 십삼층으로 올라가는 젊은 사람들이 플라스틱 컵에 담긴 아이스커피를 빨대로 빨며 농담하고 웃음을 터뜨렸다. 말하고 웃는 소리가 너무 커 서로를 공격하는 것처럼도 보였다. 엘리베이터에서 자주 마주치는 이들이었다. 영인은 그들이 뭘 하는 사람들인지 짐작도 가지 않았다.

어때요, 좀 빠져요?

사무실로 들어서자마자 김부장이 물었고 영인은 고개를 끄덕였다. 다 없어졌어요. 김부장은 다행이라며 입구 근처에 쌓인 박스 네 개를 돌아보았다. 비치 판초 마흔여덟 장을 나눠 담은 상자들이었다. 이날부터 영인은 사무실과 빨래방을 오가며 판초를 날랐다. 빨래방에 머물며 세탁이 끝나기를 기다렸다가 젖은 판초들을 사무실로 가져와 널었다. 빨래를 널 공간이 부족해 마흔여덟 장을 며칠에 걸쳐 세탁했다. 9월이 끝나갈 무렵인데도 더위가 기승이었다. 영인은 길 건너 빨래방으로 가며 뜨거운 공기를 들이마셨다가 그게 사람의 체온과 같은 온도라는 걸 깨닫고 깜짝 놀라곤 했다. 바깥은 습하고 더운데 사무실은 너무 추워서 카디건을 입고 지냈다. 빨래들 때문에라도 에어컨디셔너를 끌 수 없었다. 베트남에서는 우기雨期라고 연락이 왔다. 우기인 점을 감안하더라도 예년에 비해 유별나게 비가 잦아서 원단 관리에 어려움을 겪는다는 소식이었다. 영인은 판초를 빨래방으로 가져가기 전에 쪽가위와 바늘을 사용해 공들여 태그를 떼어냈고 다 마른 판초에 다시 달았다. 빨래가 돌아가는 동안엔 인범의 소셜미디어 계정에 접속했다. 새로운 소식은 없었다. 영인은 알록달록한 깃발들 아래에 있는 인범의 정수리에 눈을 두고 있다가 핸드폰을 도로 주머니에 넣곤 했다.

일 년이 넘도록 인범과 연락 없이 지냈다. 영인은 그걸 셈하며 인범을 마지막으로 만난 장소를 생각했다. 둘 다 일로 바빠 한동안 만나지 못한 참이었고 모처럼이니 남들 다 간다는 곳에 가보자며 서울 망원동에서 만나 작은 식당에서 밥을 먹었다. 인범은 기운이 없어 보였다. 다듬지 않은 머리를 목뒤에서 질끈 묶었고 움직일 때마다 옷에서 퀴퀴한 빨래 냄새가 났는데 알아차리지 못하는 것 같았다. 영인은 밥을 먹다 말고 쇼핑 앱에서 스포츠 의류 세제를 주문해 인범의 집주소로 보냈다. 그 앱 쓰지 마. 영인이 빨래할 때 섞어 쓰라며 주문 화면을 보여주자 인범이 말했다.

사람 죽이는 기업이야.

알았어, 알았어.

영인은 고개를 끄덕이며 볶음밥을 입에 넣었다. 음식이 짜고 달아 연거푸 물을 마셨고 밥을 다 먹은 뒤엔 카페로 건너갔다. 넓은 마당이 딸린 이층 양옥을 개조한 곳이었다. 영인과 인범은 마당에서 이층으로 이어지는 계단을 올라갔고 과거엔 누군가의 방이었을 공간에 자리를 잡았다. 둘이 마주보고 앉으면 그만인 작은 탁자가 네 개 놓여 있었다. 마당을 내다보는 큰 창 쪽으로 느티나무가 가지를 뻗고 있어 영인은 인범을 그쪽에 앉혔다. 나무 가까이 앉으라고, 나무를 보라고. 인범은 편안하게 발을 뻗었다. 시나몬 스틱을 머들러로 꽂은 커피 두 잔을 탁자에 두고 평범한 이야기를 나누었다. 먹는 이야기, 건강 이야기, 직장 이야기. 인범이 그즈음 보고 듣는 사악한 사람들 이야기. 수요집회에 참석한 아이들에게 너희들 창녀가 되는 법을 배우러 왔느냐고 묻는다는 노인들. 아들의 공천을 바라는 어미가 참사로 자식을 잃은 부모들 앞에서 확성기로 떠들었다는 말들. 영인은 너무 사악해서 낯설고, 이유를 알고 싶지 않고 알 수도 없을 것 같은 그 이야기들에 오래 머무르고 싶지 않아 다른 이야기로 넘어갔다. 다시 직장 이야기, 사는 집 이야기, 살던 집 이야기, 어린 시절 이야기, 미국으로 이민 간 친척의 소식, 남의 나라 대선 이야기. 그러다가 '전쟁'이라는 말이 나왔을 때 인범의 말투가 달라졌다.

왜 그걸 전쟁이라고 불러.

인범이 영인을 향해 말했다. 전쟁 아냐, 학살이야. 어제까지 그 땅에 쏟아진 폭탄이 팔만 톤인데. 그 좁은 땅에 쏟아진 팔만 톤 폭탄이 군인하고 민간인, 아이와 어른을 구별할 수 있었겠어? 그게 어떻게 전쟁이야. 영인은 인범의 이야기를 건성으로 들었다. 그래, 그래. 그러네, 그러네. 인범이 무언가를 향해 분통을 터뜨리는 일은 늘 있었으니까. 인범의 수많은 관심사, 영인은 그걸 다 아는 처지도 아니었고 그 사악한 사람들은 영인 자신이 아니며 게다가 전쟁, 학살, 그런 말들은 너무 먼 시간과 먼 공간에 있었다. 영인은 고개를 끄덕이다가 다른 화제로 말을 돌렸고 대화가 얼마간 이어졌다.

나중에 영인은 그 순간을 여러 번 곱씹었다. 영인은 이미 넘어갔다고 생각했고 인범은 넘어가지 못한, 바로 그 순간을. 인범은 좀전의 이야기가 이어지고 있다고 믿었고 영인은 그걸 끝내고 다른 화제로 넘어갔다고 생각했다. 그들은 몇 마디 말을 더 주고받다가 동시에 그걸 깨닫고 서로의 얼굴을 바라보았다. 인범이 천천히 고개를 끄덕였고 영인은 쓸쓸하게 웃었다.

느티나무에 까마귀가 날아들었다. 부리가 크고 깃털이 반질반질한 검은 새가 머리를 돌려가며 주변을 탐색하다가 가지에서 날아올랐다. 영인이 그 새를 보다가 다시 고개를 돌렸을 때 인범은 가만히 커피잔을 내려다보고 있었다. 시나몬 스틱이 잔 받침에 기우뚱하게 얹혀 있었다. 인범은 찻잔을 더듬다가 검지로 코를 긁으며 언니, 하고 말했다. 심상한 말투였으나 영인은 얼굴 쪽으로 올라간 인범의 손가락들이 떨리는 것을 보았다.

요즘, 하고 말한 뒤 인범은 큼, 목을 가다듬었다. 말을 꺼내는 게 버거운 것처럼 숨을 천천히 들이마시고 내쉰 뒤 영인을 바라보았다. 침묵이 이어지는 동안 영인은 놀라 눈을 깜박이며 인범이 말을 잇기를 기다렸다. 인범의 눈에 눈물이 고였다가 그대로 말랐다.

요즘 사람들과 말을 나누는 것이 어렵다고 인범은 말했다.

나한테 정말 중요한 일들이 있어. 내가 생각하기엔 사람들에게도 정말 중요한 일들이거든. 그래서 나는 자꾸 그걸 말하는데, 말하면 시답잖은 일이 돼.

시답잖아져, 말하면서.

말하면, 내가 그걸 말하면, 사람들은 그 진부하고 지루한 이야기를 왜 여태 하느냐는 얼굴로 나를 봐. 아니면 지금 이 자리에 그 이야기가 왜 나와야 하는지 영문을 모르겠다는 얼굴로, 곤란하고 안쓰럽다는 것처럼 얼굴을 찡그리면서 나를 봐. 그러면 나는 사람들이 그 일을 얼마나 신경쓰지 않는지를 알게 돼. 그게 그 사람들에겐 하나도 중요하지 않다는 걸 알게 돼. 내게 너무, 너무 중요한 그 일들이, 사람들한텐 중요하지 않아.

그걸 보게 돼.

그게 어떻게 나를 죽이고 있는지, 언니는 몰라.

죽인다고?

영인은 생각했다. 혼자 있을 때, 혹은 사람들 속에서 혼자 있을 때 조용히 되묻는 것처럼 혹은, 바람 속에서 외치는 것처럼.

잠을 떨치려고 애쓰며 침대 끝에 앉아 있을 때, 아침 세수를 하러 들어간 욕실에서 치약 거품으로 얼룩진 거울을 들여다볼 때, 얼얼해지도록 얼굴에 찬물을 끼얹을 때, 출근길 지하철에서 앞뒤로 사람들에게 눌린 채 영인 자신도 어깨며 엉덩이로 옆 사람을 누르고 서 있을 때, 매일 똑같은 메뉴의 점심을 제공하는 식당에 식권을 내고 밥을 먹을 때, 양치질을 해도 마늘과 고춧가루 향이

가시지 않는 입을 다물고 파티션 안에 앉아 있을 때, 오늘이나 내일 안으로 마쳐야 할 일들의 우선순위를 조절하려고 메모를 붙였다 뗄 때, 책상 서랍을 열고 정돈되지 않은 사물들을 눈으로 훑으며 무얼 꺼내려고 이걸 열었는지를 생각해보려고 할 때, 퇴근길 지하철 출입문에 어지럽게 찍힌 손자국들에 눈을 두고 있을 때.

죽인다니.

뭘 그렇게까지 해, 왜 그렇게까지 말을 해, 하고 영인은 생각했다. 인범은 그날 이후로 연락이 없었고 영인도 연락하지 않았다. 영인은 인범의 모든 것이 지겨웠지만 인범의 소셜미디어 계정은 이따금 들여다보았다. 일주일이나 열흘 주기로 새로운 게시물이 올라왔다. 인범 자신이 어디에서 무엇을 했거나 할 거라는 소식은 아니었고 어디어디에서 무슨 일이 있었고 언제 무슨 일이 있을 거라고 알리는 게시물이었다. 인범은 그런 게시물에 '집단 학살, 식민지주의, genocide, colonialism'이라는 태그를 붙이곤 했다. 연락이 끊기고 한 달쯤 되었을 때 영인은 인범의 계정에서 온라인 전단을 보았다. '점령과 학살로 뒤덮인 땅에서 자란 딸기, 복숭아, 자몽'이라는 구절 아래 여전히 상큼하냐고 묻는 질문이 달려 있었다. 한국에서 유통되는 음료 사진이 몇 개 실렸고 그중에는 영인이 다니는 회사에서 만들고 판매하는 어린이 음료와 복숭아맛 음료도 있었다.

영인은 파티션으로 벽을 두른 책상 앞에 웅크리고 앉아 온라인 전단을 처음부터 끝까지 읽었다. 가슴에 통증을 느끼며 한번 더 읽었다. 이스라엘 점령군이 팔레스타인 농지에서 어떻게 과실수와 물을 빼앗는지, 그 나무들이 자라는 땅에서 어떻게 사람들이 다치고 죽어가는지를 애써 상냥한 어조로 알리는 글을 읽으며 영인은 인범의 얼굴을 생각했다. 물끄러미 자신을 바라보던 인범의 마른 얼굴을.

너도 내 삶을 몰라. 내가 어떻게 일하고 무엇을 견디며 살아가는지 너도 몰라. 내게 보복하지 마. 영인은 인범을 향해 그런 메시지를 적었다가 지웠다. 인범을 향한 걱정과 원망으로 뒤죽박죽인 마음을 견디기 어려울 때에는 참지 못하고 이렇게 적었다. 너는 그 일들 때문에 죽지 않아. 너는 그 일들로 죽을 수 없어. 그 일들은 너를 죽일 수 없어. 타인의 삶에 일어난 일이니까. 네 삶엔 일어나지도 않은 일이니까. 영인은 메시지 창에 그런 갈을 적어두고 거듭 읽었다. 그런 다음엔 가새표를 눌러 전부 지웠다. 전송 버튼에 손가락이 닿을까 두려워하면서.

어느 날 영인은 인범의 계정에서 짧은 영상을 보았다. 지면 높이로 내려앉은 건물에 다가가는 영상이었다. 포개진 시멘트 판 사이로 아동용 신발을 신은 발들이 삐져나와 있었다. 열 쌍, 어쩌면 그보다 더 많이. 영인은 무심코 개수를 세다가 수를 놓쳤다. 짧은 종아리들은 시멘트 가루를 뒤집어써 재색이었다. 다음 장을 넘기자 두번째도 무너진 건물로 다가가는 영상이었다. 하늘을 향해 곤두선 철근에 관통당한 사람의 몸이 늘어져 있었다. 다른 날 다른 계정에서 영인은 주저앉은 잔해 위에서 손으로 바닥의 가루를 쓸어내는 사람들을 보았다. 회백색 얼굴이 야트막하게 드러나 있었다. 이마와 감은 눈. 시멘트 가루와 섞여 먹색이 된 피가 그의 머리에 말라붙어 있었다. 그다음에 영인은 소리를 지르며 병원 복도를 달리는 사람들을 보았다. 건물 바깥에서 누군가의 이름을 듣고 비명을 지르는 늙은 여자와 젊은 여자를 보았고 수염이 거칠게 돋은 얼굴을 문지르며 우는 남자를 보았다.

처음에 영인은 무슨 일인지 내용을 파악하려고 애쓰며 몇 번이고 반복되도록 그 짧은 영상들에 눈을 두었으나, 곧 그 영상들을 통해 어딘가로 흘러들었다. 인범의 계정을 방문하려고 로그인하면 짤막하게 움찔거리는 영상들이 영인의 계정에 모여 있었다. 영인이 모르는 곳에서 모르는 사람들이 만든, 영인이 모르는 사람들이 선택한, 영인이 선택하지 않았고 기대하지도 않은 영상들이었으나 영인은 매번 그 가운데 하나를 눌렀고 그런 다음엔 또 다음으로 미끄러졌다. 영인은 그래서 토네이도와 쓰나미에 휩쓸리는 해안을 보았고 바위가 많은 해안에서 막대로 무언가를 건지려고 애쓰는 군인들을 보았다. 항구도시가 폭발로 터져 나가는 순간에 사이렌을 편집해 넣은 영상을 보았고 활주로에 느리게 처박히는 항공기 위로 FAKE, FAKE, FAKE라고 점멸하는 자막을 붙인 영상을 보았다. 느리게 돌아가는 파쇄기 속에서 무언가가 으깨지는 장면에 비명과 신음을 입힌 영상이 있었고, 끝까지 보라고 경고하는 자막이 붙었으나 별다른 일이 일어나지 않는 밤거리 영상도 있었다.

영인이 가장 나중에 다다른 것은 보이는 것과 들리는 것이 다른 영상들이었다. 물렁한 반죽을 손으로 주무르며 시험 결과를 한탄하거나, 도마 위에서 식도로 감자를 끝없이 조각내며 차분한 목소리로 직장 상사, 동료, 교수, 친구, 가족, 이웃에게 상처받은 일을 고하는 영상. 그런 걸 만들어 올리는 사람들이 있었다. 영인은 그런 것을 잠들기 전에 보았다. 보이는 것과 들리는 것이 달라 어리둥절하게 만드는 영상들. 그러다 보이는 것에도 들리는 것에도 집중하지 않아도 된다는 데 안심하게 만드는 영상들. 쉽게 잠의 배움이 되는 소리들.

영인씨, 나 좀 봐요.

상사인 윤과장이 영인을 자기 자리로 불러 모니터를 보여주었을 때 영인은 당황했다. 거래처와 주고받은 이메일을 띄운 화면이었다. 윤과장을 비롯해 몇 사람을 참조로 두고 영인이 보낸 메일이었는데 그걸 왜 새삼 보라고 하는지 알 수 없었다.

영인이 영문을 몰라 서 있기만 하자 한번 읽어보라고 윤과장은 말했다. 아니아니, 자기가 쓴 것만, 딱 자기가 쓴 것만 읽어봐. 윤과장은 인쇄물 몇 장도 영인의 앞으로 밀어두었다. 두 주 사이에 영인이 쓴 이메일들이었다. 이걸 읽는 사람이 무슨 말인지 알 수 있겠느냐고 윤과장은 물었다. 영인은 별다른 문제를 발견할 수 없었는데 다시 읽으니 조금 어렵기는 했다. 말 순서가 뒤집힌 부분이 몇 군데 있었고 주어나 목적어가 사라진 부분도 일부 있었다. 그게 읽는 사람의 입장에서는 어떨지, 알 수 있을지 없을지를 영인은 전혀 말할 수 없었다. 영인이 창백해진 채 서 있는 동안 윤과장은 검지로 책상을 두들기며 영인을 관찰하다가 영인씨, 하고 불렀다.

대체 뭐가 문제예요?

영인은 우산을 펼치고 빗속으로 들어섰다. 바람 때문에 우산을 가누기가 어려웠다. 천을 팽팽하게 받친 우산살이 휘어질 정도로 비바람이 불었다. 아침 출근길에 젖은 신발과 바짓부리가 다 마르지 않았는데 다시 발등이 젖고 있었다. 영인은 우산을 머리 위로 바짝 당기고 걸었다. 점심시간이 끝나기 전에 안과를 들렀다가 사무실로 돌아가야 했다. 영인은 사무실 건너편 건물로 올라가 짙은 색 천을 씌운 소파에 앉아 순서를 기다렸다. 진료실에서는 현미경 앞에 턱과 이마를 대고 의사가 시키는 대로 빛을 바라보았다. 기계가 쏘아낸 밝은 빛이 영인의 눈 속에 들어왔다 나갔다. 현미경에서 물러난 의사가 가운 주머니에 주먹 쥔 손을 넣고 모니터를 향해 돌아앉았다. 먼지 많고 건조한 데서 일하느냐고, 잔 생채기들이 있어서 눈이 시리고 따가운 것이라고 그는 말했다. 영인은 처방받은 인공누액과 소염제를 약국에서 산 뒤 다시 빗길을 건너 사무실로 돌아갔다. 잠깐 사이에 빗줄기가 더 거세져 우산 속에서도 몸이 젖었다. 영인이 젖은 얼굴을 손으로 문지르며 사무실로 들어서자 점심 도시락을 먹으며 사무실에 남아 있던 함부장이 영인을 돌아보았다.

이게 무슨 난리야 진짜.

비가 그치지 않고 있었다. 여름과 가을 사이. 이례적으로 동아시아를 휩쓸고 있는 비가 한국에서는 백십칠 년 만에 최고 우량을 기록했다. 산사태가 일어나고 저지대 집과 거리와 농장과 과수원이 물에 잠겼다는 뉴스가 이어졌다. 영인은 함부장을 따라 창에 붙어섰다. 낭떠러지에 서서 굽어보는 것처럼 아래쪽을 내려다보았으나 유리로 된 외벽을 폭포처럼 쓸고 내려가는 빗물 말고는 아무것도 보이지 않았다.

베트남 하노이에 있는 공장에서는 어제 대피중이라는 메시지가 왔다. 중국에서 발원해 베트남을 가로지르는 홍강이 곧 범람할 테니 대피하라는 당국의 명령이 있었다고 했다. 베트남에도 중국에도 며칠째 폭우가 이어지고 있는데 불어나는 강물을 버티지 못해 중국 쪽에서 댐을 여는 바람에 홍강의 수위가 크게 올랐다고 했다. 공장이 강 근처라서 이백여 명 남짓한 직원들이 다급히 빠져나왔다는 메시지 뒤에 곧 통킹만으로 진입할 태풍의 규모가 더 커졌다는 소식이 올라왔다. 함부장과 김부장은 공장이 물에 잠긴다면 이 비가 다 지나간 뒤로도 납기일에 맞추지 못할 계약이 수두룩하다며 어두운 얼굴을 했다. 괜찮아? 어젯밤 영인은 잘로Zalo에 개설된 채팅방에 처음으로 안부를 묻는 메시지를 남겼다. 영어로 업무 메시지와 메일을 주고받는 사람들이 거기 모여 있었다. 린, 짱, 로버트, 능억, 괜찮아?

괜찮아.

집인데, 창이 깨졌어.

버텨.

나는 아직.

괜찮아.

영인은 어둠 속에서 메시지를 읽고 창을 흔드는 바람소리에 귀를 기울였다. 거센 바람을 탄 빗방울들이 누군가 내던진 쌀알처럼 창을 두들기곤 했다.

밤이 지난 뒤 대피 경보가 해제되었고 침수는 면했지만 하노이 전반의 물류 흐름이 끊겼다는 소식이 올라왔다. 납품 일자를 미루는 일을 피치 못하게 되었고 김부장과 정과장은 그 때문에 바이어들을 만나러 아침부터 외근을 나간 참이었다. 한국인 직원들이 사용하는 채팅방에 사진이 몇 장 올라왔다. 하노이 공장 가는 길, 이라는 메시지가 붙어 있었다. 붉은 흙을 끌어안은 뿌리가 다 드러난 채 가로수들은 아스팔트 거리에 쓰러져 있었고 찌그러진 간판과 나뭇가지, 건물 외벽에서 떨어져나온 마감재 들이 젖은 거리 곳곳에 처박혀 있었다. 마지막에 올라온 메시지는 이 분 남짓한 블랙박스 영상이었다. 먼지 쌓인 대시보드에 놓인 불독 인형이 고개를 까닥이고 백미러에 걸린 묵주가 달랑거렸다. 짐칸에 와이어를 실은 트럭이 앞서 달리고 있었고 오토바이 몇 대가 앞서거니 뒤서거니 하며 함께 달렸다. 태풍이 휩쓸고 간 도로를 느릿느릿 나아간 자동차가 강을 건너려고 다리에 이르렀을 때였다.

먹구름이 가시지 않은 하늘과 탁한 강 사이에 솟아 있던 트러스교가 중심부터 서서히 내려앉았다. 느리고 아무런 소리가 없어 아무 일도 일어나지 않은 것 같았다. 모래로 만든 두꺼비집이 주저앉는 것처럼, 그쪽이 가라앉은 것이 아니고 이쪽이 상승한 것처럼 그렇게 바닥이 사라졌고 앞서 다리에 진입했던 트럭과 오토바이도 고개를 넘어가듯 사라졌다.

몇 발짝 간격으로 추락을 면한 오토바이 한 대가 머뭇거리며 후진하는 부분에서 영상은 끊겼다. 외근중인 김부장이 영상 아래 메시지를 붙였다.

그러게 물 불어났을 때는 강 근처에 가는 게 아닙니.

영인은 소염제를 누점 근처에 떨구고 눈을 감았다.
시큰한 통증이 눈 뒤쪽으로 번졌다가 사그라들었다. 어제도 비 엄청 왔잖아요. 외근을 마치고 돌아온 김부장이 시무룩한 기색으로 말했다. 저녁 먹을 때가 다가오는데 점심도 먹지 못했다며 은박지에 싸인 김밥을 손에 쥐고 한입씩 먹고 있었다.
비가 그렇게 오는데 내가 황간까지 바이어 만나러 가서요, 간 김에 백만원어치 백화점 상품권을 주고 왔단 말이에요. 그러고 서울로 돌아오는데 비가 정말 호되게 내리는 거야. 겁이 더럭 나더라고. 그 빗길에서 죽을 고비를 몇 번 넘겼는데, 어떻게 어떻게 서울에 당도하고 보니 너무 죽겠어서요, 집까지도 못 가고 사무실로 도로 올라왔거든요. 그 날씨에 혼쭐이 난 채로 여기 이렇게 혼자 앉아 있는데 눈물이 나더란 말이에요. 외롭더라고. 뭘 하자고 내가 이렇게 사나 싶고.
영인은 김밥을 먹는 김부장의 눈에 눈물이 고이는 것을 물끄러미 보았다. 볼이 불룩해지도록 김밥을 입에 물고 그는 생각에 잠겨 있었다. 견본실에서 거래처와 통화하는 정과장은 무슨 이야기를 하는지 전화기를 붙든 채 고개를 숙이고 있었다.
김부장이 김밥을 마저 먹고 은박지를 뭉쳐 쓰레기통을 향해 던졌다. 자아, 자아, 하고 말하며 두 손으로 뺨을 착착 두들긴 뒤 다시 눈을 부릅떴다. 오후 다섯시 반이 되었다. 베트남 사무실과 공장의 일이 중단되어 영인으로서는 더 할 수 있는 일이 없었다. 영인은 슬리퍼를 벗고 젖은 신발 속으로 발을 넣었다. 퇴근합니다, 월요일에 뵐게요. 금요일엔 늘 야근을 하는 함부장이 커피를 사러 간다며 영인을 따라나섰다. 영인은 함부장 곁에서 엘리베이터 버튼을 누르고 기다렸다. 엘리베이터가 십삼층에 한참 머물렀다가 내려왔다. 문이 열리자마자 왁자한 웃음이 터졌다. 무슨 말이 오갔는지 사람들이 웃음을 터뜨렸고, 그 사이에 발 디딜 틈은 없었다. 우린 다음 거 탑시다. 엘리베이터를 그대로 보낸 뒤 함부장이 다시 버튼을 누르고 말했다. 위층 말이야, 다단계인 것 같아.

어떻게 그걸 아느냐고 영인이 묻자 젊은 애들이 떼로, 저렇게 눈을 부리부리하게 뜨고 다니는 일이 요즘은 글쎄, 사이비하고 다단계 말고 뭐가 있나, 하고 함부장은 말했다.

영인은 냉장고를 열어 얼려둔 밥을 꺼냈다. 밥을 담은 플라스틱 그릇이 영인의 손안에서 쩍 소리를 냈다. 그릇에 랩을 씌워 전자레인지에 돌리는 동안 영인은 인범의 계정에 접속해 새 소식이 없는지 확인했다. 인범은 간밤 어디에 있었을까. 어디에서 빗소리를 들으며 무슨 생각을 했을까. 영인은 이날 밤 꿈을 꾸었다. 바람이 휘몰아치는 거리를 오토바이로 달렸다. 부러진 노랑불꽃나무 가지와 찢어진 싸꾸나무 이파리, 찬 빗방울이 바람에 섞여 이마로 눈으로 들이쳤다. 눈물을 줄줄 흘리며 달리던 영인은 바닥을 잃고 몸이 기우는 것을 느꼈다. 앞바퀴부터 천천히, 완만한 곡면을 따라 끝없이, 끝없이 미끄러졌다. 기울고 기울던 앞바퀴가 마침내 잠자리에 누운 영인의 이마를 툭 쳤을 때, 영인은 눈을 떴다.

몇시쯤인지 짐작하기 어려울 정도로 어두웠다. 이마를 만지며 누워 있다가 머리맡을 더듬어 핸드폰을 끌어당겼다. 시간을 확인하고 가슴 위에서 핸드폰을 쥐고 있다가 인범에게 전화를 걸었다. 신호가 몇 번 가고 인범이 음, 하며 전화를 받았다

언니.

영인은 그 말까지 듣고 숨을 죽였다. 인범은 어디에 있는 걸까. 잡음이 별로 없었다. 바깥은 아닌 것 같았다. 영인은 가만히 인범의 침묵을 듣고 있다가 전화를 끊었다. 시큰하게 쑤시는 눈을 감고 도로 잠들었다.

우산으로 쏟아지는 빗소리를 듣고 영인은 다시 깼다. 어둑한 방안에 누군가 서 있는 것을 보았다. 불 켠다. 놀랄 틈도 없이 인범이 말했다. 영인은 빛에 익숙해질 때까지 눈을 감았다. 인범이 전등 스위치를 등지고 서서 영인을 내려다보았다. 뭔가를 담아 팽팽하고 묵직하게 늘어진 비닐봉지를 한 손에 쥐고 있었다. 영인이 그저 누워 눈만 깜박이자 인범이 물끄러미 보며 물었다.

아파?

아니라고 대답하자 인범은 뭐야, 하고 어깨를 내리며 한숨을 쉬었다.

왜 말없이 끊어 전화를.

영인은 놀랐다고 중얼거리며 부엌 쪽으로 터덜터덜 가는 인범을 바라보았다. 인범은 부엌과 욕실을 오가며 큰 그릇이나 대야가 있느냐고 물었다. 그릇을 덜걱이는 소리, 비 냄새, 바깥 바람

냄새가 났다.

비 안 와?

그쳤어.

인범은 영인이 밀가루를 반죽할 때 쓰는 둥근 볼을 영인의 곁으로 가져와 내려놓았다. 회갈색의 작은 물고기 몇 마리가 부유물 섞인 물속을 돌아다니고 있었다. 구피야. 인범이 말했다. 몇 마리만 길러봐. 누가 줘서 받았는데 자꾸 늘어나서, 어쩔 수가 없네. 영인은 지느러미로 그릇 바닥을 쓸며 돌아다니는 물고기들을 보다가 검지를 물에 담가보았다. 물고기들이 재빠르게 그릇 가장자리를 향해 달아났다. 다섯 마리. 물은 미끈했고 아주 차지는 않았다. 욕실 대야에 수돗물을 담아뒀으니 하루나 이틀 두었다가 그리로 옮기라고 인범이 말했다. 염소를 날리고 찬 기운이 가신 물을 사용해야 한다는 것이었다. 밥도 가져다놨어. 영인은 곁에서 그런 말을 하며 물고기들을 들여다보는 인범을 보다가 다시 구피를 구경했다.

어항이 있어야겠네.

그렇지. 산소 발생기도 있으면 좋아.

어릴 때 집에 구피를 키우는 어항이 있었다는 걸 기억하느냐고 영인은 물었다. 꽤 컸는데 어릴 때 인상이니 지금 보면 그렇게 크지는 않았는지도 모르겠다. 갓 태어난 새끼를 먹는 성어들 때문에 치어를 담는 격리통을 따로 마련해 수조에 걸어두었는데 하룻밤 만에 수위가 푹 꺼질 정도로 물이 말라 치어들이 몽땅 죽은 적이 있었다. 아침에 일어나보니 새끼들이 격리통 벽에 붙어 말라 있었지. 하룻밤 만에 그렇게 될 수도 있나. 너도 기억하니? 너도 봤니?

  나도 봤지. 나도 기억해. 내가 언니 옆에서 울었는데.

  그렇구나. 내가 잘못 기억하는 줄 알았어. 그렇잖아, 하룻밤 만에 어떻게 그런 일이 일어나지.

  숨쉬는 입이 갑자기 늘어서 그런 거 아닐까.

  그런가.

  새끼들까지 엄청 늘었으니까.

  비 그쳤어?

  이제 그쳤어.

  베개를 내줄 테니 잠을 좀 자겠느냐고 묻자 인범은 고개를 흔들었다. 영인은 입을 다물고 기다렸다. 잠을 더 자기도, 뭘 하거나 먹기도 애매한 시각이었다. 영인은 인범이 금방이라도 일어나 가버릴까 불안했다. 그렇게 하지 않는다면, 내게 시간을 좀 준다면 너는 좀 어떠냐거나 너의 일은 요즘 어떠냐고 물을 수도 있겠지. 그러면 별로 좋지 않다거나 좀 괜찮다거나 그럭저럭 좋다거나 하는 대답을 듣고 그래 그러냐고 내가 대꾸하고. 그러다 미안하다고 말할 수도 있었다. 조금 있다가. 조금 더 있다가.

  금방 해가 뜰 거야.

  인범이 아직 어둑한 창 쪽으로 고개를 돌리고 있다가 대수롭지 않다는 듯 말했다. 영인은 말하지 않은 무언가에 대해 대꾸를 들은 것처럼 화들짝 놀랐다. 그게 무슨 말이야, 인범아, 왜 그렇게 빤한 말을 해, 거짓말하는 것처럼.

진심이야?

뭐?

인범이 무슨 말이냐고 되물었다. 미간을 찌푸리느라 눈을 가늘게 뜨고 영인을 돌아보았다.

해뜨는 데 뭐 진심이 왜 필요해.

두어 시간 뒤면 해가 뜰 거라고, 그걸 보러 가자고 인범은 말했다.

집을 나서기 전에 영인은 냉장고에서 사과를 두 알 꺼냈다. 구피들에게 밥을 주고 가야 할지를 묻자 인범은 금방 돌아올 테니 괜찮을 거라고 했다가 혹시 모르니 주고 가자고 했다. 영인은 종이 냅킨으로 감싼 사과를 바람막이 점퍼 주머니에 넣고 물병을 챙겨 인범을 따라나섰다. 오 년 전에 인범이 중고로 구입한 소형차가 길 아래쪽에 주차되어 있었다. 조수석 문을 열자 문틈에 끼어 있던 단풍잎이 영인의 발등으로 떨어졌다. 영인은 진흙이 묻은 매트에 발을 올리고 벨트를 맸다. 핸들을 쥐고 돌리는 인범의 손끝이 노랗고 검게 착색되어 있었다. 콩테나 목탄을 쥔 흔적일 것이다. 인범은 예전부터 콩테나 목탄을 사용해 그림을 그렸다. 영인은 인범이 그리는 그림을 잘 몰랐다. 크라프트지에 그린 목화 그림을 한 장 받은 적이 있었는데, 액자에 넣어 벽에 걸었다가 윗집 누수로 벽이 젖는 바람에 곰팡이가 피었다. 오래전 일이었다. 영인은 인범의 어릴 적 그림을 더 많이 기억했다. 노트를 칸으로 나누고 이야기를 그려넣은 만화였다. 그중에는 실처럼 길고 구불구불한 다리를 타래로 뭉쳐 치마 속에 숨기고 다니는 여자 이야기도 있었다. 사람들이 그의 다리가 짧다고 놀리거나 비웃으면 그는 다리를 묶은 리본을 풀고 깔깔거리며 사람들 사이에서 솟구쳤다. 이제 보기 좋으냐, 보기 좋으냐고 물으면서. 영인은 그 만화를 특히 좋아했다. 인범이 별것 아니라는 듯 버리려는 노트를 주워 앨범 사이에 끼워두었다. 영인이 고등학생이고 인범이 중학생일 때.

인범이 모는 차가 남동 방향으로 도시를 빠져나갔다. 도道 경계를 넘을 때 누군가 흩뿌리듯 비가 내렸지만 곧 멈췄다. 영인은 사과를 무릎에 올리고 열매 자루 쪽으로 엄지를 넣어 반으로 쪼갰다. 반을 인범의 입에 물리고 나머지를 베어먹으며 고속도로 너머 어둠에 잠긴 산을 내다보았다. 저멀리 어딘가 마을이 있을 테지만 잘 보이지 않았다. 이따금 불빛을 흘려보냈다. 걸리 떨어진 불빛일수록 천천히.

영인은 생각했다. 산자락은 마을로 이어지고 마을은 논과 밭으로 이어지고 밭이며 논에서 물은 서서히 빠져나가고 개천으로 모인 빗물은 아직 소용돌이치며 하류로 내려가고 있을 것이다. 복숭아며 배며 과실수들은 젖은 바닥으로 열매를 떨궜을 테고 벼는 쓰러져 물에 잠기고 축사 바닥은 진창일 것이며 닭과 돼지는 죽고 소들의 배도 젖고 새끼 고양이들은 떠내려가고 그것을 보고 들은 사람들은 이제 어떻게 살아야 하나, 생각할 것이다.

비가 너무 많이 왔다고 영인은 말했다.

베트남에도 비가 많이 왔어.

그랬어?

가로수가 뽑히고 유리창이며 간판 들이 부서졌어. 그런데 그렇게 파괴된 모습이 낯설지가 않았어. 여기 어딘가에서 본 것 같았어. 여기하고, 그런 일을 겪었을 때 우리하고 닮았어. 베트남 아니고 여기 어딘가라고 해도 믿었을 거야. 그렇게 보였을 거야.

그래.

인범이 사과를 다시 베어먹느라 핸들에서 한 손을 떼는 걸 영인은 바라보았다. 인범은 빨리 먹어치우려는 듯 사과를 덥석덥석 먹더니 남은 속을 조수석으로 건넸다. 영인은 종이 냅킨으로 그걸 받아 둥글게 뭉쳤다. 인범은 도로를 바라보며 사과를 꾹꾹 씹었다. 인범아, 하고 영인은 말했다.

너는 악惡을 얼마나 생각해?

글쎄.

요즘 나는 악을 많이 생각해.

어떤 악.

그냥 악, 평범하게 있는 악.

영인은 손에 쥔 사과를 내려다보았다. 베어먹은 자리가 벌써 갈변해 있었다.

네가 말한 악한 사람들, 그 사람들이 저지르는 악 같은 것도 자주 생각해. 그런데 그걸 계속 생각하니까, 어렵더라.

어렵지.

마음도 생각도.

그래.

내가 저지른 일이 아닌데 내 손을 거치지 않은 일은 아니야. 난 요즘 어딜 봐도 그런 생각을 해. 안전한 데가 없어.

인범이 방향지시등을 켜고 오른쪽 차선으로 들어갔다. 낙석 방지책이 자동차 앞등 불빛을 받아 희게 번득였다. 검은 나무들이 선 비탈과 창백한 축대 벽이 번갈아 이어졌다. 스무 살에 서해로 놀러간 적이 있다고 인범은 말했다.

나까지 넷이었나. 친구네 외삼촌이 해안에 방갈로를 하나 빌렸는데 다른 일정으로 못 가게 되어서, 우리가 대신 갔거든. 도착하고 보니 옆 방갈로에 머무는 사람들이 테라스에서 기름을 끓여 뭔가를 튀기고 있었어. 칠게래. 칠게가 있대.

숙소에서 조금만 걸어나가도 개펄이었는데 거기 깊이 산다는 거야. 우리도 당장 나가보자고 친구가 말했어. 숙소 관리인에게 양동이하고 호미를 빌려서 나갔지. 우린 개펄과 바위 사이를 돌아다니며 칠게를 주웠어. 재미가 있더라고. 자꾸 나오고, 자꾸 눈에 띄니까. 호미를 펄에 거듭거듭 꽂아가며 우린 칠게를 캤어. 양동이를 절반 넘게 채우고도 계속 했어. 그러다 한 친구가 이것 보라며 손바닥을 내밀었어. 새끼 낙지였고 아주 작았어. 머리부터 다리 끝까지 쭉 뻗어도 사람 약지 길이에도 못 미칠 정도로 작았지. 너무 신기했어. 그렇게 작은데 낙지야. 낙지 꼴을 갖추었어. 신기해서 한참 봤지. 그리고 그 친구는 손바닥을 펼쳐서 낙지를 떨궜어. 우리가 칠게를 모으던 양동이 속으로.

화가 나 집게를 치켜든 칠게들 위로.

우리 중에 누가 아, 하고 소리를 질렀지만 이미 늦었어.

혼비백산한 게들이 낙지를 찢어발겼어.

다 잘려 나갔어.

우린 멍하니 양동이 속을 들여다보았어.

나는 양동이를 그대로 엎어서 안에 든 것을 전부 개펄에 두고 숙소로 돌아가고 싶었어. 무릎이며 엉덩이며 개흙으로 젖어서 춥고 무겁고, 끔찍하고, 몸이 덜덜 떨렸지. 이제 그만하자고, 이미 너무 많다고 내가 계속 말했는데도 친구들은 개펄을 떠나지 않으려고 했어. 이것 봐, 여기 봐, 하며 계속 호미로 펄을 뒤졌지. 결국 분위기가 좋지 않아졌어. 왜 그러냐고 한 친구가 나한테 말했어. 다들 이런 거 오랜만이라 더 놀고 싶을 뿐이라고. 그만 놀고 싶으면 너는 숙소로 돌아가라고.

저녁엔 칠게를 튀겼어. 옆 방갈로 사람들이 했던 것처럼 버너와 밀가루와 냄비를 관리인에게 빌려서. 나도 칠게를 먹었어. 친구들을 불편하게 만들고 싶지 않았으니까. 우린 그걸 다 튀기지도 못했어. 남은 칠게들은 기운이 다했는지 발을 몸통에 딱 붙이고 있었어. 양동이가 기울 때마다 젖은 자갈처럼 잘그락거렸지. 우린 그걸 양동이째 관리인에게 넘겼어. 나중에 한 친구가 여행기를 블로그에 올렸어. 얼마나 즐거웠고 맛있었는지를 기록한 글 속에 나도 있었어. 그 친구는 '얼굴 탈까봐 자꾸 숙소로 돌아가자고 투덜거린 친구'라는 글을 붙여서, 개펄을 밟고 있는 내 발 사진을 올려뒀어.

양동이에 낙지를 떨군 친구한테 악의가 있었다고 나는 생각하지 않아. 무슨 악의가 있었겠어? 낙지가 조각나는 동안 손놓고 보기만 한 우리한테 무슨 악의나 적의가 있었겠어? 우린 그냥 다 같이 멍청했고, 그뿐이었어. 언니, 세상이 언제고 돌이킬 수 없이 망가진다면 사람의 악의나 적의 때문은 아닐 거야. 그보다는 멍청함 때문일 거야. 보고도 아무렇지도 않음, 그런 거 때문에.

난 그걸 다시 하기 싫었을 뿐이었는데.

양동이를 칠게로 욕심껏 채워 거기에 작은 낙지 털어 넣는 거, 자동으로 그게 되고, 그게 아무렇지도 않은 거, 그런 척 구는 거, 그런 거, 다시는.

그렇게 되지 않으려고 할 뿐인데, 하며 인범은 한숨을 쉬었다. 내가 요즘 좀 지쳤나봐.

그래서 그런 거야. 언니한테 못되게 말했어. 미안해.

도시로 진입하는 인터체인지를 두 번 지나는 동안 차는 도로에 오래 머물렀다. 가다가 서다가 새벽을 맞이했다. 목적지에 다다르기도 전에 해가 완전히 뜰 테지만 영인은 신경쓰지 않았다. 인범도 아쉽다는 말이 없었다. 바닷가에 좀 앉아 있다가 커피나 마시고 오지 뭐. 영인이 콘솔박스를 열었다가 비스킷 봉지를 발견했는데 인범은 그게 언제부터 거기 있었는지를 기억해내지 못했다. 영인은 비스킷을 먹으며 희붐한 바깥을 내다보았다. 단풍 들기 시작한 산이 먼지로 덮인 것처럼 칙칙한 빛깔을 지고 있었다. 올해 단풍은 선명하지 않을 것 같다고 인범이 말했다. 어디서 들었는데, 단풍 직전에 비가 많이 오면 그렇다는데.

그렇대?

넓게 퍼진 구름 사이로 차가운 빛을 뿜으며 해가 떠올랐다. 막히는 구간을 벗어난 인범은 다시 속도를 냈다. 영인은 핸드폰에 내비게이션 앱을 띄우고 손가락으로 죽죽 당겨 갈 길을 살폈다. 작은 마을 곁을 지난 뒤엔 느른하게 늘어진 이무기처럼 구불구불한 도로가 이어졌다. 아주 긴 고개를, 산을 넘는 것 같았다. 아까 한참 막혔던 도로는 붉은색, 그다음엔 노란색. 그들은 이제 초록색으로 표시된 구간을 지나고 있었다. 저 앞은 파란색으로 표시되어 있다고 영인은 말했다. 이런 거 본 적 있어?

도로가 파란색으로 표시된 걸 난 본 적 없어. 이게 무슨 뜻이지?

막히지 않는다는 뜻이지. 완전 빠르다는 뜻이지.

그들은 오가는 차가 드문 도로를 달려 터널로 진입했다. 폭이 좁고 천장이 높고 제법 긴 터널이었다. 만든 지 얼마 되지 않은 티가 났다. 중반쯤 들어갔을 때 인범이 핸들 쪽으로 상체를 붙이며 속도를 줄이기 시작했다. 영인은 인범보다 나중에야 그 차량을 보았다. 터널 벽에 우측 앞등을 박은 차가 차로를 가로막고 있었다. 터널이 어둑해 얼른 알아보기가 어려웠다. 무슨 이유에선지 비상등도 켜두지 않아 멀리에서는 흐릿한 후미등 한 점으로만 간신히 구분할 수 있었다.

인범은 사고 차 뒤편에 차를 세우고 비상등을 켰다. 어쩌지. 영인과 잠시 눈을 마주친 뒤 벨트를 풀고 나갔다. 영인도 인범을 따라나섰다. 시멘트 냄새가 나는 바람에 머리가 흩날렸다. 인범을 따라 운전석 쪽으로 다가가 안을 들여다보았다. 운전자가 앉아 있었다. 인범이 문을 두들기자 조수석 쪽으로 꺾어진 듯 상체를 기울이고 있던 운전자가 휘청대며 등을 세웠다. 인범이 문을 당겨 열었다. 뺨에 검버섯이 핀 노인이 어리둥절한 눈빛으로 영인과 인범을 보았다. 괜찮으냐고 물어도 대답 없이, 난데없는 귀신을 보는 것처럼 그는 낯선 이들을 보고 있었다. 영인은 조수석에 농기구를 잔뜩 담은 궤짝이 놓여 있는 걸 보았다.

인범이 그에게 움직일 수 있느냐고 묻는 동안 영인은 핸드폰을 꺼내 구조대에 전화를 걸었다. 녹투성이 보닛에 달라붙은 젖은 낙엽들을 바라보며 전화가 연결되기를 기다렸다. 잘 연결되지 않아 다시 통화 버튼을 눌렀을 때 노인이 더듬더듬 핸들을 돌리기 시작했다. 그의 낡은 소렌토가 가가각, 소리를 내며 터널 벽을 긁었다.

안 돼.

인범이 문짝을 잡은 채로 몇 발짝 끌려갔고 영인은 인범의 허리를 붙들었다. 인범이 문짝을 쥐고 놓지 않으려 해 영인은 겁을 먹었다. 인범과 같이 소리를 질렀다. 안 돼, 멈춰, 시동 꺼, 끄라고.

노인은 몇 번 더 가속페달을 밟아 차를 움직이려고 애쓰다가 기력이 쇠한 듯 멈춰 세우고 등받이에 몸을 기댔다. 인범이 운전석 안으로 상반신을 들이밀어 열쇠를 빼내는 광경을 노인은 멍하니 바라보았다. 이제 간헐적으로 가슴을 부풀리며 헐떡이고 있었다. 오른쪽 머리 어딘가에서 흐른 피가 관자놀이를 타고 턱끝으로 떨어졌다. 인범이 자꾸 핸들을 더듬으려는 그의 두 손을 잡고 눈을 바라보며 말했다.

할아버지, 나 봐요. 나 보고 있어요.

영인은 웅웅거리는 제트팬 소음과 바람소리 때문에 한쪽 귀를 막고 구급대와 통화했다. 터널 이름을 알지 못해 조금 전에 지나온 도시 이름을 말하고 사고 차량 번호를 불러주었다. 목소리가 잘 나오지 않아 여러 번 목을 가다듬으며 말했다. 통화를 마치고 터널 입구 쪽을 바라보았다. 바깥은 매우 밝았다. 저렇게 밝은 길을 달려왔기 때문에 어둑한 터널 속에서 사고 차량을 단번에 알아볼 수 없었다는 것을 영인은 생각했다. 이 길은 막힌 데가 없어 차들이 빠른 속도로 터널에 들어설 것이다. 우리가 그랬던 것처럼.

뒤에 오는 사람이 제때 속도를 늦추지 못하거나 멈추지 못하면 어떻게 될까. 영인이 그런 생각을 하는 사이에 첫번째 차가 네모난 앞등을 밝히고 터널 안으로 들어섰다. 멀리 그 불빛 두 개가 보였다. 영인은 비상등을 켠 인범의 차 곁에서 팔을 흔들었다. 첫번째 차가 차선을 넘어 그들 곁을 스쳐가며 바람을 일으켰다. 두번째 차가 지나가고 세번째, 네번째 차가 지나갔다. 그 차들은 멀찍한 곳에서 차선을 넘어 사고 현장을 피해갔지만 다섯번째 차는 아주 가까이 다가올 때까지 속도를 줄이거나 멈추지 않았고 옆을 스치며 경적을 길게 울렸다. 영인은 그의 분노를 이해했다. 그리고 방금 지나간 찰나를 이해했다. 그 짧은 순간에 몇 번이고 이어지는 충돌을 영인은 보았고 사고로 뒤죽박죽된 몸들을 보았다. 먼저 영인, 그다음 인범과 노인, 다가오는 운전자, 그다음 사람을, 그 연쇄를. 그들 모두가 찰나에 그 가능에서 다른 가능으로, 그 순간이 아닌 다른 순간으로 넘어왔다는 걸 영인은 이해했다. 하지만 다음엔 어떨까.

내가 울고 있나.

영인은 생각했다. 내가 믿고 있나. 지금 지나간 사람과 이다음에 오는 사람을 내가 믿고 있나. 그가 멈출 거라고, 속도를 줄일 거라고 나는 믿고 있나. 영인은 그렇다고 답하기가 어려웠고 그래서 이만큼 두려운 거라고 생각했다. 인범은 노인의 얼굴을 차분하게 들여다보며 무언가를 말하고 있었고 노인은 운전석 바깥으로 두 발을 내놓은 채 인범을 바라보고 있었다. 노인의 손을 잡은 인범의 손에도 피가 묻었다.

영인은 팔뚝으로 얼굴을 문지르고 인범의 차 가까이로 다가갔다. 어쩔 수가 없었다, 어쩔 수가. 이런 마음으로도 무언가를 일으키거나, 일으키지 않을 수 있을까. 영인은 운전석 문을 열고 팔을 뻗어 경적을 울렸다. 사람, 있어, 사람. 인범이 이쪽을 흘긋 돌아보았다.

콰아아아.

터널에 굉음이 일었다. 멀리서 다가오는 불빛을 향해 얼굴을 돌린 채 영인은 경적을 눌렀다. 바람이 쉼없이 불어왔다. 터널에 들어선 차들이 실린더 속 피스톤처럼 공기를 밀어내며 다가오고 있었다.

---

* '점령과 학살로 뒤덮인 땅에서 자란 딸기, 복숭아, 자몽'이라는 메시지 아래 여전히 상큼하냐고 묻는 질문은 팔레스타인평화연대가 제작한 '비디에스마트' 팸플릿에서 인용했다.

| 작가노트 |

후기 後記

"나는 악을 자주 생각해."
그 말을 계속 생각하다가 이 단편을 썼다.
2024년 10월에 시작해 그달이 가기 전에 절반을 썼고
11월 9일, 영월 팔괴터널에서 마지막 장면을 본 뒤로
내게 잠시 다녀가는 이 이야기를 놓치지 않으려고 꼬박꼬박 밥을 먹고 느리게 달리고 말과 외출을 삼갔다.
병들거나 다쳐 원고를 마무리하지 못할 상황을 미리 두려워하며 몸조심을 했다.
그렇게 하려고 했다.

쓰는 내내 그리고 쓰고 나서도 이 소설은 내게 묻는 것 같았다. 이 그림 안에서 짐승을 세어보시오. 몇 마리입니까.

당신에게는 몇이 보입니까.

| 리뷰 |

부정적인 것과 함께 살아가기

소영현(문학평론가)

 소설은 다른 방식으로는 말할 수 없는 것을 말하면서 소설이 된다. 소설가도 그렇다. 소설가는 다른 방식으로는 말할 수 없는 것을 말하면서 자신의 이름을 갖게 된다. 오해를 무릅쓰고 말해보자면 소설은 어찌해도 스타일일 수밖에 없다. 때로는 위로로, 때로는 냉소처럼 보이는 날카로운 통찰로, 때로는 지금 이곳에 개입하고자 하는 실천적 사유로 황정은의 소설은 다른 방식으로는 말할 수 없는 것들을 그 자신의 스타일로 말한다.
 일면으로 보자면, 「문제없는, 하루」는 영인과 인범 자매 사이의 어떤 시간에 대한 기록이다. 소설은 서로 공존하기 어려운 영인의 세계와 인범의 세계를 보여주고, 그들이 일상적인 대화조차 불가능할 만큼 어긋날 수밖에 없던 순간을 포착한다. 그렇게 일 년이 넘는 시간이 지나고 둘은 다시 만나 새로 뜨는 해를 보러 간다. 물론 희망차게 떠오르는 해를 보는 것도, 이전과는 전혀 다른 서로에 대한 이해에 도달하는 것도 아니다. 오히려 그들은 불시에 터널 안에서 사고 차량을 만나게 된다. 영인은 그 위험천만한 순간, 그들을 포함한 모두가 예측할 수 없는 위험이 그렇게 노출되어 있음을 역설적으로 깨닫는다. 영인과 인범이 화해와 공존과 같은 밝은 미래를 낙관할 수 없음을 알고 있지만, 그들이 세계와 대면하면서 피할 수 없는 어떤 감정들, 분노나 고통과 같은 부정적 감정을 함께 공유할 수 있음을 알게 된다고도 할 수 있다. 앞에 놓인 위험을 어찌할 수는 없지만, 스스로에게 확인하듯 경적을 울리며 그 자리에 그들이 있음을 알린다. 긴 시간 동안 쌓아온 영인의 사유의 궤적 속에서 그것이 낙관이나 희망은 아니지만 절망이나 포기의 표현도 아님을 이해하게 한다.

미세한 일상에서 거대한 권력까지 빈틈없이 연결되어 있으며 하나의 문제가 끝없는 연쇄로 이어지는 이 세계에서, 그러니까 바깥을 꿈꿀 수 없고 더 나은 다른 세계를 손쉽게 상상하기 어려우며, 그 안에는 그런 연결성을 알지 못하는 혹은 외면하는 존재들로 채워져 있는 것처럼 보인다 해도, 안전한 곳이 없는 지금 이곳에서 미약한 존재들이 할 수 있는 일은 이런 정도가 아닐까를, 작가는 정직하게 말하는 듯하다. 분노이거나 좌절이기도 한 부정적 감정이 지금 이곳의 변화를 이끌 힘으로 곧바로 바뀔 수는 없음을 알고 있지만, 어쩌면 이 부정적 감정을 공유하는 일, 부정적인 것과 함께 살아가겠다는 선언만으로도 다른 곳을 향해 나가기 시작한 것은 아니냐고 조심스럽게 말하는 듯하다.

물론 「문제없는, 하루」가 영인과 인범 자매의 사적 시간의 기록인 것만은 아니다. 인범이 영인을 전쟁과 학살 같은 일은 남의 사정이라고 생각하며 관심도 기울이지 않는다는 점에서 이 세계가 망가져가는 것을 알지 못하는 사람으로 여겼다면, 영인은 인범을 옳고 그름과 같은 거대하고 추상적인 것들을 따지지만 그런 기준으로는 선명해지지 않는 실제 삶 자체의 모호성에 대해서는 조금도 알지 못하는 사람으로 여겼다. 그들이 서로에게 용납될 수 없는 존재인 것은 그 세계가 양립 불가능하기 때문이다. 그럼에도 따지자면 「문제없는, 하루」에서는 자매가 서로의 극렬한 차이를 확인하는 '순간'만큼이나 두 세계가 다시 접점을 만들어내는 과정에 주목한다. 자매가 어긋난 그 순간 이후로 영인이 일상의 일 처리에 영향을 미칠 만큼 그 순간을 반추하는 일을 지속했다는 것이 중요하다. 동생 인범을 압도하는 부정적 감정이 영인을 그 자리에 멈춰 서게 했다고도 할 수 있으며, 소설 속 자문과 같은 다음의 말들—"죽인다고?" "죽인다니." "너도 내 삶을 몰라"—을 통해 결국 인범에게 다가가게 된다고도 할 수 있다. 이 과정은 영인이 '민주, 진보, 장애인, 퀴어'를 중시하는 시위에 종종 참여하며 게시물을 남기는 인범의 소셜미디어 계정을 방문했다가 자신도 모르게 스스로 선택하지 않았고 기대하지도 않은 영상들로 미끄러지는 일과 같은 것, 그러니까 모든 것을 흘려보내버리는 미디어의 힘과 거리를 두는 일을 의미한다. 전쟁 참상의 기록이 순식간에 "보이는 것과 들리는 것이 달라 어리둥절하게 만드는 영상들. 그러다 보이는 것에도 들리는 것에도 집중하지 않아도 된다는 데 안심하게 만드는 영상들"로 넘어가버릴 수 있음을 인지하는 일인 것이다. 인범의 눈을 따라 주변을 둘러보면 세상은 전쟁과 학살과 재난으로 뒤덮여 있고 끝내 생명 있는 누군가와 무언가를 죽이고 마는 사악한 것들로 가득차 있지만, 그것은 순식간에 "진부하고 지루한 이야기"가 된다. 대화중에 넘어가도 되는 "좀전의 이야기"가 되는 것이다. 그러므로 그 '순간'에 대한 영인의 오랜 반추는 무심결의 무감각 상태에 내던져지는 일을 힘주어 멈추는 일에 가깝다.

그렇다면 소설이 영인의 일상을 뒤쫓으며 시작한다는 사실은 좀더 주목되어야 한다. 영인이 새로 구한 일자리는 한국과 중국에서 원단과 부자재를 사들여 베트남으로 보내면 베트남 공장에서 옷을 제조해 다국적 유통 기업에 납품하는 회사로, 한국인 사장은 하노이에 살면서 영업에 주력하며 공장 두 군데를 운영한다. 그보다 작은 규모의 한국 사무실은 내수 계약을 따내고 회계를 관리하는데, 영인은 그 일을 맡아 하는 사무직원으로 일하게 된다. 봉제 회사의 일을 사람이 아니라 물류를 중심으로 세밀하게 그려주는 풍경이 흥미로운데, 그 세목을 뒤따르듯 그려주며 소설은 그 작은 봉제 회사만 들여다봐도 '문제없는, 하루' 같은 것은 없다는 것을 부지불식의 체득처럼 알게 한다. 이십오 년째 근무중인 직원을 통해 이 일은 매일 크고 작은 사고로 가득하며 연쇄로 번지는 문제들은 완료라는 개념도 없이 이어진다는 것을 전해듣고, 그녀 역시 매일매일의 일상에서 이를 확인하기도 한다. 이 일상의 세목들이 소설 내에서 의미를 갖게 되는 것은 일상의

축적이 연결성에 대한 사유의 궤적을 만들기 때문이다. 또한 그 사유로 이 세계가 문제로 가득차 있음, 혹은 문제의 연쇄임을 알게 하기 때문이다.

그러나 짚어두자면, 이것을 그저 사유로 명명하는 것은 충분하지 않다. 작가가 「웃는 남자」의 다시 쓰기 작업(중편 「웃는 남자」, 『디디의 우산』의 「d」)을 통해 보여주었듯 그것은 몸의 감각을 바꾸는 일이다. 무엇보다 그것은 「문제없는, 하루」에서 보여주듯 사유라기보다 부정적 감정을 통해 역설적으로 마련되는 어떤 공통감각이다. 작가의 소설이 대체로 그러하듯, 「문제없는, 하루」에서도 서사적 구현을 위한 장치들은 많은 부분 제거되어 있다. 응축된 어떤 것들만이 뼈대처럼 놓여 있다. 물론 이는 소설 속 요소들이 하나의 지향을 향해 유기적으로 조직되어 있다는 말은 아니다. 정반대로 소설 속 요소들은 도저히 들어맞지 않는 블록 조각들처럼 파편으로서 자리를 점하고 있다. 무엇으로도 대치될 수 없을 것 같은 감정과 경험들, 그리고 오랜 시간 곱씹는 사유와 같은 것들. 그러니까 「문제없는, 하루」에서 '문제'는 사건이라기보다 느낌으로 감지된다. 매일의 느낌으로, 부정적 느낌으로 체감된다.

그러므로 만날 수 없을 것 같은 두 세계, 영인의 세계와 인범의 세계 사이를 잇는 것은 부정적 느낌과 그에 대한 사유라고 해야 한다. 「문제없는, 하루」는 일상생활의 표면과 결을 따르면서 부정적 느낌의 흐름을 통해 개인과 사회가, 심리적인 삶과 사회적인 삶이 같이 가는 것임을 보여준다. 부정적 감정의 역설적 반동력에 대해서는 쉽게 말할 수 없지만, 소설은 그 힘이 누군가를 시들게 할 수 있으며 고립감 속에서 죽음과 같은 고통을 겪게 할 수도 있는 실재하는 힘임을 인범을 통해 보여준다. 그리고 그 고통을 공유하면서 떠내려가는 시간을 잠시 멈추게 할 수도 있음을 영인을 통해 확인시킨다.「문제없는, 하루」가 장편의 무게감으로 다가오는 것은 이 소설이 장편으로 다루어야 할 법한 큰 이야기를 다루고 있어서이기도 하지만, 이처럼 세계 전체와 대결하고 있기 때문이기도 하다. 하룻밤 사이에 어항 속 물이 치어를 몰살시킬 정도로 말라버릴 수 있으며, 별다른 목적 없는 인간의 행위로 새끼 낙지처럼 약한 것들이 순식간에 갈가리 찢겨 흔적도 없이 사라져버릴 수도 있다. 기후 위기가 아니더라도 이 세계의 모든 것이 비명도 없이 한순간에 죽음을 맞이할 수 있다. 전조 없는 대재난이 지속되는 중이다. 인간에게든 비인간에게든 안전한 곳은 없다. 무엇을 할 수 있는가. 무엇을 해야 하는가.「문제없는, 하루」는 대재난의 시대를 '문제없는, 하루'로 인식하는 우리의 무감각을 비판적으로 환기하는 동시에 '문제 없는 하루'를 꿈꾸는 미래형 소설이다.

2025
김승옥문학상

김승옥문학상 취지
심사 경위 및 심사평

김승옥문학상 운영위원회
김화영 김선순 류보선 이기호

심사위원
김화영 강지희 구효서 김미정 소영현 조경란 최윤

| **김승옥문학상 취지** |

1960년대 한국 현대소설의 빛나는 한 정점을 보여준 작가 김승옥의 등단 오십 주년을 기념하여 그의 문학과 산문 정신을 기려 2013년 KBS순천방송국에서 제정한 문학상으로, 2019년부터는 순천시의 지원으로 문학동네가 새로이 주관하게 되었다.

김승옥은 1941년 일본 오사카에서 태어나 전라남도 순천에서 유년 시절과 청소년기를 보냈다. 순천중고등학교를 졸업한 그는 1960년 서울대학교 문리과대학 불문과에 입학했다. 1962년 한국일보 신춘문예에 「생명연습」이 당선되어 문단에 첫발을 내디딘 순간부터 그는 즉각 한 세대의 젊은 감성과 미학을 대표하는 존재로 예외적인 빛을 발하기 시작했다. 같은 해에 동인지 『산문시대』를 펴내는 동시에 「환상수첩」 「건」을 발표, 1964년 「무진

기행」, 그리고 마침내 1966년 첫 창작집 『서울, 1964년 겨울』을 발표함으로써 '감수성의 혁명'이라는 찬사를 한몸에 받으면서, 1960년 학생혁명을 주도한 '4·19세대', 그리고 일제 교육의 일환인 강제적 일본어 세례를 받지 않고 우리말로 정규교육을 받은 첫 '한글세대'의 상징이 되었다. 1965년 제10회 동인문학상 최연소 수상, 1977년 제1회 이상문학상 수상은 그 웅변적인 예이다.

앞선 세대의 무기력한 전후문학과 결별하고 "태초와 같은 어둠 속에서" 안개 속의 낭떠러지로 전 인격을 내던지며 그는 새로운 감수성의 촉수를 더듬어 "자기 세계", 즉 진정한 자아를 찾기 위하여 "죽음의 팻말을 새기며" 길을 떠났다(『산문시대』 창간사에서).

그의 대표작들은 대부분 1960년대 초반에 발표되었고 단편소설이 중요한 몫을 차지하지만, 암울하면서도 폭발적인 젊음의 세계를 그만의 감각적이고 개성적인 문체로 형상화함으로써 단숨에 우리 현대소설의 가장 정치하고 드높은 봉우리에 이르렀다. 그 압축적인 창조성으로 미루어 지극히 예외적으로, 작가의 생존 중에, 이 상을 제정한 의의 또한 예외적이라 하겠다.

김승옥문학상 운영위원회
김화영 김선순 류보선 이기호

| **심사 경위 및 심사평** |

　지난 일 년 동안 발표된 단편소설 중 등단 십 년 이상 작가들의 작품이 여섯 명의 심사위원에게 발송됐다. 예심에서 두세 편을 추려낸 뒤, 수합된 총 열세 편을 대상으로 8월 5일 심사위원장을 포함해 일곱 명의 심사위원이 본심을 진행했다. 긴 시간에 걸친 논의에도 의견은 첨예하게 갈려 쉽게 좁혀지지 않았고, 서너 차례 거듭된 투표 끝에야 비로소 일곱 편의 수상작과 대상작을 확정할 수 있었다. 심사위원들의 지지가 넓게 퍼질 때는 대체로 두드러진 작품이 없을 때와 지지작이 뚜렷할 때로 나뉘는데, 이번 심사는 단연 후자였다. 그만큼 무게감 있는 원숙한 작품들이 많았다는 방증이다. 그 어느 때보다 타협 없는 심사였기에, 심사가 끝난 후 최종적으로 선정된 일곱 편의 단편들에 대해서는 모두가 고개를 끄덕이며 수긍할 수 있었다.

몇몇 심사위원들의 강력한 지지에 힘입어 최종 리스트에 오른 「거푸집의 형태」는 작가 특유의 인장이 뚜렷한 작품이었다. 거센 비가 내리는 날, 1980년대에 지어진 낡은 아파트라는 배경은 고딕 서사의 전형을 떠올리게 한다. 그 속에 갑작스레 등장한 한 여자가 주인공의 질시와 죄책감을 자극하며 과거의 기억을 불안하게 불러들인다. 서서히 드러나는 것은 뿌리깊은 애착과 배신으로 얽힌 이모와의 관계다. 마치 '거푸집'으로 찍어낸 듯 똑같고 떼어낼 수 없는 암덩어리처럼 징그럽게 닮은꼴인 이모와 나의 지독한 애증은, 최근 한국문학장에 자주 포착되는 이모나 고모 등 여성 방계혈족에 대한 확장된 관심과 맞닿아 있다. 그러나 이 소설을 특별하게 만드는 것은 그 관계를 다루는 기묘하게 섬세하고도 가학적인 형식에 있다. 여성 친족들 사이에서 무심히 던져지는 잔혹한 멸시의 말들은 사랑을 확인하려는 절박함과 자기혐오와 겹쳐져 독특한 울림을 만들어낸다. 한국에서 '여성 가족 스릴러'를 이 정도로 날카롭게 벼려낼 수 있는 작가는 드물며, 이번 작품은 그가 쌓아온 성취를 다시 한번 갱신하는 수작이다.

「빈티지 엽서」는 표면적으로는 다소 통속적으로 보일 수 있는 혼외 관계에서 출발한다. 자전거 대리점을 운영하는 실리적인 남편과 살아가는 한 여자는 헬스장에서 우연히 만난 남자를 통해 오래전 잃어버린 자신을 한꺼번에 자각하는 순간을 맞는다. 외국의 빈티지 엽서를 함께 읽는 시간 속에서 여자는 힘껏 낭만적인 상상력을 발휘하며, 때로는 완전히 다른 사람이 되어 그 세계에 몰입한다. 그러나 이 소설은 생활과 돈에 매인 지리멸렬한 일상을 황홀한 사랑으로 변화시키는 극적인 방향으로 성큼 나아가지 않는다. 이웃들의 구설수에 휘말리며 갑작스레 끝나버린 엽서 읽기는 두 사람 사이에 흘러가던 미묘한 감정을 명확히 규정짓지 않은 채 희미한 가능성의 선으로 남겨둔다. 이 멈춤은 '번역의 수사학'이다. 엽서에 남은 물방울자국을 눈물로 해석했지만 끝내 발설하지 않는 여자의 태도처럼, 남자를 향한 설렘과 다른 삶을 향한 기대가 뒤섞인 채 마음은 잠긴다. 마치 우리 인생의 많은 부분이 번역 불가능한 상태로 흘러갈 수밖에 없다는 사실을 인정하라는 듯, 소설은 노련한 번역가처럼 침묵한다. 마지막에 드러난 주인공의 태도를 두고는 평이 엇갈렸지만, 미세한 마음의 흔들림을 진부하지 않게 풀어나가는 유려함만큼은 모두가 인정할 수밖에 없었다.

「스페이스 섹스올로지」는 삶의 중력에 반해 둥둥 떠 있는 기술을 미처 익히지 못한 철없는 엄마 '유자'의 내면 일기다. 국숫집을 하던 그는 사기꾼 '최'에게 속아 집과 가게를 모두 잃고, 큐레이터로 일하는 딸의 오피스텔에 얹혀살고 있다. 억척스러운 엄마의 형상이 익숙한 한국문학에서는 보기 드물게 방심한 채 사랑에 자꾸 빠지는 엄마 캐릭터의 등장인데, 그 속수무책의 언사를 따라 읽는 것만으로도 꽤 즐겁다. "잤지? 잤어! 그 새끼랑 잔 거잖아!"

라며 질책하는 딸 앞에서 끝없이 자책하고 스스로를 징그럽다 여기지만, 결국 딸을 향한 구심력에서 벗어나지 못한 채 애착과 미안함의 궤도를 도는 이 엄마를 사랑스럽게 느끼지 않기란 어렵다. 모녀 서사로 읽히던 이 소설은 마지막에 이르면 좁은 한 칸 방과 광활한 우주 사이 어딘가에서 인생의 무서움을 견디며 살아가는 모든 평범한 이들에게 바치는 삶의 찬가로 다가온다. 가벼운 필치로 툭툭 그려내는 듯하지만, 어느 순간 삶을 가로지르는 넓은 궤적에 닿는 솜씨에 감탄하게 된다.

심사 내내 조용하고 묵직한 지지를 받았던 「눈먼 탐정」은 다들 어렵지 않게 작가를 짐작했던 소설이기도 했다. 그만큼 작가의 색이 뚜렷하고 까다로운 독해를 요하기도 하는 이 소설의 주제적 비밀을 푸는 단초 중 하나는 소설 서두에 제시된 제사題詞로 보인다. 제사에 인용된 누가복음 24장 13절은 예수께서 부활하신 날 제자 두 사람이 엠마오라는 마을로 가던 중 예수를 만났으나, 그분을 알아보지 못한 채 슬픈 얼굴을 하고 있는 장면을 묘사한다. 물론 작가는 종교적 계시를 전하는 데 전혀 관심을 두고 있지 않으며, 기적을 눈앞에서 보고도 인식하지 못하는 '눈먼 탐정' 같은 존재들이 어떻게 "예측할 수 없는 시차를 두고 임의의 장소에서 한 그루 불타는 나무로 환하게 솟구치며 출현"하는 순간을 맞이하게 되는지를 그린다. 그러나 이 소설을 온전히 즐기는 방법은 주제에 몰입하는 것보다, 반복되는 구절과 장면이 불러일으키는 감정과 섬세하게 배치된 이미지들을 통해 작품이 만들어내는 정확한 리듬을 감각하는 데 있다. 이 작품은 일 평생 기다려온 것을 목격하는 순간과 필연적인 소멸의 이미지가 겹겹이 포개진 채, 낯익은 자기 얼굴 같은 기적을 마주하는 슬픔에 이르고 있어 소설로 도달할 수 있는 경지의 정점에 서 있는 듯하다.

「문제없는, 하루」는 한 심사위원이 적절히 표현했듯, 지금 세계에서 다른 미래를 열어가기 위해 나아가야 할 방향을 정확히 짚어낸 소설이다. 악의 평범성이나 진부함을 다룬 작품은 적지 않았지만, 이처럼 당연해 보이는 명제를 누구도 쉽게 떨쳐낼 수 없도록 끈질기게 물고 늘어진 경우는 근래 드물다는 데 많은 심사위원이 동의했다. 작품은 한 자매를 통해 일상을 유지하기 위해 택하는 사소한 무감이 어떻게 세계의 일부를 침식시키고 죽여가는지를 보여준다. 세계의 폭력을 생생하게 감각하며 고통스러워하는 여동생과, 평범한 일상을 굴리기 위해 애쓰면서 여동생에게 불편함을 느끼는 언니가 서로를 비추며 긴장을 형성한다. 그러나 먼 곳의 일이라 치부해왔던 기후 문제가 초국가적 연결망 속에서 베트남과 한국의 물류를 끊어버리듯, 긴 터널에서 사고 차량과 뒤엉킨 몸들을 목격하는 순간, 언니는 자신 역시 이미 어떤 폭력의 연쇄 고리에 깊숙이 연루되어 있음을 신랄하게 직면한다. 사고 현장 앞에 다른 이들에 대한 믿음을 가질 수 없어 증폭되는 두려움이 굉음과 함께 커진 채로 소설이 끝날 때, 독자들 역시 도로 위에 고립된 채 세계 앞에 움츠러든다. 구피나 새끼 낙지 이야기처럼 날카로운 작은 죽음의 파편으로 구성된 이미지들은 우리가 살아온 '문제없는' 하루들의 좁아진 지평을 찢어놓고, 오래 곱씹을 수밖에 없는 문제들을 던진다. 매번 이 고단한 행로를 기꺼이 선택하는 작가의 힘 앞에 깊이 동화되지 않을 수 없다.

대상작과 더불어 중요하게 논의된 「돌아오는 밤」은 지난 12·3 계엄 사태를 직접적으로 환기한다. 소설은 사장 대신 대리로 참석한 장례식 이야기에서 시작해, 한국으로 돌아온 날 맞닥뜨린 계엄령하의 기묘한 폭력 사태를 그려낸다. 한 심사위원은 계엄이라는 특수한 상황 너머, 우리 삶에 내재되어 있던 폭력성이 계엄으로 인해 표면으로 떠오르는 방식을 주목했다. 겉으로는 물리적 위해가 없고 아무 일도 없었다며 부인하지만, 분명한 가해성이 스며드는 순간들이 단순한 현실 재현을 넘어선 강한 실감을 불러일으킨다는 것이다. 또다른 심사위원은 소설 초반 인물이 AI와 나누는 대화를 통해, 죽음마저 간접적으로 소비하며 경험이 증발하는 시대를 예리하게 포착하고 있다고 평했다. 나아가 결말부에서 인간과 세계가, 인간이 이해할 수 없는 상태로 존재하는 원자로 구성된 물질에 불과하다는 명제가 어떻게 반인간주의적 사유를 드러내는지 분석했다. 김승옥의 「서울, 1964년 겨울」이 개체들이 겪는 소외를 추상적 감각으로 끌어올렸듯, 이 소설 역시 그 길 위에 서 있다는 데 많은 심사위원이 공감했다. 존재를 잠식하는 공포와 고독 속에서도 삶과 죽음이 각각 그 자체로 완전하다는 인식에 이르는 이 작품은, 계엄이라는 역사적 배경을 넘어 지금 우리의 세계를 정밀하게 비추는 새로운 거울로 서 있다.

대상작으로 선정된 「김춘영」에 대해 가장 객관적 설명 중 하나는 1980년 정선 사북항쟁을 떠올리게 하는 구술사 형식의 소설이라는 것이다. 그러나 어쩐지 이 설명으로는 이 작품의 결을 다 담아내기 충분하지 않은 듯하다. 소설은 4월의 눈처럼 서늘한 긴장감에 잠겨 있다. 김춘영과 면담자로 만나고 있는 화자가 어떻게 전형적인 면담의 틀을 벗어나 여성 구술자로서의 특수성에 접근할 수 있을 것인지, 자신의 이야기에 대한 반응을 살필 줄 아는 김춘영을 파고들어 누구도 듣지 못한 진실을 끌어낼 수 있을지 모색중이기 때문이다. 그러나 이 긴장의 진짜 얼력은 이 모든 갈망이 연구자로서 자기 충족적인 욕망과 환상이 뒤섞인 것임을 화자가 누구보다 잘 자각하고 있다는 데서 온다. 그는 어떤 구멍을 집요하게 들여다보려다 자꾸만 미끄러지는 것처럼 보인다. 그 와중에 은밀히 고대했던 마지막 면담은 폭설로 길을 잃고 찾아든 불청객들로 인해 흐트러진다. 그런데 김춘영이 광부의 아내도 여성 광부도 아닌 사택촌 술집을 운영했던 여자였음을 그들에게 무람없이 드러낼 때, 그 순간 부지불식간에 화자에게 끼어들었을 어떤 판단에 대해 소설은 집요하게 파고든다. 사건의 시공간을 함께 살아낸 목격자이자 경험자이지만, 탄광촌 유흥업에 종사한 성매매 당사자로서 공동체 속 멸시와 연대의 대상으로 복잡하게 얽혀 있는 이 인물을 어떻게 바라볼 것인가. 과거 그 술집의 유일한 안주였다는 시뻘겋게 양념된 돼지두루치기의 냄새가 공간을 채우고 군인들과 '피아 식별'을 강조하는 여행객의 다그침이 얽히는 순간, 기억의 습격을 받은 김춘영에게서 조용히 흘러나오는 소변이 화자의 몸에 닿는다. 여기에는 헐떡이는 야생동물의 숨소리 같은 것이 있다. 인간은 언제 훼손되는가. 그 자리에 어떻게 닿을 수 있는가. 작가는 역사적 사건의 현장감을 생생하게 살려내기를 거부하고, 정황이 짐작되지만 그 어느 것도 선명히 확정할 수 없는 상태로 덮어두며 불투명한 무대를 만든다. 그러나 김춘영의 소변이 화자를 적신 뒤, 그간 녹음 속에 희미하게 머물던 '김춘영의 장소'는 마침내 구체적인 '내 현장'으로 변모한다. 백패킹용 텐트 안에서 등을 켠 채 내내 기다리고 있었던 누군가를 마침내 발견하는 마지막 장면 역시 해석을 유예해온 무대가 어디로 흘러갈지를 암시하는 듯하다.

심사 과정에서 구술사 소설들이 그려온 윤리에 대한 기시감이 언급되기도 했다. 그러나 착취와 피해가 교차하는 기묘한 자리에서 김춘영은 고요하고 으스스한 슬픔을 견뎌내고 있으며, 그것은 오줌이라는 비루한 물질성을 통해서만 잠시 촉각으로 닿는다. 이는 기존의 어떤 작품이나 연구의 문제의식이나 밀도에서 몇 걸음 더 나아가 있는 것이기도 했다. 안정된 호흡으로 문장을 쌓아올려 한 생존자의 안식 없는 생의 헐떡임을 생생하게 살려내고, 욕망과 윤리가 뒤엉킨 지점으로 독자를 던져놓는 힘은 오직 최은미만이 보여줄 수 있는 악력이었다. 그래서 이번 김승옥문학상 대상은 이 작품에 주어질 수밖에 없었다.

김화영 강지희 구효서 김미정 소영현 조경란 최윤
(대표 집필 강지희)

김승옥문학상 수상작품집
2025 김승옥문학상 수상작품집
ⓒ최은미 강화길 김인숙 김혜진 배수아 최진영 황정은 2025

1판 1쇄 2025년 10월 24일
1판 3쇄 2025년 11월 24일

지은이 최은미 강화길 김인숙 김혜진 배수아 최진영 황정은
책임편집 최예림 | 편집 김내리 김봉곤 정은진 이재현 김영수
디자인 엄자영 유현아 | 저작권 박지영 형소진 주은수 오서영 조경은
마케팅 정민호 서지화 한민아 이민경 왕지경 정유진 한경화 정경주 김혜원 김예진 이서진
브랜딩 함유지 박민재 이송이 박다솔 조다현 김하연 이준희
제작 강신은 김동욱 이순호 | 제작처 영신사

펴낸곳 (주)문학동네 | 펴낸이 김소영
출판등록 1993년 10월 22일 제2003-000045호
주소 10881 경기도 파주시 회동길 210
전자우편 editor@munhak.com
대표전화 031) 955-8888 | 팩스 031) 955-8855
문학동네카페 http://cafe.naver.com/mhdn
인스타그램 @munhakdongne | 트위터 @munhakdongne
북클럽문학동네 http://bookclubmunhak.com

ISSN 3022-022X
ISBN 979-11-416-0264-2 03810

• 이 책의 판권은 지은이와 문학동네에 있습니다.
  이 책 내용의 전부 또는 일부를 재사용하려면 반드시 양측의 서면 동의를 받아야 합니다.

잘못된 책은 구입하신 서점에서 교환해드립니다.
기타 교환 문의 031)955-2661, 3580

www.munhak.com